北冥謎案

【下】

滿碧喬

高寶書版集團

◆目錄◆

第二十一章　青絲繫禍

幾乎沒有片刻的猶疑，李隆基便頷首同意，帶薛至柔趕向了皇城南的鴻臚客館。

此事牽涉邦交，影響比薛至柔意料中更大，甫一拐進鴻臚寺的巷子，就見車馬來回，只是圍觀的人雖多，卻無人敢高聲言語，只有切切私語聲，更顯得客館內外氣氛詭譎。

薛至柔隨李隆基下了車，穿過裡三層、外三層看熱鬧的人，終於步入了客館。其內氛圍更是劍拔弩張，幾名新羅人圍著典客署令討要說法，說到情緒激動處，甚至以手不住點戳他的心口，極其無禮。

典客署令在鴻臚寺算是要職，品階卻不高，只有從七品下，身居其職之人年紀不大，看似只有二十出頭，卻有傲骨，面對對方的咄咄逼人，他始終保持風骨，不進不退，禮貌持重。

薛至柔瞬間想到了自己的父親，聽母親說，他初入仕時候也是這樣，雖口訥不擅言，原則事卻是寸步不讓。她忍不住開口，用新羅話說道：「既然事情還無定局，你們何故圍著典客署令要說法？等查出與我們唐人無關，你們可要向他致歉？」

新羅人一怔，紛紛向薛至柔看去，見來人是個身量都沒長齊全的毛丫頭，才想回嘴，再一撇她身側那器宇軒昂的男子，登時住了口。

李隆基示意典客署令：「聖人有令：限三日內查明真相，還武駙馬清白。本王特請了幾位行家到此，且由你與新羅使臣帶著，在這客觀內調查一番。新羅使臣何在？」

典客署令叉手稱是，四處張望，卻不見新羅使臣的人影，正納悶之際，一約莫五十上下的男子從人群外大步趕來，他面露愧色，操著熟練的中原官話道：「見過臨淄王，下官全洪，新羅使官。不知殿下駕臨，方才如廁去了，實在是……」

「這些便不必說了，」李隆基注意到大門藝帶著幾個人來到了門口處，招手示意他們過來，「我的人到齊了，可否查看下出事的房間？」

「好說、好說，殿下這邊請！」全洪說著，帶眾人穿過迴廊，走上木梯，來到新羅驛館二樓的一個房間內，「這崔浪是我新羅重臣崔沔之子，幾個月前才到長安城來求學，才辦了學籍沒幾日，哪知人就這麼沒了……」

薛至柔個子小，跟在最後走了進來，只見這是個套房，內外兩進，中間由拉門隔開，大的是起居室、臥室，小的裡面則擺了個大大的木質澡盆、恭桶與各種洗浴之物。

起居室裡散落著各種衣衫雜物，頗為雜亂，像是遭過賊。正對床榻是一扇支摘窗，面向大路，支起來容不下一拳通過，窗外亦無任何可以攀爬、落腳之處。

薛至柔回到房門口，仔細看看那被撞開的門扉，應是今早有人來找那崔浪，許久無人應聲，推測出他出了事，方找人撞了門。門板上有明顯撞擊痕跡，糊檽紙碎爛，門閂卡扣也被撞脫，門框固定卡扣處的木頭起了刨花，如此看來，應當是從內緊鎖無疑。

薛至柔忍不住蹙眉思量，這房間在昨晚崔淯上鎖後，確實成了一間密室。

如此說來，武延秀對他的拳打腳踢便成為了崔淯死前最後一次受到外力攻擊，雖相隔數個時辰，但也並非絕無可能。薛至柔在遼東前線多年，知曉外力擊打臟腑出血或破裂，確實有可能在數個時辰後導致人死亡；抑或是擊中心門，導致胸痹，也會令人死亡。如此看來，武延秀確實有嫌疑，新羅人又不許仵作開腹驗屍，實在棘手。

薛至柔心思煩亂，攏了攏鬢旁的碎髮，盡量讓自己保持冷靜。她其實能夠理解，為何性情溫良的武延秀昨日會因為一句「綠帽駙馬」而動怒。他雖是則天皇后的侄孫，但自小過得不算太平，及冠後，又因為容貌俊美被則天皇后送去突厥聯姻，被對方嫌棄不是李唐宗室而拒婚。單一拒婚便罷，他們甚至將武延秀扣留在突厥六、七載，不得重回大唐。最後還是則天皇后命唐將沙吒相如領兵二十萬迎擊突厥，他才被放回朝，後迎娶了喪夫的安樂公主為妻。

薛至柔曾聽薛崇簡說，他覺得武延秀早就喜歡安樂公主，卻被則天皇后送去了突厥，再回來時，安樂公主已嫁給了他的堂兄武崇訓。其後武崇訓過世，他才終得娶了安樂公主為妻。可安樂公主酷愛俊美的少年，多年間傳聞不少，武延秀心中只怕多有不痛快，故而才會因為那句「綠帽駙馬」下手打人。

無論怎樣，真相遠比人情重要。

薛至柔走到起居室，看著滿地凌亂的衣衫，問全洪道：「這些都是崔湜的衣服嗎？可是破門而入時便在這裡？」

「是，確實如此。出了人命案子，下官自然不敢擅動房中之物。」

薛至柔心想，難道崔湜臨死之際，還曾努力尋過什麼東西？若真如此，又會是什麼？與他的死會有關聯嗎？抑或說，假如凶手另有其人，且有辦法進入這房間，難道正是為了圖謀某件物品才殺人嗎？

薛至柔的問話亦引起了同行者的警覺，一人問道：「可曾清點過崔湜的隨身物品？可有遺失？」

「已找他相熟的朋友清點過了，隨身之物並無遺失，而且他的錢袋就放在案上，位置十分顯眼，裡面錢很多，好端端放著呢。」

眾人聽罷，低聲議論不休。

李隆基示意眾人噤聲，又問全洪：「死者停靈何處？帶我們前去一觀。」

鴻臚客館之後有一方地窖，原是夏日給果蔬保鮮的地方，此時卻存著崔湜的屍身。那全洪打開了門後，自行躲到了一旁，估摸是怕看死人。薛至柔並不理會他，掀開屍身上的白布，只見那崔湜雙目緊閉，面色發白，沒有什麼明顯的傷處。不過，死者身上的一個不同於昨日的特徵，立即引起了薛至柔的注意，她忙轉向李隆基：「殿下，你看，他怎的沒了頭髮啊？」

李隆基亦是困惑，轉向典客署令：「昨日有何人對他行了髡刑？」

全洪上前兩步，待明白他們所指，他哈哈一笑：「殿下有所不知，這崔湌先天少髮，連髮髻都梳不起來，所以平日裡，都把頭髮剃光後佩戴義髻。不光是他，包括他的父親、祖父，都是如此。不過，此事在新羅人中知曉的人並不多，畢竟事關家族尊嚴嘛。」

薛至柔不由得以手扶額，武延秀若是知道這事，完全沒必要打他，只要把他的義髻扯下來，就足以懲治他的壞嘴了。

不過萬事沒有如果，木已成舟，人已死透，再也沒有什麼後悔藥。眾人仔細查看了死者，確實如先前所報的，除了被武延秀打過的地方之外，周身別無外傷。

薛至柔不由得嘆了口氣，感覺一切又回到了原點，而自己竟找不到任何能夠翻案的證據。其他人亦是如此，眾人商議後，決計去尋駙馬都尉武延秀，好問問昨日的具體情況。

薛至柔請辭道：「殿下，昨日打人時我在場，就不去找武駙馬了。若是殿下允許，我便自己在這轉轉，再尋尋線索。」

李隆基微微頷首，轉向大門藝：「勞你在這裡陪著至柔罷，她小小年紀，獨自一人不大方便。」說罷，李隆基帶著其他幾人出了地窖，那全洪快步跟著相送，不再搭理薛至柔與大門藝。

兩人也出了地窖，繞著鴻臚客館溜達。薛至柔像是想到了什麼，問大門藝道：「哎？大兄，說起來你也應當住在這客館罷？」

「只有初到長安那半年住，」大門藝笑道，「這鴻臚客館裡哪裡來的人都有，不免有些雜亂，我阿爺便在長安給我買了宅子，距離三郎府上也近，往來更方便些。」

薛至柔應道：「是啊，各國之人住一起難免有些不便，也不是人人都會中原官話。」

「其實倒也不至於那般雜亂，基本上每個地方來的人都會住在同一棟，也更方便管束一些。只是妳也是打安東過來的，自然知曉，新羅、百濟本就與我們渤海靺鞨不大和睦，縱使不住在同一棟，這抬頭不見、低頭見的，總還是有些尷尬。」

薛至柔對這些事沒興趣，沒有接腔，而是被某處傳來的氣味吸引。她吸了吸鼻子，詫異道：「嚇，別是哪處著火了，怎的有這樣大一股糊味啊？」

大門藝也嗅到了這股味道，兩人像是兩條巡邏的獵犬，一路嗅著，尋到會館後院一間無人看守的伙房。薛至柔步入其中，只見門後藏著一只敞口的火爐。爐壁已沒了溫度，但仍散發出嗆人的氣味，爐內殘餘不少未燒盡的木炭與炭灰。

「這是怎麼回事？大夏天的竟還有人用爐子？」薛至柔問大門藝道。

大門藝卻不以為，十足篤定道：「應是哪個饞嘴子昨晚用來吃炙豚肉了罷？畢竟無論是新羅還是我們靺鞨，都愛吃炙豚肉。只要將豚的里脊切成片，往這爐子裡放上炭火，把這鐵絲圍的網屜架在炭火上一烤，再配上燒酒，那叫一個香！」說著，他發覺有個細鐵絲圍成的圓形網屜靠在牆上，更覺添了佐證：「妳看，我說什麼來著？」

薛至柔走上前，扒頭看了看那鐵絲製的網屜，其上黑糊糊的一片，看來應當確實是在火上炙烤導致，卻未看到什麼油膩，一個奇異的想法在她腦中升起。

薛至柔起身便往外跑，大門藝喚她不及，連忙追去。

薛至柔先是來到客館的一層，發現各個房間的布局與二樓完全一致，仔細嗅嗅，有股沉沉的酸氣。她便又回到二樓崔湌的房間，將所有物品再度看了個遍，嘴角終於微微勾了起來，對大門藝道：「大兄，勞煩你，快去通知臨淄王殿下，就說武駙馬確實是冤枉的，我已查明白凶手和作案手法了，請他趕緊遣一隊飛騎營士兵來，將客館內外封鎖，館內所有人暫時待在自己房間內，有任何人攜帶行李外出，都要驗明行李內容。」

「啥？」大門藝十足吃驚，愣愣半晌沒有應聲。天知道，他可是抱著帶小孩子玩的心態在這裡陪著薛至柔，她難道還當真會查什麼案子不成？

他這反應惹得薛至柔好氣又好笑，讓她想起小時候偶時隨母親外出，某些將領聽母親說起行馬打仗時的神情。母親從不屑於解釋，她亦是如此，只是肅然了俏麗稚嫩的面龐，認真說道：「若是動作慢了，放跑了凶嫌、丟了證物，你……」

果然，大門藝聽了這話，心道此時還不是死馬當活馬醫，就算混鬧出了過失，大家一起挨皇帝的罵就是了，轉身便出了門，牽出馬飛快疾馳出了宮城。

長安盛夏，烈日炎炎，連樹上的知了都疲於發聲，只一張一翕地搧動翅膀，好給自己送來微弱清風。

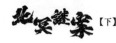

鴻臚客館被百餘飛騎營士兵圍得水泄不通，新羅王的外甥朴太理從同文館讀書回來，看到這陣勢不禁生惱，用新羅話叫喊道：「我們的人死了，你們竟然封了驛館，不讓我們出入，天下哪有這樣待客的道理！」

「是你啊，」薛至柔從客館內探出半個腦袋，又偏頭對李隆基道，「殿下，他好像是新羅這邊管事的，他來了便可以開始指認凶嫌了。」

朴太理聽了這話不由更惱，帶著手下氣勢洶洶走進大堂來，背手對李隆基道：「臨淄王殿下，我的同伴客死他鄉，至今無有一個說法，屍體停在冰窖裡，無法回鄉斂葬，你們不覺得自己有些仗勢欺人嗎？」

李隆基神色沉沉，安撫道：「閣下的心情，本王十分理解。閣下要為自己的同伴討個公道，而本王亦不能令武駙馬平白受冤。大理寺破案有規章，歷時彌久，聖人擔心閣下與貴國使臣心急，這才下令讓我等三日內偵破。如今至柔既說已經找出了凶手，我們不妨聽她說說，如何？」

「事情本就是明擺著的，」朴太理依舊情緒激動，不待譯者說完，便抬高了語氣道，「崔滄昨日挨了武駙馬的拳腳，回來後內臟破裂而死，爾等都是有眼可見，為何一定要裝瘋賣傻？抑或是你們唐人愛用的詞，指鹿為馬？不然又如何解釋崔滄好端端死在封閉的房間中，難道是有惡鬼穿牆，索了他的命嗎？」

場面氣氛尷尬，無論是李隆基還是典客署令，都想著先安撫這朴太理，等他不那般激動再說查案之事。薛至柔卻忽然一拊掌，語帶驚訝道：「想不到閣下竟也會查案啊？你說的不錯，這凶手確實是能穿牆的鬼，看不見、摸不著，殺人於無形！」

那大門藝見薛至柔開始胡說八道，忙扯了扯她的袖子。

薛至柔不以為意，又將袖籠拉回來，上前一步，對朴太理道：「閣下若是不信，何不隨我上樓看看？」說罷，薛至柔便猴躥似的往二樓跑去，朴太理將信將疑，但也還是跟了上去。

薛至柔將他引至崔湌的房間門口，做了一個請的手勢。

朴太理立即駐步，心生警惕道：「妳不會是要裝神弄鬼罷？」

「你不會是怕了罷？」薛至柔一臉無辜，旋即嘿嘿一笑，「放心，閣下乃新羅王之親外甥，身分如此尊貴，我必以禮相待。只不過想讓閣下瞧瞧，這世上啊，當真有能悄無聲息穿牆殺人的東西呢！」說罷，薛至柔將房門闔上，留朴太理一人在房內。

朴太理起初十分警惕地環顧左右，似是真的要防備什麼幽靈鬼魂，微聞風吹草動便一驚一乍，顯得十分滑稽。可半天過去了，四下裡，卻一點動靜都沒有，他不由得有些不耐煩道：「這裡什麼都沒有啊？妳這丫頭，不會是在戲耍我吧？」

「閣下莫急，它啊，已經在來的路上了。你且坐下，耐心等一等。」薛至柔的聲音幽幽地從緊閉的門扉外傳來。

朴太理無奈，只得撿了個坐墊坐了下來。夏日酷暑，房間門窗緊閉，外面冗長的蟬鳴聲傳了進來，令朴太理越感燥熱，周身不停地流汗，逐漸受不住了，他大喊一聲：「等不得了！讓我出去！」一起身快步拉開房門，怒氣衝衝對門外嬉皮笑臉的道：「哪有什麼穿牆殺人之物，妳這丫頭，必定是在戲耍於我！」

薛至柔忙遞上一方絹帕，聳肩否道：「天地良心，我可沒有耍你。想來閣下必定已經感受到了這穿牆殺人之物，否則閣下便不會如此快地從房間裡出來。」

朴太理聽罷，仍一頭霧水。薛至柔引著他一路下到客館的一樓。李隆基、大門藝與典客署令等人都等在了某間房門處。朴太理一臉狐疑地推門走了進去，房中竟放著一個敞口的大火爐，火爐中的木炭在劈裡啪啦地燒著，爐口上方騰起熱浪滾滾。見此情形，朴太理不由大吃一驚。

「這間屋子是房間正下方的空房。方才閣下之所以感到燥熱難耐，並非只是天氣暑熱所致，更有這火爐炙烤的加成。那崔湌正是由於昨日與我等在太陽底下打完馬球後，又被凶手放置於房間下方的火爐炙烤，在不知不覺中中暑而亡的。其證據就是，崔湌的屍體雙目緊閉，面色發白，正是中暑而亡的表徵。」

朴太理疑竇未除，反問道：「僅憑個雙目緊閉，面色發白，就能說是中暑而亡了？房間中若真熱得要死人，為何崔沔不趕緊呼救，或者逃離房間？為何要老老實實待在房間內受死？」

「這……」薛至柔拉長聲，似是亦有未解之疑惑，惹得眾人面面相覷，甚至有新羅人已開始發出了哂笑聲。

唯獨李隆基不以為然，揚眉道：「好了，至柔，大家都心急，妳莫要再賣關子，快快為大家解惑罷。」

薛至柔沉沉嘆了一口氣，小小的人兒蹙著眉頭，似是十足感慨：「此案說來簡單，但也是有心之人根據遇害者的情況專門設計的。一是利用他的疾病：方才到地窖驗屍時，注意到崔湌頭上有一塊明顯的頭癬，便猜測他有腎脈衰弱之症。方才請了大兄去向新羅疾醫求證，已被證實確如我所想。這腎脈衰微之症平素裡倒是不至要命，只是有一點：極其容易脫水……」

眾人面面相覷，似是有些明白了她的意思。那朴太理又道：「即便脫水，也不是馬上就會死吧？薛小娘子依然未說明，為何他不呼救？不逃離房間？」

正當此時，一名飛騎營將領上前，雙手托舉著一個包袱，向李隆基稟報道：「報！稟殿下，我等方從新羅使官全洪房間內搜出此物！」

大門藝上前接過包袱，展開絹布做的包衣，裡面竟出現了猶如人顱頂形狀的物件，其上豎著髮髻。有人見此，不由驚出了尖叫聲。

李隆基微微蹙眉，下定論道：「無需害怕，並非人頭，不過是義髻罷了。如是說來，全洪便是此案凶手？」

眾人譁然，左扭右看，方才還跟在眾人身旁裝模作樣的全洪早不知何處去了。

薛至柔也不急，徐徐道：「他跑不遠，且不必管他，我們接著說。臨淄王殿下所說的不錯，這正是崔湌的義髻，昨日打馬球時他還曾佩戴此物。許多崔湌同窗摯友皆不知曉，崔湌自其祖父起，應是因為腎脈不利，一家三代男丁均是先天少髮。新羅人看重樣貌，崔家自然不肯將此事告知於人，故而一家三代男丁，都佩戴義髻。諸位且隨我來。」

說話間，眾人再度走回了二樓崔湌的房間。薛至柔在房中邊踱步邊說道：「昨日打完馬球之後，趁崔湌在裡間沐浴的功夫，那全洪潛入房內，悄悄拿走了崔湌的義髻。崔湌對此毫無察覺，將屋門反鎖後便睡了過去。待夜深人靜，崔湌熟睡後，全洪從後院庫房裡搬來火爐，開始在崔湌房間正下方的空房內燒炭，這樓板皆是木質的，隔熱效果不佳，崔湌的房間逐漸燥熱難耐。由於加熱的過程如同溫水煮青蛙，崔湌白天剛打完馬球睡得又比平時要沉，故而未能及時發現，待到其驚厥醒來時，已陷入重度中暑之症。崔湌不知此時樓下有個火爐正炙烤著自己的房間，以為只是夏夜天氣過於燥熱，於是打算同往常一樣帶上義髻出門查看情況。可義髻已被賊人悄然拿走，崔湌翻遍整個房間也未找到。他下午方被武駙馬一頓好打出了醜，擔心自己再以禿頭的形象走出房間，更會有損家族名譽，故而百般猶豫。他本就有腎疾，體內水分流失的速度遠比自己想像中更快，還未想清楚道理，便臟腑衰竭，中暑身亡了。」

「若以此法，樓下房間應當有很大的焦糊味與煙氣，其他人等難道沒有覺察？」朴太理又問道。

「方才在樓下，你們可曾聞到些許酸味嗎？」薛至柔早就猜測到他會如此問，流利解答道，「全洪作案時將門窗緊閉，等覺得差不多時便滅了火，用大量的醋噴灑在房中，煙氣可被吸收大半。彼時夜色已深，眾人多陷入了深眠，再將窗戶打開，餘下不多的焦糊味很快會散去。少量的不過會被認作有人嘴饞，偷吃炙肉而已。那醋味不過一夜便會揮發，餘下之量，也不足以引起人們警覺。」

說話間，全副武裝的兩名飛騎營士兵架著兩股戰戰的全洪大步走來。全洪像是被瞬間抽了魂兒，再不見白日裡那副志得意滿的模樣。

朴太理氣惱又無奈，只恨不能上去踹他兩腳：「你為何要害崔湌？」

「有……有傳言說，崔湌受其父親崔沔舉薦，即將替代下官成為這新羅駐大唐使節。下官上有老、下有小，實在不能失去這份俸祿，才……才出此……下策……」

全洪的頭越埋越低，聲音也低得如同要埋入塵埃。

朴太理一臉不信，道：「即便崔沔確實要替代你的位置，你又焉知自己接下來不會另有任用？就算是真的告老還鄉，王上也會賜你榮休金。如此不惜手段殺人也要霸占著這個位置，想必背後定有貓膩！若不想被檢舉揭發，從重處罰，現在就立刻寫自白書，將你的罪行從實招來！」

朴太理說罷，憤然離去。全洪嚇得六神無主，大氣也不敢喘。一直守在門口的兩名飛騎營士兵上前，帶走了全洪，將其押往大理寺的牢獄。

圍繞打馬球的這樁命案，到此便告一段落。根據後來全洪的自白書，在他任職期間，曾多次將大唐的美物販運回新羅境內獲利，所販之物小到暖手爐，大到大唐的良駒，不一而足。這便是這一次，薛至柔在兩京有了小小神探之名，當然也遭到了其父的激烈反對，皆是後話。

隱隱的叩門聲將薛至柔從白日昏眠中喚醒，她徐緩睜開眼，目光定在了熟悉布置中的那一顆馬球上。

那便是當年破了馬球案後，武延秀贈與她的謝禮。薛至柔不懂她為何會如此清晰地夢到兩年前之事，是為了提醒她莫忘當年之心？還是因為，如今這北冥魚案也是與新羅有所牽扯？正想不清，只聽門外傳來一憤憤的男聲，好似是薛崇簡：「我說，你究竟是哪裡冒出來的田舍漢，為何會出現在靈龜閣？我現下便去找武侯，讓他們把你捉去！」

這話應是對著孫道玄所說，薛至柔聽不清那孫道玄回了什麼，只能聽到薛崇簡的嗓音越提高了兩分：「什麼？你是玄玄的助手？你面目如此猙獰，樊夫人怎會容你這樣的人給玄玄當助手？莫要誆騙與我……武侯！武侯！」

薛至柔忙撐起身子，屐上鞋出了臥房，果然見那薛崇簡正一臉怒氣地與孫道玄對峙。

薛至柔忙阻攔道：「哎哎，怎的了這是？喊什麼武侯？」

看到薛至柔，薛崇簡急忙迎上前來：「玄玄，妳快點瞧瞧，這有個來歷不明的男的，還說他是妳的助手！玄玄別害怕，我現下就找武侯去，立即將此賊捉了……」

薛至柔不由得以手扶額，忙道：「別，這位純狐謀，東夷人，從小被人狐養大，臉被凶手抓傷，故而面目不佳，但其實是個好人……」

「好人？妳剛傷癒還沒怎麼出過靈龜閣，這野人是從哪裡弄來的？」

從方才開始，孫道玄就以一種十分不快的目光看著薛崇簡。薛至柔見氣氛越來越尷尬，生怕他們一來二回當真招來武侯，忙解釋道：「你莫冤枉人，他隨我母親一起來的，先前也在安東都護府效力的。我母親奉聖人之命去迎轉世靈童，便讓他在此護衛我了。」

薛崇簡眸中的困惑又多了幾分：「伯父、伯母軍中都是光明磊落的大將，怎還有這樣的人？伯母留誰不行，非留這樣一個人在妳身邊？玄玄，妳可莫誆騙於我，不會是妳辦案中出於同情而包庇的什麼逃犯罷？」

薛至柔心道，不知是不是自己此前三番五次地誆騙薛崇簡，竟把這人的腦筋給誆騙得變聰明了幾分。眼看薛崇簡竟猜了個八九不離十，薛至柔面色漲紅，急聲否認道：「怎麼可能啊！純狐兄他、他是我母親在遼東偶得的東夷人術士，對辨認死屍頗有心得，我母親想著能幫我打打下手。加上他又有幾分功夫傍身，這才派了他過來……」

話雖如此，薛崇簡還是有些狐疑：「妳說的可當真？」

「自然當真了！」薛至柔梗著脖子嘴硬，心裡其實有些發虛，她亦知曉薛崇簡是真心實意關心她，但很多事確實無法與他言明，只能這般先糊弄過去。

薛崇簡暗暗嘆了口氣，心道這樊夫人當真不可靠，拉著薛至柔的袖籠到一旁，滿眼防備瞥著孫道玄道：「玄玄，妳可能不知道，唐二已被他祖父禁足，眼下府裡又出了案子，一時間恐怕回不來了。這人雖說是妳母親軍中的，到底也不知道底細。公孫阿姊總歸也要回王府的，妳這麼一個小姑娘家留著這麼個不開化的人在，我怕不安全，不若……」

「等會兒，」薛至柔打斷了薛崇簡，一臉震驚，「唐二娘子因為什麼被禁足？」

「我還是聽我兄長說的，說是唐二跟著個什麼混子去了煙花柳巷，被唐尚書逮了個正著，唐尚書氣得不輕，就把唐二禁足了！」

薛至柔幾乎不過腦子，便知曉這所謂「混子」便是堂堂五品大理寺正，明法科神童出身的劍斫鋒。她一時沒忍住竟笑出聲來，面對薛崇簡困惑雙眼忙道：「啊，不是，我……我沒事。對了，方才武駙馬拿來了一些稀罕物，我不知如何用，你來幫我看看罷。」

說罷，薛至柔帶著薛崇簡往客堂走去，她將小手在身後擺擺，示意孫道玄離開。

孫道玄睨了他二人一眼，頭也不回地向靈龜閣走去。

待終於打發了薛崇簡，薛至柔立即上靈龜閣尋孫道玄，興沖沖道：「昨日還說，要想個轍，去看看黃冠子所說的機會，不想今日便送上……」

孫道玄不搭腔，翹腿坐在桌案前不知看著什麼書，縱然隔著那嚇人的裝扮，薛至柔仍舊看出他臉色不大好，一驚一乍道：「你左不會也病了吧？」

「病了又如何。」孫道玄終於開了口，「又不會有人給某帶什麼鹿茸、山參，請什麼庸醫郎中給某看。」

「哎，人家老郎中醫術不錯的，你可別空口辱人清白。」薛至柔回著嘴，看孫道玄這般表現，若有所思道，「我說，你這話怎的這麼酸啊？是不是……」

孫道玄一驚，手上的書差點掉了。他行為有些失格，自己亦是知曉，所以方才不等薛崇簡離開，便兀自回靈龜閣書房來了。但他為何會這般，自己亦說不清楚，此時聽薛至柔這話，好似是在說他含酸拈醋，連聲就要否認。

那薛至柔此時倒是像朵解語花，安撫孫道玄道：「關心則亂，我理解……公孫阿姊那邊方才傳來話，昨夜無事，她亦暫時不需要援手，你的心是不是可以放回肚子裡去了？」

孫道玄從未覺得自己像現在這樣聽不懂薛至柔的話，他只覺哭笑不得，抬起眼，只見那薛至柔一副寬厚大方、善解人意的模樣，好笑又無奈，最終，還是選擇不忤她的興致：「阿雪武藝高強，應當無礙的。」

「既是如此，我們便好好籌謀、籌謀罷。」薛至柔說著，大步去隔壁房間，取了個鳥籠來，裡面正豢養著劍斫鋒先前帶來的山雀，「也該約那位『混子』好好談談了罷？」

第二十二章　萬緒千頭

薛至柔坐在書案前揮毫潑墨，洋洋灑灑修書一封，待墨跡乾涸，便塞進了飛奴細爪繫著的小書筒裡。她打開窗櫺，素手一托，小小飛奴便輕巧地摶飛而上，須臾消失在了氤氳夜幕中。

孫道玄坐在距窗不遠的胡凳上，視線隨著那自由的小身影飛遠。只見窗外不知何時下起了細雨，南市口一排八角紅燈籠映在浸滿雨水的青石磚上，反射出朦朧卻溫暖的光暈，孫道玄只覺他的心底亦湧起了一股難以描摹的暖意。

他還年輕，卻已獨自在風霜中行走多年，甫遇到這奇異的溫暖，第一反應便是想逃。孫道玄忙收了目光，手中的書早已看不進一個字，便匆匆合上，垂眼問道：「那日唐二的案子，已經足以讓妳覺得劍斫鋒可信了嗎？」

薛至柔轉過身，倚在窗口，風吹入檻，撥亂少女的碎髮拂過面頰。她微微一笑，頗有幾分頑劣的意味：「我看人一向不準，眼下有機會，找個人幫我相相面，何樂而不為？加之北冥魚案還有許多疑點，我一直想去驗屍而不得，這劍斫鋒若當真能將我們帶去好好查驗一番，又有何不可？」

說話間，不過一炷香的功夫，送信的飛奴竟又冒雨飛了回來，落在薛至柔身後的木檻上，喳喳叫了兩聲。

薛至柔面露喜色，轉身捧起那飛奴，輕輕點了點牠毛茸茸的腦袋以示誇讚，隨後解下了牠腿爪上的信筒，將信取出，但見上面用工整得有些呆板的字體寫著：

來信收悉。明晨有車接往大理寺，請瑤池奉與助手準備驗屍。

這劍斫鋒是雷厲風行，可這一道雷劈下來，有時候也是令人毫無招架之力，也不看看旁人來不來得及準備。好在驗屍之物靈龜閣中常備，眼下只需問問孫道玄：「明早要去大理寺驗屍，你可有什麼要準備的？」

見這劍斫鋒回信這樣快，答應得這樣乾脆，孫道玄也有些意外，偏頭一笑，停下來正卸偽裝的手：「以某多年經驗，所需不過一套文房四寶，瑤池奉只消備齊自己所需的物品就好。」

薛至柔又好氣又好笑，她好心詢問，他反倒擺起譜來，瞋了他一眼，不再理會，兀自翻找自己那些寶貝去了。

雖已快入秋，晨起依舊悶熱，薛至柔與孫道玄乘車去往大理寺。

兩人都曾多次聽說對方不俗，卻是第一次見對方查案，分毫不敢放鬆警惕，所帶各種器物、大包小裹塞滿車廂，兩人都不言語，各坐一頭，竟有些分庭抗禮的意味。

終於到了大理寺，差役看到廂內滿滿當當的器具無不震驚，薛至柔像個沒事人一般跳下車，看到穿著片皮外裳滿頭大汗的孫道玄，內心可笑不已，悄聲揶揄道：「你且忍忍，一會子進了停屍房，你便涼快了。」

那劍斫峰已等在大理獄門口，仍是一副公事公辦的模樣，背手道：「萬國朝會將近，將有多國使臣來朝。聖人命我大理寺加速偵破此案，若有冤魂則盡速超度，免得馬球賽期間再生枝節。葉天師雖得聖人恩遇照拂，即將放出牢獄，到底年事已高，此番驅邪之事，還是有勞瑤池奉了。」

薛至柔也做出一副老成持重的模樣，沉吟回道：「不敢當，不敢當。職責所在，你們大理寺究理，我們崇玄署解玄；你們安生，我們事死。各有分工，多餘的場面話，便不用說了，死者何處，帶我們進去瞧瞧。」

劍斫峰不再多語，領著薛至柔與孫道玄走入大門，穿過前廳，來到西側一間小院。院內不過三、兩間草屋平房，卻有衛兵把守，四周種滿松柏，顯得十分陰涼。

劍斫鋒帶著他們走入那平房中，只見其內並無任何家居，唯有一塊半丈見方的木板置於正中地上。薛至柔眼尖，一眼便看出那是桃木，想起先前大理寺諸人曾斥她裝神弄鬼，不禁有些好笑。

劍斫鋒不等她說什麼，向守衛示意，守衛便推開門板至兩側，露出地上一個僅容一人通過的狹窄洞口，洞口下有一方冗長甬道，直直通往地下。其下無燈火，連石階都泛著幽藍的冷光，仿若通往幽冥地府。

薛至柔不怕鬼，孫道玄更是天不怕、地不怕，兩人賓至如歸一般，跟在劍斫峰身後大搖大擺地走了下去。

臺階盡頭是個拐角，轉過拐角後，內裡豁然開朗。此處果然較地面涼了許多，氣溫如同秋末初冬，空氣中彌漫著一股酒醋和著屍臭的酸腐氣息。左側的一間房，靠前擺著一排一人寬的抽斗大櫃。

若是唐之婉看到眼前這景象，只怕早就尖叫著奪門而逃，薛至柔卻是兩眼放光，滿臉豔羨地看著大櫃子，拍手讚嘆：「不愧是大理寺哇，居然獨占這麼好的停屍房。若是我大唐各州縣都能建一個，得少多少冤案呀。」

劍斫峰十足無語，不由扶額道：「這凌陰六面皆臨著活水槽，需不斷向其中注入硝石以維持低溫，不光是建造，連維持運行都耗資甚巨，整個大唐只有寥寥數座。州縣哪裡來的銀錢建造？恐怕連運行都運行不起。」

「哦？其他幾座在哪裡？」薛至柔饒有興趣問道。

「長安與洛陽兩地宮苑，再就是長安大理寺中亦有一座……閒話少敘，此處存放的，皆是大理寺親自督辦存疑案件的屍身。借助這凌陰深處的低溫，延長屍首保存的時間，但最多也只能延長至死後三、四十天。如今這案發多久，你們也心知肚明，當初的痕跡還能看出多少，只能看二位的本事了。」

「莫說這些無關緊要之事，趕緊驗屍吧。」孫道玄捺不住，打斷薛至柔的好奇發問。

「不忙，純狐兄，昨日劍某方得知，你竟有辨骨識人的本領，不知可真？」

孫道玄一怔，望向薛至柔，看她神色如常，便放下了幾分戒心，對劍斫鋒點了點頭。

劍斫鋒又道：「隔壁房間存放著一些凌空觀的焦屍，不少已被燒得不成人形，家屬難以辨認，無從認領，這些人也無法落葉歸根，實在可憐……」

雖不知曉那日凌空觀究竟發生了什麼，但凶徒的目標多半是自己。對於那些遇難者，孫道玄一直懷有「我不殺伯仁，伯仁卻因我而死」的愧疚，一口應承了下來，起身便要隨劍斫鋒去。

「等等，你喝下這個再去吧。」薛至柔說著，解下腰間掛著的小葫蘆，遞向孫道玄。

孫道玄不明就裡：「什麼物什？」

「三神湯啊，取蒼朮二兩、白朮半兩、甘草半兩燒煮而成，喝了能辟死氣。」薛至柔說著，晃了晃葫蘆裡的藥水，仰頭咕嚕嚕喝下好幾口，修長的脖頸在這暗冷的房間中白皙得驚人，宛若戮頸天鵝般令人遐想。

此處陰涼，孫道玄卻覺得自己的面頰騰地熱了起來，他連忙偏過頭，沉吟道：「我不需要，妳自己喝吧。」說罷，便步履匆匆往隔壁走去。

薛至柔怎會知曉他在想什麼，放下葫蘆，嘟囔了句：「嘁，不識好歹。」閒話的功夫，大理寺差役已將那北冥魚案小宮女的屍體抬了出來，放在了竹簟上。

劍斫峰衝薛至柔微微頷首：「如此便有勞瑤池奉。」說罷，帶著差役一道，也向隔壁房間走去。

房中只剩下薛至柔跟這具女屍，為著不升高此地的溫度，燭臺都擺放在靠走廊這一側的牆邊。燭火幽冥黯淡，更顯得此處詭譎，那女屍彷彿隨時要動起來一般。

尋常姑娘見此場景，只怕要嚇得大哭出聲，薛至柔卻沒事人似的，從隨身的包裹裡摸出了一盞小小的蓮花燈籠。

這燈籠乃是薛至柔特製，上下各有一個銀燦燦的蓮花，形狀頗為聚光但沒有拋光，為的是盡可能將燭光均勻地散射至燈籠周圍。而燈籠的側面則是紅油紙所製，可令燭光盡可能呈現紅色，照在屍體上，方便分辨出許多尋常光線下無法看到的血痕。

薛至柔右手提著燈籠，左手掏出一個以琉璃磨製成的圓護，由於兩面凸出，可以把一些肉眼看不清的細節放大，用來驗屍可謂妙極。薛至柔熟練地引線點燃燈籠，照亮了那女子的屍身。

只見她約莫二八年紀，生得頗為白淨細嫩，薛至柔提著燈籠大略照了照，發現其身上並無顯眼外傷，她便將琉璃圓護移至女屍頭頂，以尋常燭光照之，發現其頭髮中夾雜著頗多泥沙水藻。

薛至柔取出醋酒，淨了淨手，戴上麻布手套，又掏出一片薑，滴了幾滴酒醋在上面，隨即嘟著嘴，用薑片堵住自己的鼻子，雙手微微著力，掰開了女屍的嘴。

嘴中同樣是泥沙頗多，但薛至柔仍沒有輕易下結論。她拿出一根銀針，頂上戳上一個細碎柔軟的麻布團，插入屍身的鼻孔中，在鼻腔的最裡端輕輕擦轉了轉，再取出透過琉璃圓護一看，發現布團上同樣沾著些許砂粒。薛至柔方得以肯定，此人確實是溺水而死，而非死了之後才拋入水中。

可作為溺水而死之人，此人的腳指甲實在有些太乾淨了。薛至柔舉著琉璃圓護看向她的腳指，發現裡面只有很少的沙粒，與頭髮中的形成鮮明對比。她正要將燭臺移開，卻偶然發現女子的腳腕上似有壓痕，在左腳腕的左側與右腳腕的右側。

這壓痕粗看不明顯，也不像是什麼致命傷，故而尋常仵作往往會忽視，只當做是被水草纏住所致，可薛至柔要找的便是這容易被忽視的細微線索。

她拿起蓮花燈，舉到屍身足踝處，果然發現，這壓痕在紅燈籠的照耀下微微發紅，正是兩片被壓導致的淤血。

薛至柔在遼東戰場幫父親驗過很多屍首，似這等均勻寬大的淤血還是頭一次見，顯然並非毆打所致。既然腳腕處有這種淤血，別處還有沒有？薛至柔又將那紅燈籠照著那女子的屍身，從腳到頭慢慢移動，不放過任何細節，舉到頭面時，她經不住嚇了一跳：在紅燈籠的照耀下，這女屍的頭幾乎全是紅的，與身上的白皙形成鮮明對比。這便說明，這女子雖的確是溺水而死，但恐怕死因並不尋常。

眼下雖說不出她究竟遭遇了什麼，薛至柔至少可以確定，這女子絕非自己投湖死的，這腳踝上的血痕和隱隱滲血的頭顱便是明證。

查了如此之久，終於有了些許突破。無論眼前的屍身是否是凶頑，薛至柔還是默默為她念了超度經文，而後收拾了隨身攜帶的物什，向隔壁房間走去。

那孫道玄正對著數十具焦屍挨個畫像，只見衙役們捧著一些不大齊整的頭顱、脛骨等物，挨個舉到他面前。

孫道玄立在一張極為寬大的桌榻前，桌上擺著幾具殘缺不全的焦骨，他經過仔細地辨認，指揮著差役將那些殘骸逐漸拼接成人型。

「這確是『甲寅』的……這不對，不是『丁卯』，恐怕是這邊這位『乙申』的……」不消說，孫道玄所說的「甲乙丙丁」、「子丑寅卯」正是這些屍塊的編號，他如是說著，畫筆不停，竟當真在畫紙上繪出一個人的模樣。

見孫道玄不僅能夠僅憑骨相還原其生前樣貌，甚至還能在過程中糾正大理寺的仵作錯認的骸骨，薛至柔無法遏制地發出了讚嘆聲，旋即又覺得不該，險險閉了嘴，尷尬轉向旁側的劍斫鋒，僵硬地笑道：「劍寺正，如何？我們純狐兄的辨骨識人之技，非常人可以比擬罷？」

「瑤池奉身側，不單有嗅覺靈敏的唐二娘子，還有純狐兄這樣的人物，當真是臥虎藏龍啊。」

薛至柔聽他提起唐之婉，偷偷望向孫道玄，做了個只可意會的神情，而後又轉向劍斫鋒佯怒道：「劍寺正這話我可不樂意了。怎的他們是神人，我便不是了？方才我可是三下五除二，便發現了你們大理寺遺漏的線索，我看不是我身邊神人太多，而是你這大理寺裡窩囊廢太多罷？」

劍斫鋒也不惱，只道：「哦？看來瑤池奉亦有斬獲，那便再好不過，接下來可還有想要查探的地方？」

薛至柔毫不客氣，撣撣衣襟，回道：「自然是重回神都苑和凌空觀的案發現場咯。」

劍斫鋒眉頭微蹙：「凌空觀還好說，事發之後便一直封鎖著。可神都苑這幾日又辦過多次典儀，人來人往，恐難有有用的痕跡遺留。」

「有還是沒有，去了便知。這裡陰冷，我先出去了，到外面等你們。」說罷，薛至柔也不管帶來的大包小裹，一溜煙躥了個沒影。

約莫又過了快半個時辰，孫道玄與劍斫峰才終於回到地面。

薛至柔已在大理寺轉了三、兩圈，甚至試圖溜達到三品院附近，探聽些父親的消息，被守衛攆了出來，這會恰好轉回那小院子門口。

劍斫鋒看出她似有話要說，擺擺手，示意那兩差役先將行李送回馬車上。待人離開，薛至柔才道：「沒想到你們大理寺地界不小，人員卻很是精簡嘛。我這繞了一整圈，差點就要進三品院去了，也未見幾個差役。」

「可瑤池奉到底也未能進三品院不是嗎？」劍斫鋒回道，「神龍之後，文武百官隨聖人西遷，京洛大理寺自然閒置下來，如今這裡的大、小院落已多半被徵用，不作查案拿賊之用，而是存放那些陳年的案卷記檔。」

孫道玄一直對劍斫鋒是否真心合作心存疑竇，向薛至柔使了個眼色。

薛至柔心中有成算，適時接口：「劍寺正可還記得，我信中所提及的案卷……」

劍斫峰頷首應道：「想必就在此地。」

孫道玄抬起眼，似是想用目光穿過重重樓閣找到那一卷小小的案卷。十六年時光荏苒，想必那些紙張業已泛黃，捲筒上勢必落滿灰埃，那正是他苦心孤詣多年所求的真相。

薛至柔如何不知孫道玄的想法，這案子同樣牽扯到她的父親，她亦是輾轉反側，夜不能寐。但心急無用，需得剝絲抽繭，她穩穩心思，復問劍斫鋒道：「我只是有些不解，黃冠子為何會知道大理寺裡有無名案卷？左不會當年是他放進來的罷？」

「傳聞黃冠子國祚皆可推演，知曉案卷在此也不足為奇罷？不過，這大理寺的無名案卷可不止三、兩宗，據劍某所知，應當有近百卷……」

「近百卷？」薛至柔由不得驚叫出聲，語帶憤怒道，「竟有這麼多無頭案子，你們大理寺當真是吃……」

這話說的難聽，薛至柔明白，眼下仍有求於人不可造次，強逼著自己閉了口。

劍斫鋒並未生惱，而是流露出一種不應在他臉上出現的茫然：「說起這無名案卷，我亦憤然，卻也無力……妳應當曾聽說過來俊臣罷？」

「來俊臣？」薛至柔喃喃一句，這個名字她確實知曉，亦知道這廝是武后一朝有名的酷吏。但她十六年前堪堪出生，除了這些道聽塗說之事外，其他確實一無所知。而她身後的孫道玄甫一聽到這名字，便登時攥起了骨節分明的手。

劍斫鋒見薛至柔似有困惑，繼續解釋道：「身為御史中丞，當年的來俊臣幾乎把持了整個大唐的刑獄。大理寺上報的案卷，無論證據多麼詳實確鑿，凶嫌認罪與否，他皆可隨意翻案。其他人等對他不利的，上至太子、群臣，下到平頭百姓，他更是隨意羅織罪名，借此黨同伐異，不斷壯大自己的勢力。此等情形之下，不少大理寺判官便會選擇將一些有疑竇的案子暫且壓下，暫時封存於大理寺內，以待來俊臣及其黨羽倒臺之日。由於畏懼被告發，這些案卷上都不會記錄審案官的名字，因此被稱為『無名案卷』。」

「抱歉啊，是我誤會了，看來你們大理寺有良知的好官還不少。」薛至柔由衷發出贊同，而後又疑惑問道，「可來俊臣不是早在萬歲通天二年便已倒臺了？為何還能有這麼多無頭案呢？」

劍斫峰神色黯淡，無限慨然：「時過境遷，有的審案官早已故去，有的當事人雙方親族皆已不在，其他的，則是沒有找到好的時機向聖人稟報。總之……我得空便會翻翻那些案卷，看看是否有能重查之案。可瑤池奉信中所提及的，劍某確實不曾看到。」

薛至柔禁不住發愁：「如此說來，這『無名案卷』只怕有不少，我們又該如何才能尋到黃冠子所說的那一卷？」

半晌未開口的孫道玄終於說道：「既然黃冠子在信中提到了臨淄王，劍寺正只要去尋有臨淄王父子牽涉其中的案卷即可。」

劍斫鋒一笑，頷首作應：「純狐兄言之有理，如此……此事便交給劍某罷。劍某仍有要事，神都苑與凌空觀不便同行，告辭。」

薛至柔笑著眨眨眼，揶揄道：「劍寺正……莫不是要去立德坊？」

劍斫鋒一怔，面色有些不自在，輕咳了兩聲：「啊，前兩日與唐二娘子出門查案，好似是引得唐尚書誤會。劍某……自然應當前去開解，莫要讓老尚書擔心才是。」

「啊對對對！」薛至柔嘻嘻笑著，一副看透不說透的模樣，「如此，劍寺正便忙罷，我們自行去那兩個地方。」

劍斫鋒張了張口，似是想解釋什麼，又覺得無從說起，原地彳亍兩步，起身離開了。

薛至柔見他走遠，終於笑出了聲來，又想起方才孫道玄說話的語氣十分篤定，轉身問道：「我說，當年的案情究竟是哪一樁、哪一件，你若知曉，為何不老實告知於我？」

「等尋到無名案卷那一日，我會帶著它去尋臨淄王。到時候妳自然會知曉，眼下無須多問。」說罷，他邁步向大門處走去。

薛至柔怔怔看著孫道玄的背影，只覺一股無法言喻的失落感從心底生發開來。心緒莫名回到了那個大雨如注的夏日午後，初見孫道玄的場景。彼時她看到的明明是英俊無儔的面龐，卻又像是隔著那張人皮面具。而此時此刻，她已將他視作同生共死的夥伴，如此看來倒是有些可笑了。

薛至柔默了半晌，方低低「嗯」了一聲。

孫道玄覺察到薛至柔的情緒，想要回頭，又戛然而止。於他而言，多年的沉冤扼在喉頭已令他無法喘息，如今又身陷連環殺局，更令他自顧不暇。

孫道玄曾懷疑自己是那孤煞剋人的命格，被葉法善連連否認，但他還是主動遠離了養父母也很少去尋葉法善，對於公孫雪與她的養母亦不敢過多叨擾。如今又與薛至柔相識，兩人共入謎團，似是有緣，但越是如此，他越是顧忌，生恐又牽累了她。

想到這裡，孫道玄沉沉嘆息一聲，不再去顧及薛至柔的情緒，拖著沉重的步伐向大理寺外走去。

這廂劍斫鋒出了大理寺，直接策馬趕向立德坊。

唐休璟官居兵部尚書，依例可在自家院牆上開大門，而不需經過坊門，劍斫鋒便繞至立德坊東南處，來到了唐府正門。

穿過夯土牆便是烏頭門，劍斫鋒本思緒清明，此時卻莫名緊張了起來，定了定神方上了閽室，拿出腰牌表面身分，提出拜見唐休璟。

本以為因為前兩日之事，這尚書府的大門會頗不好入，不想他自報家門後，很快便有一管事領他入了門。兩人一前一後，穿過一條悠長的迴廊，進了二進門，繞過假山，便見一處小亭，亭四周半掛湘簾，依稀可見一身著華貴廣袖紗羅裙的少女正憑欄品茗。

看到來人，她起身放下茶盞，掀開簾攏，露出一張嬌憨小臉，不是唐之婉是誰。

看到劍斫鋒，她似乎並不意外，但看他兩手空空，卻有些困惑，上前幾步，直言道：「你……就這般來了？」

劍斫鋒不知自己為何心跳突突，這二品大員的宅府他可不是頭一次來，先前為查案，連太平公主府他也敢闖，今朝卻是離奇地緊張。待聽了唐之婉這一問，他方恍然大悟：他確實不大懂規矩禮數，上門拜訪竟然空著手，哪怕稱兩盒菓子帶來，也不至於如此失禮，畢竟……他並不是來查案的。

劍斫鋒神色尷尬，撓頭道：「尚書府東西齊全，我便沒想著要帶什麼禮品，實在是失禮了……」

這下換作唐之婉震驚：「何消帶什麼禮品？你不是上門查案的嗎？」

小風陣陣，拂過鬢髮，良辰美景，樂事賞心，兩人卻是面面相覷。劍斫鋒彷彿不敢相信自己的耳朵：「查案？查何案？我是來向唐尚書解釋那日之事……」

話未說完，便聽走廊盡頭傳來一老者的咳喘聲。劍斫鋒尋聲望去，果然見唐休璟站在迴廊盡頭。

他看起來並未痊癒，站在那裡，胸口便止不住起伏，面色亦是漲紅，精神頭卻堪稱矍鑠，沉著嗓音道：「劍寺正，且隨老夫來罷。」

第二十三章　撥雲見日

夏末的午後依舊炎熱，風卻帶了些薄薄的涼意。劍斫鋒跟在唐休璟身後，穿過悠長的迴廊，深入唐府後宅。

京洛之中達官顯貴之多，簡直猶如天之繁星，劍斫鋒負責涉五品以上官員大案，雕梁畫棟，亭臺軒榭早已司空見慣，然而這尚書府給他的感覺截然不同，從方才的烏頭門到此處的迴廊，皆是大氣端然，不像是什麼達官貴人的府宅，倒像是……邊地的堡壘。

劍斫鋒如此想著，步履一瞬不敢停歇。莫看唐休璟年事已高且是帶病之身，這一路走去速度之快，劍斫鋒要全力才能跟上，不至在這偌大的園子中走丟。

縱橫拐了幾道後，兩人終於走到了迴廊盡頭，乃是一座夯土的水中浮島，其上坐落一間書齋，應是唐休璟在家處理公文之用，門上有一把暗鎖，似是別有機巧。

唐休璟開了書齋門，走入其間，見劍斫鋒立在門口處，他回身道：「還不進來？」

劍斫鋒步入了書齋內，只見三面牆全部擺放著闊大的書架，滿滿當當塞著各類兵書，正中一張桌案，其上乃是一張大唐輿圖，旁白散落著一些唐休璟的手稿。

而整張桌面上最為惹劍斫鋒矚目的，則是一枚小小的香盒，雕飾精美，散發著清淺幽微的香氣，令人聞之心弦放鬆，精神提振，一看便知出自唐之婉之手。

劍斫鋒不自覺地勾了勾唇，他本是打算來向唐休璟解釋那日在春回坊之事的，但看這位老尚書此時已不復那日興師問罪的模樣，他便暫且壓下，叉手禮道：「敢問唐尚書，府中出了何案子？可是丟了什麼物件嗎？」

唐休璟未回話，而是曲著老邁的身子，頗為費力地將胡凳移開，打開暗槽，拿出一個紋虎寶匣，遞向劍斫鋒。

劍斫鋒十分不解，接過一瞬，方覺察這寶匣的重量有些異常，上下掂量兩番。

唐休璟彎身取物，牽動肺脅，又是好一陣咳喘，端起茶盞呷了兩口水，堪堪壓下來後方開口道：「此物為則天皇后所賜的文虎兵符，乃是為了彰顯老夫當年鎮守西州之功。則天皇后下令，凡見此兵符，如見聖人，殘兵應聽感召，立即集結於老夫麾下。當年老夫正是憑靠此收攏殘兵舊部，最終與王孝傑內外接應，收復了安西四鎮。」

「敢問這兵符……」

「如今這兵符自然已是無用了，安西重鎮固若金湯，也無需老夫再掛帥，召集殘兵。只是……前些時日面聖，聖人提起此物，稱此物彰顯則天皇后之器重，理應妥善保管。聽聖人言下之意，此物便是我唐家備沐皇恩之標誌。孰料……未過三兩日，老夫便發現這兵符不翼而飛了，只剩下空殼一個。」

劍斫鋒打開寶匣，只見綢絨錦緞鋪在匣中，根本不見那所謂兵符。

唐休璟咳了兩聲，又道：「這書齋存放了一些緊要文書，故而老夫常日裡上鎖。那兩日臥病，不得起身，便未像平日這般到此處來。待病情稍癒，老夫到此處處理兵部遺留事務，竟發覺這兵符不翼而飛了……」

唐休璟說著，又咳喘不止，連壽眉都跟著震顫起來。劍斫鋒知曉這位老尚書性子極其要強，既不攙扶，也不端茶遞水，待他終於平復下來，才開口問道：「敢問唐尚書，這門口可是一把金鑰鎖？」

「正是，但只開解了密文並不能開鎖，還需用鑰匙才能打開。這鑰匙唯有一把，在老夫身上。」唐休璟說著，從懷兜裡摸出一個極其小巧的鎖鑰，「便是這一把。」

劍斫鋒接過鑰匙看了看，又上前檢查了兩面窗戶，皆是支摘窗，容不得一人過身，他不禁陷入了疑惑：「劍某不知曉這兵符是何等材質，但依據大唐慣例，應當不會是金銀所製。」

「不錯，」唐休璟答道，「只是尋常的黃銅兵符罷了。材質雖不值錢，卻是御賜，若是被有心之人知曉，只怕老夫……」

劍斫鋒心想這物件本身不值什麼銀錢，只因是御賜，方引人關注。換不了銀錢，卻能害得唐家被治罪，難道說是下人中有人懷恨在心，特偷了這御賜之物要陷害唐家嗎？但看這猶如堡壘般的宅院，到底是什麼樣的下人才能悄無聲息地偷到此處來？

事關唐府安危，劍斫鋒立即打起十二萬分精神：「敢問唐尚書，臥病那兩日，這鎖鑰放在何處？」

「收在臥房內閣的屜斗內。」

「唐尚書臥病時，是何人照拂在側？」

唐休璟嘆了一聲，回道：「老夫雖有五子，但皆在外為官，京洛守在老夫身側的，唯有長孫之晴與孫女之婉。老夫重病高熱那兩日，便是之晴與之婉輪番照料。」

劍斫鋒頓了頓，又問：「可否移步唐尚書的臥房，再喚郎君與女郎君來問話？」

唐休璟頷首算作答應，顫顫起身，領著劍斫鋒去往臥房處。

長孫唐之晴夫婦已等在了彼處，他們看起來神色十分緊張，雙手交握在身前，看到唐休璟，立即躬身行禮：「祖父……」

唐休璟坐回靠窗的胡凳上，抖抖摸出幾個鎮咳的藥丸，壓在舌下，邊喘邊問道：「婉婉……婉婉呢？」

夫妻兩人面面相覷，唐之晴輕輕碰了碰夫人的手：「祖父問了，妳還不快去看看，婉婉怎的還沒過來？」

那小婦人更顯惶恐，忙向外趕去，還未走到房門處，便見唐之婉施施然走來，手裡端著個青瓷盞，巧笑盈盈道：「方才宮裡來人，今年上貢的洞冠梨到了，聖人惦記著祖父總咳嗽，特意命人送來，我便熬煮了些梨水……」

唐休璟笑容萬分慈愛，接過梨水呷了一口，不慎嗆著，又引得好一陣咳喘不休。

唐之婉見狀，忙遞上絹帕，又繞到唐休璟身後為他捶背：「這本是潤肺的，倒害得祖父咳嗽起來了，可真是……」

劍斫鋒在旁看了片刻，方開口道：「唐大郎君、唐二娘子，關於唐尚書昏睡臥病那兩日的事，劍某有些疑問……」

「這位便是大理寺劍寺正，」唐休璟介紹道，「事關則天皇后所賜兵符，老夫以為，與其直接去京兆尹或大理寺報官，不若先交托可信之人查一查。這位劍寺正之名，你們應當都聽說過，老夫如今便將這家事……交托與他，你們便好生配合劍寺正查案罷。」

唐之晴與唐之婉皆連連稱是。

劍斫鋒略看了看房中陳設，見門外候著不少侍婢、小廝，揚眉道：「唐大郎君、唐二娘子，方才劍某隨唐尚書過來時，見不遠處有個精巧涼亭，不妨我們移步彼處說說話？」

兩人皆點頭應允，唐之晴夫婦即刻便隨劍斫鋒走出了臥房，唐之婉則是細細叮囑了小廝照顧好唐休璟，方快步跟了上去。

一行人行至距涼亭四、五丈處，劍斫鋒回過身，望了唐之晴一眼：「唐大郎君，便由你獨自來問話罷。」

「這……」唐之晴望了旁側的夫人一眼，「皆是一家人，為何還要單獨審問？」

劍斫鋒帶著一抹諱莫如深的笑，背手道：「並非什麼審問，而是奉老尚書之命，尋尋丟失的物件。此事牽涉唐府私隱，故而想與唐大郎君單獨聊聊，可是有什麼不方便？」

聽劍斫鋒如是說，唐之晴不好不應，對夫人使了個眼色，隨那劍斫鋒進了亭子。

劍斫鋒撩起衣裾，瀟灑落座，招呼唐之晴道：「大郎君也坐罷，你緣何這般拘謹，搞得劍某更像主人一般了？」

唐之晴不復在唐休璟面前一副唯唯諾諾的模樣，白了劍斫鋒一眼不悅道：「我知曉，你自是懷疑我的，不然也不會率先問我。那兵符雖是則天皇后所賜，卻是黃銅製成，縱使拿到黑市上，也賣不上什麼價錢，唯有我們唐家人才看重，只因祖父曾放言，會將它傳與未來的家主。但我要告訴你，那物什不是我拿的，你可莫要冤枉好人！」

劍斫鋒覷眼望著咬牙切齒的唐之晴，不自覺帶上幾絲哂笑的意味，壓壓手，安撫道：「唐大郎君，劍某並不曾說那兵符是你偷的，你又何須如此激動？不過，這家主傳承，向來是傳與嫡長，貴府為何……」

唐之晴微微偏過頭，掃了眼亭外數丈遠的唐之婉，確定她聽不見，方說道：「我們父輩五人皆為嫡出，而大伯所出唯有一女，年歲亦比我小。我雖是家中長孫，因不通兵法，不甚討祖父歡心。故而在這家主繼承人上，祖父曾有多番考量，甚至說要在百年後將家宅都與堂妹，這簡直是……不過，祖父應當只是戲言，近來他臥病在榻，我們夫婦二人盡心照料，祖父便說要將那兵符傳與我。還不過三兩日，兵符便丟了，你說說，我為何要去偷盜已到手的東西？」

劍斫鋒忖了忖，心裡的疑問雖更多，卻沒有立即發問，頷首道：「所言不錯，唐大郎君且旁處轉轉，待劍某再問問唐二娘子。」

唐之晴這便起了身，背手往旁處去了。劍斫鋒仍坐在原處，望著款款走來的唐之婉，告誡自己莫要讓情緒左右判斷。

亭外流水潺潺，唐之婉落座於對面，搧著一把繡金翎羽合歡團扇，玩笑道：「那日我祖父去捉人，是不是嚇了你一跳？回家我可是解釋了好半天，他才肯相信你不是壞人，我們不是去做什麼見不得人的勾當……沒想到府裡出了案子，祖父竟第一個想到你，派人去大理寺尋你。不過你也著實來得快，真真嚇了我一跳呢。」

那日唐休璟尋來，劍斫鋒發現一直苦尋不得的目擊證人出現在了春回坊，便顧不得管唐之婉，前去套話了。算起來到今日，也不過兩日的光景，但此時他望著唐之婉，卻覺得有種難以言喻的陌生感。

雖然早就知曉她是兵部尚書唐休璟的嫡孫女，但唐之婉為人隨和，平素裡在丹華軒，吃穿用度比那靈龜閣的薛至柔講究些，卻不至給人距離感。

而此時此刻，她妝容精緻，花鈿細巧，穿著華貴的廣袖紗羅裙，雖近在咫尺，卻如高嶺之花不可攀。劍斫鋒說不清心裡究竟是何等滋味，好一陣方穩住心神，抬眼道：「許是走岔了，我並未遇上貴府之人前來相請。不過想起那日老尚書怒不可遏，擔心誤會未清，特意來這麼一趟，也算是趕巧了。」

唐之婉未在意這些細枝末節，細細的眉間微蹙，道：「兵符雖不是什麼值錢的物什，對於祖父和我們唐氏一族卻很要緊，你應當也聽我堂兄說了，所以才會專程請你來，只不過……」

劍斫鋒只覺自己的行為正在與某些根深蒂固的理念激烈交鋒，良晌，他方開口道：「事發突然，我亦沒有頭緒，妳且容我再府中再尋尋線索。」

神都苑裡，凝碧池水光漣漪，寧靜安然，全然看不出在不久之前曾發生過如廝慘案。

薛至柔與孫道玄沿著湖岸柳堤，一前一後行走，打從方才，兩人之間的氣氛便有些詭譎，彷彿凝著一層冰，與這流火的夏末格格不入。

占風杖堪堪修復，工藝精湛，幾乎看不出折斷過的痕跡，清風徐來，木烏口中的銜花不停地轉著，好似訴不盡的少年心事。

沉默著的薛至柔與平素裡嬉笑怒罵的小道士截然不同，安靜得令人不適，孫道玄忍不住開了口：「果如那劍寺正所說，過去這麼些時日，當初的痕跡難以尋覓，妳可有什麼頭緒？」

薛至柔回過神，淺淺一笑，並未回答孫道玄的問話，轉言道：「你可知道，在我所經歷的所有輪迴裡，曾有一次撞見你半夜被倒吊在水邊，溺斃於池中？」

孫道玄一臉疑惑：「妳說的可是北冥魚入京洛那日？那次我明明聽了妳的忠告，入夜後尋了兩個小廝讓他們看著我把園子裡的畜生畫完，並未曾經歷過妳說的這般情景啊？」

「若切實經歷了，你還能在這兒活蹦亂跳？總之，我當時是實打實的救了你一命，未想到你還對我冷嘲熱諷的，當真是氣煞人了。」薛至柔說著，白了孫道玄一眼，看似如常的動作裡，卻摻雜了幾分說不清、道不明的意味。

「如此看來妳應是先於我入了輪迴？抑或說因為我送了命，故而丟失了此前記憶？」

「這我怎麼會知曉，我只知道先前我也死過一回，當時是因何而死，我還是記得很清楚的。」

「哦？瑤池奉又是因何而死的？」

「自然是因為那該死的北冥魚，臨淄王被襲，與嗣直一道被捲入水中。我一手策劃了那祈福，自然是要被當場押下去。我抵死不從，退到了湖邊，未曾想被北冥魚一口拖進了水裡，小命就沒保住。」

「還有這等事？看來所謂『人生無常』，確實不是一句虛言。即便同樣的人在同樣的條件下，事態的發展也能夠如此不同……那妳還記得什麼事，與我有關的？或許我借助妳的記憶，也能夠想起些此前輪迴的事情也說不定。」

說起之前輪迴的孫道玄，薛至柔就氣不打一處來：「在記憶裡，你曾來靈龜閣尋我，說自己是什麼『落榜明書科舉子』，來找我解夢。解夢便罷，你還不肯將實情告知，搞得我以為你是想來我這裡誆騙一個殺人手法，我便給你寫了張治癔症的藥方，還用這占風杖將你趕了出去。」

聽了這話，生性冷然的孫道玄竟然忍不住嗤笑出聲來，惹得薛至柔又翻了他一眼，嗔道：「你還好意思笑？你我當時既蠢又笨，若是那時候便能聯手，也不至於後面會有這麼多的波折……」

「可妳我素昧平生，若甫一相見便惺惺相惜，聯手破敵，豈非太過於輕信……」孫道玄說著，忽然覺得言辭有些曖昧，驀地閉了口。

好在薛至柔根本未留神他的話，雙眼直勾勾盯著不遠處的柳樹，一溜煙跑了過去。

孫道玄亦跟了上去，只見那薛至柔正彎身查看那柳樹樹皮，仔細看來，其上有一片剝落了。

「這並非風蝕脫落，也非蟲害……這邊這棵也有！」薛至柔又指了指和它相隔丈餘的另一棵柳樹，發現也存在樹皮剝落的痕跡。兩棵樹的痕跡剛好相對，卻又不像刀斧劈出來的那般鋒利。

帶著十足的困惑，薛至柔回頭望向湖面，發現岸邊的蘆葦不自然地倒伏了一片。她走到岸邊掃視一眼，發現蘆葦叢中似是有一紅色的物體。薛至柔走上前拾起，發現那竟是一只紅色的繡花鞋。

顯然，此處應當就是女官的落水處，薛至柔不由得提高了警惕。她細細地搜尋周圍，想看看還有什麼線索，可那岸邊的泥土已因連日的大雨被沖刷得不剩一絲痕跡。

薛至柔滿心不甘，不願放棄，四處查看，終於發現不遠處被水沒過的泥沙中，似有閃閃發光的東西。她全然不顧池水的汙濁，大步蹚過去，伸手去挖。

孫道玄亦快步趕來，未問而先助她一道開挖。薛至柔終於將東西從泥裡拔出，用水涮去包裹著的汙泥，只見那竟是一枚金簪，她忙用油紙包好，收入了懷兜中。

「怎會有一支女人的簪子？難道……」孫道玄茫然滿眼，還未說完自己的猜想，又見薛至柔瘋了似的跑回岸上，穿過兩棵掉皮的柳樹，一溜煙躥入深林間。

孫道玄生怕薛至柔出什麼意外，立刻追了上去，待深入林間，他亦十足震驚，目瞪口呆地走到薛至柔身側：「那裡是……山海苑？」

薛至柔微微頷首，望著那呈日月形狀的明池發怔。她明明記得，之前宮苑總監鍾紹京帶她來時，可是走了不短的路。未想到抄小道從林間直接橫穿過去，距離凝碧池竟是如此之近。

薛至柔與孫道玄不約而同向前走去，只見那明池旁是一排矮矮的房子，其內是三個頗大的獸欄，此時空空如也，顯然有些日子未曾使用過。

薛至柔行至閣室，門扉貼著封條，上書「**大理寺六月廿二日封**」。薛至柔略一盤算，正是母親帶來孫道玄之日，彼時劍斫峰來找自己，說起看管北冥魚的宮女有重大嫌疑，想必大理寺便是在那時將這裡封存的。

如此說來，這裡定然就是那喪命宮女值守的閣室了。

薛至柔繼續向前，轉過一道假山，眼前之景又令她吃了一驚。

「不會吧……這山苑和海苑，竟然也如此之近？」薛至柔喃喃自語道。

清風起於松下，吹動鬢髮與衣襟，孫道玄立在薛至柔身側，看到那院中之物，兩人頗為默契地相視一笑。

這困擾刑部與大理寺，做下這潑天冤案的手法，終於在這一瞬間被洞破了。

第二十四章　鬼燈一線

與唐之婉談罷，劍斫鋒喚來了自己的手下，又是現場勘驗，又是繪圖取證，搞得是沸反盈天。末了，滿臉遺憾、愧疚地告訴唐休璟，今日什麼也未查出，改日再來。

唐府上下議論紛紛，不少人悄聲嗤笑這所謂的大理寺神童不過爾爾。

待他離去後，唐之婉兀自坐在涼亭中發呆。下人的議論她全都聽見了，殊不知她雖然與劍斫鋒認識幾個月了，對他此時的行為卻也分毫看不懂。她雖不是薛至柔，不懂查案的彎彎繞繞，但那劍斫鋒的手段她還是十足瞭解的。殺人越貨的大案破獲尚且不過彈指間，難道當真會看不出……那兵符是她藏的嗎？

唐之婉嘆了口氣，雙手局促地抓起裙裾上，惹得無波的綢緞都泛起了漣漪。

那夜祖父病重，宮中奉御一趟趟來回。為了節省體能，更好的照看祖父，她與堂兄約定分別值守前後半夜。後半夜來換班時，不見堂兄蹤影，唐之婉便去後堂尋他，聽到他與堂嫂說祖父不知能不能扛過這一劫，若是祖父便這樣沒了，他並非長房長孫怕是要吃虧，堂嫂便提起祖父曾說過要將那兵符傳給繼承人，不若趁現在去拿了兵符，其後也就不必再管祖父，順其自然讓他老去便是了。

唐之婉既驚又怒，生怕堂兄當真鬼迷心竅對祖父下手，當夜便悄悄拿了鑰匙潛入祖父書房，將那兵符偷偷藏了起來。這兩日祖父身體轉好，她尚未來得及將兵符放回去，祖父便發現了，詢問了她與堂兄唐之晴。唐之婉還未來得及應聲，唐之晴便切切察察，好似生怕旁人懷疑他一般，鬧著要去京兆尹府報官。祖父思量片刻，決計不報知京兆尹府，而是命人去大理寺請劍斫鋒來。

唐之婉被這一系列變故攪擾得目瞪口呆，至今尚緩不過神。劍斫鋒似乎是看出她的六神無主，方才臨去前悄悄對她說了句「勿要妄動，待我後手，切切」，也不知究竟是什麼意思。

唐之婉由不得更困惑，滿腦子繞著幾個念頭：是他看出了什麼嗎？若當真知曉是她拿了兵符，他為何又不問？但若他未看出來，那「後手」又是什麼呢？

神都苑的發現像是給薛至柔與孫道玄打了雞血，頭一日兩人帶月而歸，翌日一早便又出了門，趕往位於殖業坊的衛國寺。

衛國寺乃洛陽城中名寺，原為節愍太子李重俊宅。李重俊死後，為了安其魂魄，將此地改做了寺廟，命僧人日夜在此誦讀經文。

薛至柔與孫道玄來到此處，卻不是為了平冤魂，而是因為此處道場後牆上畫著〈送子天王圖〉的壁畫，雖非名噪一時的裝裱原件，卻也是半年前孫道玄受主持惠通所托，親手畫就。只是相比悉心保存的畫卷，壁畫受牆面粗糙所限，又經日曬雨淋，自然比不上原圖那般纖毫畢現，但對於供薛至柔查案參考，已經足夠了。

寺院大門處，薛至柔帶著孫道玄一道向住持惠通見禮。

惠通見到薛至柔，捋著長白鬍鬚，瞇著眼笑道：「多年前聽聞幾位天師收了個孩子作同輩，如今終於得見，竟已長這麼大了！」

孫道玄與惠通相熟，如今改了模樣，不能相認，但看這老和尚望著薛至柔的眼神彷彿看著一個幼童，他忍不住有些好笑。

薛至柔瞥了一眼孫道玄，只見他忍著笑，貼在臉上裝作疤痕的驢皮皺成一團，活像個捏了褶的包子，她便從他面前走過，有意無意地踩了他一腳，惹得孫道玄一聲輕呼，她卻像個沒事人似的，保持著一抹禮貌謙遜的笑對惠通禮道：「至柔無知，實不敢僭越輩分，住持可莫要笑話我了。」

惠通捋鬚而笑，一臉慈祥：「瑤池奉的造詣，老衲多有耳聞，不必過謙。對了，經此一劫，葉天師可還好？」

薛至柔聞之立即起了愁容，嘆息道：「葉天師到底是有修為的，生死且置之度外，在監牢中亦是甘之如飴。可他到底年事已高，如何經得住這般磋磨？不瞞主持，至柔此番前來正是為營救葉天師……北冥魚案的數個現場，皆有人投下字條，稱是按〈送子天王圖〉作案。我想著那絹軸的原畫雖看不到，主持這裡的壁畫當也不差，或許……能從中窺探出幾分玄機。」

惠通早就聽說這位瑤池奉興致古怪，喜好查案。如今這北冥魚案案發，又牽連凌空觀失火，孫道玄成了嫌犯，大理寺早已將那壁畫封印，但薛至柔言辭懇切，又涉及葉法善，惠通自然願意通融。

只是薛至柔身側那人，大熱天一身披狐裘……仿若狼狗，惠通年近八旬，閱人無數，亦頗感怪異，忍不住發問道：「這位是……」

孫道玄不言聲，只恭恭敬敬行了個佛禮。

薛至柔替他回道：「這是東夷術士純狐謀，我查案的助手，從小被人狐養大，精於勘驗死因。不太會講中原話，還望住持海涵。」

惠通亦回了個佛禮，不疑有他，轉向薛至柔，嘆息一聲：「凌空觀之災至今近月，仍令老衲難以平復。雖說道與佛一樣在心不在形，可我大唐第一觀就此隕落，無數道眾墮入修羅，諸多典籍毀於一旦，亦是不小的損失……不瞞瑤池奉，老衲與孫道玄那孩子亦有交情，若說是他比照著〈送子天王圖〉，不單在神都苑殺人，還將凌空觀付之一炬，老衲無論如何不會相信。老衲何嘗不想查明真相，奈何不精通探案之道。天理昭昭，公道是非，僅在人心不夠，且有勞瑤池奉了。」

薛至柔忙道：「住持且放心，至柔定當為此竭力！」

惠通微微頷首，做出個請的手勢：「〈送子天王圖〉便是在天王殿後的影壁，且隨老衲來。」

兩人跟在惠通身後，進了衛國寺，轉過重重迴廊，繞過天王殿，來到了黑瓦白牆的大影壁處。端方占據影壁中部的，正是那孫道玄親手畫就的〈送子天王圖〉。

雖說這廝的確在兩京享有盛名，但薛至柔確實是第一次看到他的畫作。所謂「六法俱全，萬象必盡，神人假手，窮極造化」果然不虛，更絕的則是他天馬行空的想像力。只見這整幅圖由三幅畫面組成，右端第一幅圖，畫的是天王與幾名文武侍從安然目視前方，兩名力士正牢牢按住瑞獸的身子，使其向天王俯首稱臣；中端為第二幅圖，畫的是披髮四臂的如來護法神大自在天坐於烈火前的石凳上，背後的一大片熊熊火焰中，隱約看出龍、虎、獅、鳥、象五種獸畜；最左側則為第三幅，畫的是佛陀之父淨飯王抱著方出生的釋迦牟尼，與佛母一道笑容安詳，在他們面前，八大明王之一的無能勝明王俯首向懷中嬰兒跪拜。整幅圖不著顏色，卻筆法精湛，畫中神仙不僅動作端莊瀟灑如馮虛御風，其比例亦十分得宜，栩栩如生，宛如立刻就要從牆上走出來一般。

薛至柔駐足圖前良久，三幅圖挨個看過，心中某處角落被深沉震撼。她仿若淪入無常世界，一瞬間七情六欲皆化齏粉，貪嗔癡怨皆為土灰。薛至柔久久才回過神，不自覺望向孫道玄的左手。

雖然臉上塗得亂七八糟，頭髮也汙髒難看，但孫道玄露在狐裘下的手卻是白皙修長且骨節分明，極具美感與張力。

正是這樣的手，用那簡單的筆墨揮就出那些如蘭葉般修長細緻，又變化多端的筆觸，粗抑頓挫，隨心流轉，雖不著色，卻層次分明，可稱得上是鬼斧神工，實非常人之境界。

孫道玄見薛至柔盯著自己的手若有所思，心裡不由發毛，確定周遭並無旁人，他挑眉低聲道：「喂，妳左不會也懷疑是我作案罷？」

薛至柔終於回過神，她仍未抬眼，似是怕雙眸中流露出幾分不合時宜的憧憬、崇拜：「倒也不是，你這畫問題不少，可我實在不知道該問什麼，不該問什麼。若是問得外行，豈不是要被你這內行笑話？」

「妳還會怕人笑話？」孫道玄正過身，似笑非笑看著薛至柔，「有何疑惑妳且直說，我必知無不言、言無不盡。」

薛至柔嘿嘿一笑，指著〈送子天王圖〉道：「我只是在想，這三幅圖的內容與我們如今所遇到的案子如此吻合，這凶手難道一開始便將所有事情計算好了嗎？要知道，你可是從神都苑逃了命之後，才進的凌空觀。若是你在神都苑便死了，這凶嫌又如何設這個連環局？左不成他知曉你我必會落入輪迴嗎？」

孫道玄一怔，微微蹙起眉間，嘴角卻微微上翹，仿若這樣的挑戰存在令他越發興奮：「妳說的不錯，我亦有幾分疑惑。旁的不說，這凶手最初的布局，像是衝著臨淄王去的，卻又試圖借妳之手達成所願。可即便這凶手再精明，如何能算得準妳要帶臨淄王去水邊，又剛好能惹得那北冥魚在狂躁之下，衝出水面咬人？凶手如此料事如神，若不是像李淳風天師一樣能演會算，便是……」

薛至柔一驚，一種從未有過的念想忽然從心底浮起。她額上瞬間虛汗涔涔，喃喃道出那令她感到幾分恐懼的想法：「除非……這個人與我們一樣，能夠在這夢境裡，透過輪迴不斷瞭解和積累許多原本不應由他掌握之事……」

孫道玄未予置評，眸色卻比方才更深。

兩人皆明白，若真如此，幕後人將是一個極其難纏的對手。他們此刻所得到的證據，都會成為下一個輪迴中對方極力抹除的目標，也難怪李淳風要特意留書一封，助力子孫後代對抗此人。

孫道玄望著眼前的送子天王圖，只覺熟悉又陌生，徐緩開口道：「作此畫時，從未想過會有人據此給我羅織出天羅地網。眼下三幅圖中已有兩幅應驗，臨淄王在神都苑遭巨獸襲擊，葉天師險些命喪凌空觀火海。妳我雖然沒能完全阻止案件的發生，但好在他們並無性命之憂。以我之猜測，接下來這第三幅，多半便是衝著護送轉世靈童的樊夫人去的。北冥魚案和凌空觀案發生之時，妳我尚且摸不清套路，此一番既有了頭緒，不妨便讓我以身做餌，說不定立即能將凶嫌……」

薛至柔明白，孫道玄仗著輪迴可能不會殞命，打算行一招險棋，前往可能會成為第三個連環案發生之地的母親軍中，引誘凶手敗露現身。

方才想到下一案可能會牽連到母親，薛至柔心亂如麻，此時此刻更因為孫道玄提出的想法而莫名焦躁。她說不出自己這等沉重的糾結與患得患失的心境究竟從何而來，只知道無論是母親涉險，還是眼前這廝喪命，都是她所不願見的。

萬一，萬一這次孫道玄當真丟了性命，她又如何能獨自面對輪迴與暗處作祟的凶徒？畢竟……此時她唯有這一位盟友。她心裡有隱隱感覺並非這般簡單，孫道玄被吊掛溺死於神都苑與受暗襲死在凌空觀密道的畫面，在她腦中交替浮現，她只覺指尖失溫，聲音也不自覺帶了顫意：「事到如今，你應當明白匹夫之勇是最無用的。縱然你有捨身成仁之心，也未必能當真如你所願……」

孫道玄暗了暗眸色，嘴角卻仍倔強地微微翹著：「可樊夫人於我有恩義，我雖不知幕後人為何這般針對我，但總不能眼睜睜看著她被人算計……」

「她於你有恩義不假，可我難道就想眼睜睜看我阿娘走入困局嗎？」薛至柔眼眶瞬間通紅，淚水飛濺，她哽哽兩聲，強行壓下，穩住情緒又道，「小不忍則亂大謀，敵人越是強大，我們越是要步步為營。趁輪迴尚未發生，我們務必要收集更多證據。只有手握足夠多的籌碼，才能抵禦強敵。」

眼前的少女身量雖纖弱，說起話來卻獨有一股力量。打從北冥魚案到如今，她經歷了太多，先是自己在輪迴中喪命，再是父親受冤入獄，尊長死而復生，家族被牽連，甚至身體都與凶嫌互換了，被迫離開洛陽城，隨著幾個陌生的外來道士逃命，可她始終顯出一種遠遠超越年齡的熟稔，慌亂不過瞬臾，便又重振旗鼓，積極應對。若非搬入靈龜閣後，常見她坐在書房裡對著一本《藍田笥記》發怔，當真以為她大喇喇只想查案，一時忘記掛念尚在獄中的父親。

如今這邪火又可能會燒到她母親身上，她又焉能置身事外？孫道玄微微瞇了瞇眼，只見她神色雖如常，俏生生的臉兒上卻有個淺淺的凹陷，那是她下意識咬緊後槽牙的表現，再看她兩手不自然地交疊，便知是為了控制雙手的顫抖。

孫道玄頗擅畫人物，如何不知她此時的隱忍傷懷。他多想去握住那雙小手——他已然明瞭，自己不知何時早已喜歡上了薛至柔，這種強烈奔湧的感情就如同這輪迴一般，彷彿不該發生，但又命定般不可抵擋。

然而孫道玄什麼也沒有做，甚至垂下頭，刻意將眸子點點的憐惜逼退。縱使在他最為傳世的佳作面前，他依舊不敢傳達自己的內心。誠然在他眼中，金錢、權位皆糞土，他亦不認為薛至柔是看重這些之人，可這戴罪之身，輪迴之軀，自顧且不暇，又能許她什麼？

胸脅裡奔湧的衝動緩緩平息，孫道玄只想聽她安排，只要她能稍稍紓解幾分緊繃的心神便好：「妳說的是……要我如何做？」

「眼下第一要務，還是再去凌空觀，看看那場詭異的大火究竟是如何燃起來的罷。」

彌經時日，立行坊外恢復了昔日的平靜。此地緊鄰北市，商販絡繹不絕，街上人頭攢動，一派繁榮富庶之景，只是當路過那坍圮的廢墟，看到那熏黑的牌坊，路人無不瞬間斂了笑容，緊繃下頷，快步離去。

然而為著保護現場，避免賊盜，大理寺一直叮囑武侯把守住這廢墟，畢竟那殘墟隨時可垮塌，但某些角落還殘存著典藏的寶物，若有人因此鋌而走險，帶來新的死傷，難免令人唏噓。

薛至柔與孫道玄在避之不及的人群中顯得格格不入，迫不及待行至廢墟設卡處，掏出腰牌與劍斫鋒的印信，便依例得到放行。

故地重遊，想起當日經歷，兩人不免心有餘悸，默契地沉默著向前走。

途中瓦礫堆積，薛至柔穿著繡鞋踽踽難行，孫道玄數次想伸手相扶，總是勇氣尚未到位，她便跌跌撞撞自己爬了上去，惹得孫道玄這左手伸了又回，像單手五禽戲似的，頗為怪異。

他忍不住自嘲，縱便不論男女之情，夥伴之間亦應互相照拂罷？怪只怪薛至柔是他從未見過的不矯揉，猴子似的爬高上低，孫道玄如是想著，幽深的眸子裡竟帶了幾分嗔怨。

也不知是否因為感受到身後投來的目光，薛至柔忽然腿腳一軟，從數尺高的廢墟堆上摔落下來，她雖竭力穩住了平衡，卻仍崴了腳，「哎呦」一聲，吃痛不已，見那孫道玄木呆呆立在旁側，不禁好氣又好笑：「我說你這人，同伴傷了你不管，戳在那裡看熱鬧？」

孫道玄聞聲，湊上前兩步，看著一屁股坐在廢墟上薛至柔，終於伸出了左手。

薛至柔見他一副不情不願的模樣，隔著袖籠一把拽住他的手，自行跳了起來：「出二兩氣力是不是能累死你……」

孫道玄猝不及防一個踉蹌，兩人挨得極近，又瞬間分離。孫道玄只覺面色瞬間漲紅，再一次慶幸有這驢皮做了偽裝，嘴上卻裝作吃痛：「嘶……我這價值連城的左手，若是被妳拽脫臼了，妳可賠得起嗎？」

薛至柔乜斜他一眼，不屑道：「我怎不知你的『鬼手』？案子查不清，命保不住，你可要成『鬼頭』了，還有氣力分辯這些？」

薛至柔語調輕快活潑，與平日無有任何區別，孫道玄未留神她通紅的耳尖，只怕自己多說會暴露心思，不再分辯什麼，就這般隔著袖籠，攙扶著一瘸一拐的薛至柔來到了凌空觀東角上。

案發之後，薛至柔向劍斫鋒指認的最初起火點便在此處。這裡的廢墟確實較別處燒得更為徹底，幾乎不剩一塊整木。

孫道玄與薛至柔在瓦礫堆裡翻了許久，一無所獲。難道是大理寺已經將全部證物搜羅出來，帶回大理寺了嗎？可若是有所發現，劍斫峰應該會告知於她才對。

薛至柔困惑十足，打開隨身的包袱，摸出個竹草編的小籠子，裡面正是劍斫鋒先前所贈的飛奴。她速速將心中疑慮手寫成書，塞入信筒中，放飛了小飛奴，自己則趁此機會稍事歇息，查看一番受傷的腿腳。

約莫過了一炷香的功夫，飛奴如預期回還。薛至柔展信一讀，只見上面寫著：「**起火點周圍大理寺確已搜訖，無甚斬獲。瑤池奉若欲探查起火緣由，恐當從旁處入手。**」

孫道玄瞥了那信箋一眼，發出了一聲哼笑。

薛至柔似乎對他的態度比對劍斫鋒的回答更感興趣，抬眼問道：「你不信劍斫鋒？」

「非也，只是覺得他在說廢話……不過話說回來，妳倒是比我想像中要信他。」

孫道玄似是話裡有話，薛至柔卻無暇細品，只想著何處才是他所說的「旁處」。她的目光在整處廢墟逡巡一圈，抬手指向那未完全倒塌的鐘樓，問向孫道玄：「你可有辦法，能上去那鐘樓之頂嗎？」

「怎麼可能？此樓危若累卵，沒有阿雪那般飛簷走壁的本事如何敢上？」

從衛國寺到凌空觀，已過大半日光景，夕陽斜沉，堪堪別在鐘樓的飛簷上，落日與廢墟令眼前之景彷彿有了重量，壓在心頭，連呼吸都沉重起來。

薛至柔忖了忖，又道：「你說的不錯。可是以大理寺查案之縝密，又不缺人手，這些尋常能搆著的地方早就被他們刮地三尺。若說還有沒找過的地方，恐怕就只有鐘樓罷了？燒得黢黑嚇人不說，臺階也被燒毀了，常人無法抵達。但我有種莫名的感覺，這上面一定會有我們想要的線索……」

孫道玄雖然沒考過什麼明法科，卻也明白這排他之法。若當真四處尋不到燃火點，那便可能當真如薛至柔所猜想，線索遺留於危樓之上。

但凶徒狡詐，這些皆有可能是他的障眼法，孫道玄邊四下觀察，邊揶揄薛至柔對人對己標準不一：「方才妳還勸我莫要鋌而走險，我以為妳是個多理智的人，沒成想……」

孫道玄話未說完，一回身，竟見薛至柔拖著傷腿爬上了鐘樓旁的一棵柏樹，試圖從樹上爬進鐘樓裡去。可她本就受了傷，加上那道袍頗長，鞋耷拉、襪耷拉極不方便，她鞋尖才勾到窗扉，便足下一滑，從丈高的柏樹上跌落下來。

孫道玄只覺心頭一緊，想也沒想便衝了上去，伸手欲接薛至柔。薛至柔雖瘦弱，怎說也是個大活人，加上下墜重量加成，將孫道玄也砸倒在地，兩人皆摔得齜牙咧嘴。

薛至柔吃痛不已，見自己砸到了孫道玄，忙掙扎著起身，每一下都按在他心口上，惹得孫道玄又痛又癢，咳喘不休。

好不容易兩人皆坐起了身，看到孫道玄這副心有餘悸的模樣，薛至柔沒心沒肺地笑了起來：「哎呀，你這價值連城的左手無礙罷？可別受了傷訛我，我可吃罪不起。」

孫道玄直想罵人，但對上那雙狸貓似、狡黠又靈動的雙眼，他難免於心不忍，只道：「我亦四下看了，確實如妳所說，若是四處皆找不到真正的放火點，恐怕當真是在那座鐘樓上……」

薛至柔懊惱地看著腫高的足踝，抿嘴叉腰，似是恨自己不能飛。

孫道玄見此情此景，暗暗嘆了口氣，無奈道：「還是我來吧，讓我試試。」說罷，他拍拍手上的灰埃，深吸一口氣，硬著頭皮嘗試攀爬起眼前的危樓來。

好在這樓臺基雖高，卻只有兩層，如今塌了一半，角度也有些傾斜。孫道玄順著傾斜的外牆，踩上凸出的木椽、木塊，徐徐向上攀爬。有的尚算結實，有的則甫一用力就脫落垮塌，孫道玄的身子也幾度搖搖欲墜，直令薛至柔心驚肉跳。

再往上一步便能抵達二層了，孫道玄雙手攀上樓板，準備著力，落腳處卻轟然垮塌，整個人懸在了空中，薛至柔也嚇得驚呼一聲，瞪大雙眼望著孫道玄。

眼見功敗垂成，孫道玄如何肯輕言放棄，他雙臂用盡全力，硬是將自己從懸空的狀態硬拉起身，攀上二樓樓板。夕陽濡染，天色漸黑，這廢墟之巔的少年人看起來頗為狼狽，卻又像擎著暗夜來臨前最後的一縷光，守護著這個糾纏不絕的懸案最後的希望。

薛至柔鬆了口氣，瞬間又提了一口氣，一瞬不瞬地望著他。

為時刻防備危樓垮塌，孫道玄整個人全都趴在樓板上匍匐前進，好使這搖搖欲墜的樓板經得住自己的身量。隨後，他逐個撿起樓板上的碎木頭片等物件，細細打量。

此地未經火災之前，恐怕是個架於空中的複道，四周沒有門窗，孫道玄趴在樓板上徐緩前行，忽然被眼前出現的一排印跡吸引了目光。

這些印跡不大，呈炭黑色，形狀如同嬰兒的腳印，稀稀拉拉地在這樓板上排成兩列。

孫道玄滿臉狐疑，伸手揩摸兩下，質地黏黏糊糊，不知為何物，他將手收回鼻翼下嗅了嗅，雖已過了月餘，卻仍殘留著一股刺鼻的氣味，直嗆得他咳嗽了兩聲。

「如何？可有什麼發現？」薛至柔的聲音從地面上遠遠傳來。

「噓！」孫道玄探出頭去，瞥了薛至柔一眼，示意她莫驚動廢墟外巡邏的守衛。

薛至柔不情願地閉了口，踮腳伸長脖子，再一次恨自己不會飛，看不到其上到底是什麼情況。

孫道玄的目光順著腳印繼續向前，卻見其消失在斷裂的樓宇邊緣，看其位置，簡直是憑空消失。這複道之上有嬰兒出現已是十足奇怪，怎的走到邊緣，還能忽然不見？看起來倒像是會飛。

孫道玄還未想清楚，又聽薛至柔尖叫起來：「不行！快下來！樓要倒了！」

不消說，這燒空的鐘樓本就搖搖欲墜，又因孫道玄的重量而變得失去平衡，隨著他追隨腳印的爬行，樓板越發傾斜。幾乎就在一瞬間，樓板猝然斷裂，孫道玄驀地墜入了廢墟之中。

「孫……純狐兄！純狐兄！你可還好？」薛至柔不顧腿傷，踉蹌上前扒著廢墟堆，只見孫道玄被壓在一塊大大的屋脊與木椽之下，滿身黑灰。

萬幸的是，屋脊與地面間被燒斷的木椽頂開，故而孫道玄未被掩埋，但也有數處擦傷，額角因被石塊擊中，流下鮮血來。

薛至柔見狀，撂下一句：「我即刻去請郎中！」轉身便要跑。

「且慢！」孫道玄聲音低沉，卻十分急切，示意薛至柔湊上前，對她耳語幾句。

聽到倒塌聲，門外的守衛迅速趕來，薛至柔知曉，大理寺內或有奸細，孫道玄不顧一己之身，正是催她速速將證據藏起來。

薛至柔立即開始尋找附近的碎木片，果然發現在不遠處，便有一塊如孫道玄所說有腳印的。她立即將其包好，揣入了隨身的包袱裡，隨即起身應付大理寺的差役去了。

面對大理寺差役的詢問，薛至柔謊稱樓是自己塌的，恰巧她與孫道玄在這附近尋找線索，不知可是這過程中不甚影響了建築底盤的平衡，導致孫道玄不小心被倒塌的樓壓住。

那守衛雖略有疑問，到底未再說什麼，命幾個人將受傷的孫道玄抬至觀門口處，附近的郎中趕來後，給他的傷口做了處理。薛至柔便叫了輛馬車，兩人回到了靈龜閣去。

兩人雖都受了不同程度的傷，但因案前有進展，皆顧不得休息，坐在書房裡秉燭端詳著從廢墟中帶回的木板。

「這玩意……看起來像嬰孩腳印，卻太過稀疏了。這……這恐怕不是人的腳印罷？」

薛至柔揉揉眉心，手中的物什重量分明，卻還是令她感覺頗不真實。

燭芯跳動，孫道玄接口道：「我亦是如此想。彼時我所在的那層樓板還是完整的，能看到有兩排這樣的腳印，像是稀疏地跑過那懸空的複道，隨即消失在一側的邊緣……」

薛至柔俏生生的小臉兒神情有些扭曲，她受驚似的吞了吞口水，瞳仁收縮望向已卸了偽裝的孫道玄：「嬰孩還能飛簷走壁？難不成……是小鬼？」

第二十五章　為山止簣

七月人稱「鬼月」，據說鬼門大開，諸鬼來到凡間，在這樣的日子裡談論小鬼似乎不合時宜，但這兩人滿心撲在懸案上，倒是未顯出忌諱。

孫道玄目光沉定，回薛至柔道：「且不說有沒有什麼小鬼，這腳印頗為黏稠，聞起來還有些奇怪的氣味。」

薛至柔聽了這話，忙將那木板放在鼻翼下嗅了嗅，果然有股怪異的味道，只是辨不出個所以然。她忍不住感嘆道：「要是唐二娘子在就好了，她定然立刻聞出這究竟是個什麼鬼東西。」

「急不得一時，聽聞唐尚書身體康泰了不少，想來她也快回來了罷？話說，僅憑一個腳印，恐怕不足以說明什麼，搞不好還會被當成是我們偽造的。彼時我在那複道上，看到了不止一個腳印，我便猜想會不會其他未垮塌的建築頂上，也有類似的印記？若是有，或許能互為佐證。」

薛至柔雙眼骨碌一轉，笑著作保：「我記下了，你且放心。今日那些差役應當未懷疑什麼，大理寺的內應也不會有如此快的反應。我等會兒就放飛奴去給劍斫鋒傳信，請他選派得力之人暗中尋找同樣的腳印。」

薛至柔是個實幹派，立即提筆寫起書信來，言簡意賅三兩行，便將諸事說得清楚、明白，再次開窗放出了飛奴。

打從入了七月，南市裡的商戶關張時間便提前了，連街口的紅燈籠都熄滅了，整座神都陷入了一種莊重的黑暗中，唯見天上那一輪將滿未滿之月照應人間。

未久，遠處的阡陌與河道旁泛起點點火光，原是有人在焚燒冥紙，或是寄託哀思與逝去的親人，或是饗配孤魂，以結冥福。

點點火光映入眼簾，代表一個個微小的寄託，薛至柔看得入神，久久沒有關合窗扉，不知過了多久，她終於收回目光，略過糠城方向，忍不住喃喃自語：「兩日過去了……也不知公孫阿姊那裡如何了？」

糠城破敗的小院裡，一形容枯槁的老婦人臥在榻上，縱便在睡夢之中，她看起來也頗為痛苦，瞎盲的雙目微睜，雙唇亦難以閉合，口鼻間發出粗重的喘息聲，出氣比進氣長。縱便如此，只要老母仍有一口氣，仍能與自己說說話，公孫雪便感覺自己尚有家可歸，再大的寂落與委屈皆能化解。

為了守住這個家與老母，她連續兩日不眠不休，此時坐在茅頂屋脊上，背沐著清冷的月色，閉目冥神，寶劍不離手，萬分仔細地留神著周遭的響動。

窮苦人家的住所與富貴人家的區別不僅在門戶上，待入了夜，身處糠城之中便能聽到老病之人的痛苦吟哦與連夜做活舂米之聲，令公孫雪辨不出心中是何等滋味。

然而家貧與老病，未必代表不幸。公孫雪回憶往昔，只覺此生最難忘的便是幼時與老母相伴的時光。她自小被生身父母遺棄，關於親情的全部記憶唯有這盲眼的老母。養母慈祥和善，對她視如己出，她們相攜走過了許多窮頓卻溫馨的日子，如今看來恍如隔世，卻又熨帖地暖在她的心口。

她先前不懂，為何老母對她溫和寬容，唯有舞劍之事頗為嚴格，甚至可以用苛刻來形容，直至少時那個暴雨夜。

老母之前的仇家不知怎的找上了門，她不得不冒著大雨帶公孫雪躲進了山裡，可對方還是發現了她們的蹤跡，將兩人逼上了山崖。正在她們已經一籌莫展之際，山崖突然落下雷暴，老母將公孫雪護在身後，自己卻被雷光刺瞎了雙目，震壞了耳鼓，聽不見聲響。

那仇家的頭目亦在雷擊中身亡，僅剩幾個受雇而來的刺客，眼看雇主死得透透，這一趟恐怕要跑空，他們如何肯依，便商量要捉了公孫雪賣給人販，好掙一筆銀錢。

公孫雪此刻終於明白老母逼迫自己刻苦練劍的意義，瘦小的身軀上前，撿拾老母的長劍，利刃指向想要上前捉自己的惡人。

那些刺客見狀，笑得前仰後合，徒手就要上來捉公孫雪。哪知她纖弱稚嫩的手臂一轉，竟以極快速度向他們劈刺而來。

刺客們一驚，終於開始全力應對，竟討不到分毫便宜。幾個回合下來，眾人皆是精疲力竭。眼見強攻無用，刺客們心道這公孫雪不單五官十分出挑，劍技亦是驚人，或許能助他們掙一大筆銀錢。

於是，刺客們收了劍，改為言語攻勢，見公孫雪似乎很在乎這個瞎了眼的道姑，便巧言令色地勸說道：「妳這養母挨了雷劈，雖一時保住了命，但若不好生醫治將養，只怕也活不久呢。」

公孫雪不動聲色地望著這幾人，不應一字，手中的劍卻沒有一瞬鬆懈。

刺客們見她沒有繼續進攻，靜靜聽他們說話，似有觸動，便繼續卯足勁勸道：「兄弟們看好妳的資質，不過是想換幾多銀錢。妳可知曉，整個大唐的有錢人都在神都，憑妳這劍藝與模樣，必定能為妳養母請個得力的郎中……」

公孫雪心道這幾人不過圖財，與老母並無仇怨，或許可以利用，便應允下來。到洛陽之後，他們果然將她賣入教坊學藝，公孫雪很快掙得纏頭，為老母尋來了郎中看病。

在精心照料下，老母恢復了兩分聽力，但病勢依舊十分嚴重，手足處的焦黑傷與身體內的餘毒尚且需長期醫治，否則便仍有性命之危。久住客棧不是辦法，瞧病亦需要大量銀錢，並非在教坊做舞劍姬一時可得。

正當此時，公孫雪聽聞城中有個名為「無常會」的神祕組織招募刺客，為一些有冤不得伸之人報仇雪恨，雖然刀頭舔血，卻待遇優渥。她並未過多猶豫，便輾轉入了會，代號「劍姬」，憑藉著不俗身手，皆是神不知、鬼不覺地完成刺殺，現場不留下任何痕跡，即便有司追查起來，也往往因不知是何人所為而成了懸案。

可久而久之，公孫雪卻發現那些死在自己劍下之人或許並非有罪，而那些出手闊綽，委託無常會為自己伸冤的「苦主」亦有諸多疑點。

隨著老母病情漸癒，神志逐漸清醒，她對於公孫雪銀錢的來路亦產生了困惑。某日母女二人終於說開，那無常會竟就是老母年輕時被矇騙加入的刺客組織，而當年那些尋上門來的仇家，亦是無常會有意透露，全作是對於她半路逃離無常會的懲罰。

兜兜轉轉，造化弄人，不想竟是這般遭遇，公孫雪母女二人既驚又怕，三兩日魂不守舍後，公孫雪逐漸冷靜下來，開始尋求脫離無常會的方法。便是在此時，她邂逅了臨淄王李隆基，自此不再漂泊如飛鴻，而有了棲身之地。在李隆基的幫助下，她亦順利脫離了無常會，重新安頓了老母，直至近來如鬼魅般的仇家再度尋上門來。

眼看此一次，無常會應是下定決心要將她二人剷除，甚至派出了「漁人」。縱便是在無常會裡，這位刺客亦是十分神祕的存在，他直接聽令於會長，不與其他任何人謀面，公孫雪不單不知曉他的樣貌，甚至不知他是男是女，有何本事傍身。

說起來，她近來確實有些草木皆兵，甚至看到鄰家大嬸，都要反復端詳，確認下是否為漁人假扮。就這樣熬了兩日，公孫雪已是身心俱疲，同時心底生發出另一種恐懼：莫非「漁人」早已到了附近，一直在暗中消磨著自己的意志，只待自己露出疲態方才會現身？

想到這裡，公孫雪不寒而慄，握劍的素手滲出虛汗涔涔。她竭力穩住心神，命令自己保持冷靜，萬勿敵人尚未現身便自亂陣腳。

時間點滴流逝，已過宵禁時分，街面上漸漸沒了人聲，遠處的洛水上亦是一片黑寂，唯剩下頭頂這一輪孤月。打更人穿街走巷而過，用冗長的聲音報起了時辰，轉眼間已是一更天。

生生熬了兩日，說不困乏是假的，公孫雪揉揉眉心，強行命自己抖擻精神，忽然聽得一陣古琴奏響。她不覺一怔，豎起耳朵細聽，又恍惚不可聞。

公孫雪鬆弛了兩分，心道恐怕是自己過於疲累而產生了幻覺，她自嘲一笑，解下腰間水袋呷了幾口，想要提振幾分精神。

誰知那琴聲忽又響起，越來越清晰，惹得公孫雪嗆咳起來，拿著水袋的手抖個不住。不消說，那竟是〈醉漁唱晚〉的曲調。

忽然間，不遠處傳來一聲人體撲地的悶響，公孫雪敏捷地一團身，匍匐在屋頂上循聲望去，竟是方才那打更人一頭栽倒在了地上，不知是死是昏，他手中的燈籠墜落於地，震盪得火苗引燃了燈籠的外罩，頃刻間將那打更人的麻褐衣袍引燃。

打更人似是感受到灼燒之痛，突然驚醒，跳起身來，慘叫奔跑，在地上滾個不休，但他身上的火卻離奇地沒有熄滅，引得他扭曲掙扎，卻詭異地未發出一聲喊叫，不多時便整個人蜷縮痙攣倒地，化作一團不會動的火球。

這曲調竟能催眠？公孫雪立刻意識到大事不好，她已連日不眠不休，聽聞此曲，眼皮如有千斤之重。公孫雪心下警鈴大作，毫不遲疑拔出隨身的短刀，將左手食指劃出了一道口子來。

鑽心的痛意使公孫雪瞬間提振精神，她抬眼望去，但見一女子正坐於百步之外的屋頂上撫琴，琴聲如有魔助，散落東風，吹滿糠城。

此間本有些夜半起來做活的人家，此時此刻均被這琴聲催眠，一個個猝倒在地，人事不省。坊中武侯聽聞動靜，紛紛衝出武侯鋪，竟與那打更人一樣，聞樂聲當街撲倒在地，繼而被自己所提的燈籠引燃，化作一個個火球。

難道所謂的「漁人」，便是個彈奏漁曲的女子？公孫雪頗為驚駭，原以為身為無常會刺客之首，又叫了這名號的，應當是個漁翁打扮的魁梧男子，眼看此人的琴聲就要在糠城釀成大禍，公孫雪再不能等，強打精神，飛身踏過數個屋簷，一劍刺向彈琴之人。

這女子似是全然窺探了公孫雪的意圖，將琴一豎，單腳一勾，頃時飛出數片瓦礫，飛向公孫雪。

公孫雪被琴音催眠，已是強打精神，行動全然不似平日敏捷，忙以劍抵擋，霎時間便沒了方才的動勢，好在人未受傷。公孫雪轉身持劍撤步，才方站穩，便聽女子浪聲大笑，聲聲震擊耳鼓道：「蠢魚上鉤了！妳左不會以為漁人便是我一人罷？」

公孫雪一愣，忙回頭看向小院，果然看到一個蓑笠翁模樣的陌生男子出現在老宅緊閉的大門前。

公孫雪心頭一緊，大呼上當，一種強大的無力感將她裹挾，雙手瞬間失溫，理智告訴她已被敵人算計，難以彌補，身體又被伴隨琴音而來的一連串無形之刃擊中，整個人跪倒在地。

萬萬沒想到，這「漁人」竟是「漁公」和「漁婦」公母兩個。無常會當真毒辣至極，根本不給她與老母一絲生還的餘地。方才她若是按兵不動繼續留在屋頂上，便會被這百步之外的琴音催眠。飛身衝出，雖打斷了琴聲，卻又中了「漁翁」的調虎離山之計。

就在公孫雪心如死灰之時，不遠處的飛簷上忽然傳來一陣簫聲，她詫異定睛看去，果然見那天前來通風報信的玉簫男子正站在彼處。公孫雪一時恍惚，不知他究竟是強援還是強敵。

正踟躕間，只見那手持玉簫男子抬起簫管吹出一連串銀針，順著月光飛向「漁翁」。「漁翁」雖常日不在無常會現身，對會中諸人卻瞭若指掌，一眼便認出打斷自己的正是人稱「玉簫」的無常會刺客，他冷笑一聲，將右手放在口邊吹了個呼哨。

那「漁婦」得令，立即轉身將琴豎起，錯雜彈來，琴弦帶動周遭的空氣震動，如方才一般向公孫雪射出幾道無形氣刃。

公孫雪忙以寶劍抵擋，氣刃白劍相撞，發出鏗鳴之音，有如真刀真槍的碰撞，而她周身的衣袍亦被氣刃割出幾道破損，絲縷痛感隨之而來。

此等技法可謂見所未見，聞所未聞，公孫雪氣喘吁吁，才重新擺好架勢，又聽得幾聲弦響，她看準一旁民宅上磚瓦壘起的鴿舍，躲在其後，暫時掩了身形，思索著該如何與「漁婦」相搏。

這廂公孫雪與「漁婦」鏖戰正酣，那邊「玉簫」與「漁翁」亦不遑多讓。只見那「漁翁」突然掏出負在身後的漁網用力向屋頂上空一甩，漁網霎時張開，竟大如穹頂，就要將「玉簫」連人帶他足下的屋舍一同網入其中。

「玉簫」團身一避，眼見就要旋出了漁網，哪知那網子突然加快了下墜的速度，將他牢牢罩在其中。

原來是那網的四角皆穿著極細卻極其堅韌的魚線，「漁翁」手握魚竿，只消大力一拉，漁網便在魚線的拖拽下，以迅雷不及掩耳之勢壓下來，有如泰山壓頂。

這漁網中的每一根編線皆有小指粗細，一旦被網住便難以脫身。「玉簫」無法，只得大喊一聲「得罪了！」隨即用盡全力一跺，將腳下的茅草屋頂跺出了一個大坑，自己也墜入屋中。

看到這一幕，公孫雪不由得心頭一驚，但她眼下仍顧不得「玉簫」，只因那漁婦已重新架起了琴來，只要琴音一出，她與「玉簫」難免會陷入昏睡，屆時莫說他二人與老母，只怕整座糠城都會遭受滅頂之災。

但她又能如何破那琴音氣刃？公孫雪眼尖，看到旁邊有不少用來給鴿子壘巢的樹枝，便用長劍挑出，奮力一揮，這些枯枝彷彿有了魔力，如箭矢一般飛向了「漁婦」。

枯枝對氣刃，戰況焦灼，公孫雪劍揮得極快，那「漁婦」的氣刃更是無孔不入。但枯枝總有用盡之時，眼見那一摞枯枝即將見地，「漁婦」又得意地浪笑起來：「常聽聞『劍姬』劍法無雙，沒想到也不過如此！兔死狗烹，鳥盡弓藏，今日送妳與那癡心漢子一道上西天，也算我夫婦二人功德一件了！」

說罷，又有幾道氣刃交叉飛旋而來，比方才來勢更凶。

看似山窮水盡，公孫雪心裡卻有了幾分成算。她一直不曾上前殺敵並非是因為畏懼，而是在測算這氣刃的釋放間歇，以及完美將其彈開的方法。

方才她分別以不同的頻率揮劍挑枝，引得對方釋放氣刃來攻，便發現了其中機竅：這氣刃應是在一段時間內最多連續釋放七次，正合琴之七弦。而這氣刃的朝向亦有完全不同的七種，以她這資深劍客的感受看來，每一種都需要以不同的方式迎擊，方可將其擊破。

但具體的破解之法，尚需幾輪試探，公孫雪特意做出一副怕極的模樣，帶著哭腔的聲音顫抖道：「無常會若有何不滿，大可衝著我來，所有罪責由我公孫雪一力承擔，但『玉簫』與我老母無辜，爾等若可能放過他們，我公孫雪願自盡以謝！」

另一邊，「漁翁」見「玉簫」墜入屋內，一時不敢貿然闖入。他略作思量，粗糙的大手一揮，飛射出四個魚鉤，分別勾住了屋門的四個角，再著力一拉，房門便隨著一聲巨響而飛了出去。

那漁人謹慎地覷著眼，站起身，逆著月色冷光，向室內看去，只見一老婦人安然臥在榻上，全然不見苦痛神色，似是被方才「漁婦」的琴音引得墜入深眠，甚至經歷如此大的動靜依然沒有轉醒的跡象。

雖然「玉簫」不見蹤影，「漁翁」卻絕不是等閒之輩。他慢慢掏出背在身後的魚叉，摘下斗笠，像盾牌一樣護在身側，步步向屋內走去。

不遠處屋頂上的公孫雪看到這一幕，只覺心急如焚，不知那「玉簫」是不是墜入屋內那一瞬磕昏了，她再不能等，旋即以閃電般的速度拔劍衝向「漁婦」。

那「漁婦」方才還聽公孫雪在哭爹喊娘，不想她忽然殺出來索命，著實嚇了一跳，一連放出七道音刃，欲將她斬落。

哪知公孫雪早已勘破玄機，一個空翻接一個團身躲過了四條氣刃，又綺袖回風，長劍貫虹，勢如流水，分刺向「角」、「徵」、「羽」三個方向，竟完美地將所有氣刃悉數抵消。

這「漁婦」隨「漁翁」行走江湖多年，能坐上無常會的頭把交椅，自然是惡貫滿盈，雙手沾滿鮮血，從不失手。

她不曾見過，甚至從未想過有人能破她的氣刃，一時呆愣當場。

待回過神來，公孫雪豔若桃李，冷若冰霜的面龐已近在咫尺之間，她瞳仁中傳來真實的殺意，在這夏末秋初，只算得微涼的夜幕下令人不寒而慄，那漁婦清晰感受到求饒的話語就要從自己顫抖的唇縫中擠出，尚未形成一字，便被公孫雪手中寒光四溢的利刃刺穿了心窩。

已多年不再行殺人之事，看著那陌生扭曲的面龐，公孫雪只覺異常不適，幾欲嘔吐。但她面上卻未動聲色，只是麻利冷漠地拔出長劍，頭也不回地朝宅院的方向飛奔而去，空留那「漁婦」站在原處血濺三尺，一命歸西。

不知「漁翁」與「玉簫」相鬥究竟誰占了上風，公孫雪方貓身步入自家宅院，便聽得一聲悶響，只見「玉簫」被「漁翁」一掌擊得砸穿窗櫺飛了出來，他周身皆是被魚叉、魚鉤戳傷勾爛的傷痕，後心窩一處致命傷，殷紅鮮血順著傷口汨汨流出，濡染了素色外袍。

「漁翁」拖著魚叉，緩步從屋內走出，只見他身後的斗笠上，密密麻麻扎滿了銀針，雙臂、面頰上亦有破損。看到飄然而至的公孫雪，他神情一滯，似是不相信公孫雪已經結果了「漁婦」，神色隨即變得更為狠厲猙獰。

公孫雪擺好迎擊的架勢，雙眸盯緊了「漁翁」，頭也不偏地問「玉簫」道：「你傷勢如何？可還站得起來？」

「玉簫」背靠在小院的夯土牆上，抬手緩緩摘下面具，只見他雙目微合，根根分明的睫毛顫抖不已，喘息聲不住加重，縱便已經虛弱不堪，他還是強擠出一絲笑對公孫雪道：

「夜色深了，我困乏了，只能送妳至此……餘下的路，妳且好自為……」

話未說完，他的氣息戛然而止，公孫雪未回頭，但仍能嗅到空氣中濃重的血腥氣。她的眼淚終於忍不住奪眶而出，忙用手揩去，不敢令視線有分毫模糊。

他並非從未向她示好過，少年初入無常會，他便對她頗多關照，其後她費盡心思脫離刺客身分，成了無常會暗殺對象，他卻從未對她不利，甚至將無常會放出「漁人」行刺老母的消息告知了她，如今又捨身趕來，為自己擊殺「漁婦」爭取時間，可算是仁至義盡。

但自己對他一直有良多猜忌，甚至見他出現在暗夜屋頂，還要懷疑他究竟是敵是友。眼下魂歸太虛，她那未曾出口的「謝」字亦是毫無意義了。

公孫雪雙手持劍，眉頭緊蹙，冷月寒光，劍氣凝霜，她憤恨的模樣倒映在對面人的眸底，一時竟分不出這比深夜更濃稠的恨意究竟來自於那一方。

金鳴鏗鏘，魚叉與寶劍相抗，震得公孫雪向後退了兩步，雙手酸麻不已。顯然，這魚叉並非尋常打漁人所用，否則早已被臨淄王斥重金打造的這柄龍泉朱雲劍劈做了兩半。

趁公孫雪後退的當兒，漁翁亦撤步，與其拉開距離，甩開手中的魚竿，直令鋒利的魚鉤掃蕩過來。有了「玉簫」的前車之鑑，公孫雪知曉對方想要以魚竿和魚鉤甩刺攻擊自己的關節等要害，令自己因不斷受傷而失去氣力。

天下武功，唯快不破，公孫雪足下一轉，飛身躍起向前刺擊。

這奇襲並未奏效，「漁翁」似是算準了她的動作，迎擊上前，右手魚叉將公孫雪的寶劍牢牢鉗住，隨即左手甩出魚鉤來。眼看距自己的雙膝只差毫釐，公孫雪借助自身舞女的柔韌性，一個一字馬騰空躍起躲過一劫。

誰料「漁翁」竟還有後手，右手猛地撤了力道，一個團身將魚叉向斜後方一刺，直擊向公孫雪的後心窩。

公孫雪難以撤步，無從抵擋，只得回劍把相抵，借助這唯一的支點和柔軟的腰身，將身子強行拋出一道弧線，方勉強躲過這致命一擊。

不知何時，方才那些打更人與差役引燃的火已形成竄天之勢，大火已逐漸燒至周邊的房屋，若不能盡快除掉「漁翁」，老母所住的這方宅院也會有危險。

可這「漁翁」豈是如此好對付的？方才他一切刺殺反應皆在電光火石間完成，可見此人武功之強、反應之快、謀算之深，遠遠勝於她先前遭遇的所有敵人。若是輕易出手，極可能被他反殺。但不斷迫近的跳躍火光告訴公孫雪，她並沒有任何退路，必須盡快解決這來犯之敵。

進退維谷之際，公孫雪只見眼前的「漁翁」行動一滯，似是遭到了不期而遇的攻擊。原是那方才疑似已死透的「玉簫」用盡自己最後一點力氣，抬起簫管吹出一根毒針，釘在了「漁翁」的後脖頸處。

此等千載難逢的機會，公孫雪怎會放過，未待其反應過來便一個箭步上前，借著他下意識抬手護住心口之機，一劍削掉了「漁翁」的四指。正所謂「刺身不如刺腿、砍頭不如砍手」，趁著「漁翁」疼得大吼無暇反擊之時，公孫雪立刻一個胡旋舞步轉入「漁人」的近側，將寶劍劍柄倒拿，利用旋身的動勢，奮力將劍鋒從自己的腋下刺出，一劍刺穿了「漁翁」形似蓑笠實為堅甲的外裳。

這一劍下去，「漁翁」恐怕已是活不成了，然而這劍捅得費力，拔出來更加困難。而尚未拔出，「漁翁」便不會即刻斃命，他目眥盡裂，狠命地用僅剩的一隻手死死勒住公孫雪那細嫩的脖頸，似是想要用盡最後的力氣勒死她。

公孫雪雙手拚命抵抗，奈何「漁翁」力氣實在太大，根本推不動分毫。她淒然一笑，索性不再推他，而是更加奮力地將長劍捅入了「漁翁」的胸膛。

若無老母，此一世她根本不可能苟活至今。若能以她的一命，換來老母壽終正寢，她亦死而無憾。昏黑的夜色似是墜入了她的眼眸，眼前逐漸模糊，隨著一陣天旋地轉而徹底失去了意識。

臨淄王府中，書房夜讀的李隆基愣神之間，素手一滑，竟跌了茶盞，他望著竹席上氤氳翻汙的茶痕，心裡沒來由的咯噔一下。

無常會欲刺殺公孫雪老母之事，他全然不知，更不要說知曉她糠城老母處如今是何等的慘狀。

自己心頭的惴惴感究竟從何而來？

糠城火勢之大，不遜前些時日的凌空觀。城中武侯吃了教訓，立即前來搜救，但是夜風大，令武侯們難以立即控制住火勢。

公孫雪便是轉醒在一陣救火的呼號聲中，她只覺渾身劇痛，身披重物，奮力騰挪，那背上的「大石頭」才霍地滾開，不是別個，正是「漁翁」的屍身。公孫雪被熏得黢黑的面龐上一派茫然，踉蹌起身，望著眼前的一片火海發怔。

原來她沒有死，她尚未徹底窒息，「漁翁」便因為毒發加失血過多而死去了。想到老母此時仍躺在榻上，不知可有醒來，公孫雪登時清醒過來，跌跌撞撞，三步並作兩步跑入屋中，眼前的一幕登時令她毛骨悚然——破舊的竹席床榻之上，老母仰面朝天躺著，渾身血汙，周遭的土牆上亦被濺上丈餘高的噴射血痕，左眼處被一支葉蘭筆貫穿至頭顱內側，早已沒有了生命的氣息。

這一切應當是噩夢吧？確實是場噩夢吧？公孫雪怔在原處，像一尊毫無生氣的石像。

怎的她好容易殺死了「漁翁」和「漁婦」，老母竟還是死了，還死得這般慘烈？

手中寶劍啷當落地，震得她整個人一聳，頭腦處陡然迸發出一陣劇烈痛意，心底最後的防線終於被擊潰，她一頭栽在了殘破的家門前，登時不省人事了。

第二十六章　七月流火

冰冷的水滴斷斷續續滴在面頰上，如潺湲落雨，令薛至柔在一片黑寂之中轉醒。她動動沉重的眼皮，發覺周遭的景致竟十分詭異，全然不是她入睡時的靈龜閣，而是一間陌生的倉庫。

薛至柔瞬間清醒，努力睜大雙眼，全然不明白自己為何好端端會平移到這鬼地方來。與其說是倉庫，不如說是一間密室，窗戶不單緊閉，其上還楔著長長的木板，從太陽透過縫隙射入房間的角度來看，已時近正午，但此處卻依舊逼仄黑暗，有如大理寺地牢。

薛至柔想要挪動莫名沉重的身子，去嘗試推一推大門，腦袋卻驀地嗡響，彷彿有鐘磬罩於腦頂，令她神思混沌，耳鳴難以自持，與此同時，身後不知何時出現一個人影，如鬼魅般伸出手來。

薛至柔只覺得頸部劇痛，窒息感瞬間襲遍全身，她這才發覺，自己的脖子上竟然套著繩套，身後那鬼影發出可怖的葫蘆笑聲，頗為玩味地收緊了繩索。

薛至柔瞬間感到頸部傳來有如將碎裂般的痛楚，她面色漲得通紅，雙手拚命拉扯著繩套，腿腳不斷踢騰，卻也只是徒勞。

不知過了多時，頸部的痛感驀地消失，氣力也如流水一般從手上消散，眼前一切景致變得模糊不堪，取而代之的是妖異如火，綻蕾盛放的彼岸花。

薛至柔知曉，這便是大限將至的前兆，她自然不甘心，重新卯足氣力向後奮力一抓，似是想捉住身後那詭異的人影，然而下一瞬，她忽然感覺周身失重，不知自何處跌落，眼前的彼岸花消失了，取而代之的是自己百般熟悉的靈龜閣臥房。

那種無限真實的窒息感也瞬間煙消雲散，薛至柔下意識撫摸自己的脖頸，白皙光滑，無有分毫被勒過的痕跡。

方才的一切，難道是一場噩夢嗎？薛至柔直挺挺躺著，久久沒有起身。

自從有了讖夢輪迴，她時常與莊周夢蝶一般，分不清夢我，但夢到自己死，確實是頭一次。

那窗戶上釘滿木條的房間，遠遠傳來的鐘聲，還有那背後襲擊自己的鬼魅，究竟是噩夢還是讖語？

薛至柔想不明白，只好甩甩頭，將這些暫拋腦後，起身洗漱罷來到前廳，卻未見孫道玄的身影。

按照以往的經驗，他不是應該早就起來坐在案旁，冷著一張邪氣又英俊的臉，損她兩句懶怠，再說出什麼「飯在鍋裡」這般違和的話嗎？

看來時氣確實會影響作息，這廝終於不再像打鳴的雞一樣起得那麼早了，薛至柔自詡是記仇的人，怎能錯過這千載難逢嘲諷他的機會，興沖沖便往靈龜閣二樓書房躥。

臨到門前，她卻忽然縮了欲推門的手，心道這廝本是個畫師，放浪形骸，若是忽然學了竹林七賢光腚躺在棺材裡，自己看了豈不是要長針眼？

於是她改了主意，改面刺為挑釁，清清嗓子，叩門三下，字正腔圓喊道：「喂，你可知道眼下幾時了？怎的還沒起嗎？」

說來也奇了，本以為應該聽到孫道玄陰陽怪氣的抱怨聲，誰料，書房內沒有任何回應傳來。薛至柔似是不甘心，又拍門七、八下，走廊裡除了敲門的回聲外別無響動。

薛至柔如丈二和尚摸不著頭腦，聲音提高了八分：「你是睡死過去了嗎？」叩門也一聲賽一聲激烈。

預想中的回應依舊沒有發生，薛至柔不禁起了狐疑，再也按捺不住，推門而入，卻見那書房內空無一人，孫道玄平日裡睡的那口棺材敞著，裡面一根毛髮也無，唯有漂浮的塵埃在軒窗投下的光暈中飛舞。

真是奇也怪哉，這廝竟也不在房中。薛至柔將這小院子裡裡外外找了一遍，甚至連茅房門口都蹲著聽了會兒響動，而後她終於可以確信，孫道玄確實不在靈龜閣。

薛至柔一派茫然，心道這廝左不會終於發覺這棺材板太硬難睡，跑到外面住店去了？抑或是被幕後黑手派出的高人潛入靈龜閣捉走了？

可她很快又否認了這兩種可能。孫道玄這廝，雖然名氣大得嚇人，但也不知是臨時被栽贓沒來得及取銀錢，還是壓根就沒有錢，先前用著他的身子時確實知道他兜比臉乾淨，只怕也找不到什麼便宜、舒坦的地方睡覺。而靈龜閣裡一切完好，沒有任何打鬥或抵抗的痕跡，故而第二種可能性也不存在。畢竟以孫道玄的性格，即便武功不敵，也絕不可能束手就擒，就算被抓走，必定要打碎什麼無法復原的物件來給自己示警。

昨夜到底出了什麼事，讓他著急忙慌地趕了出去，甚至沒有告訴自己一聲？

薛至柔心底起了幾分自己都未覺察的失落，正踟躕間，忽然聽得有人大力拍院門，聲音急急：「玄玄，玄玄妳可在家？」

來人正是薛崇簡，薛至柔面露訝色，嘟囔一句「他怎的又來了？」上前開了院門。

薛崇簡倒不是平時那副涎皮賴臉，沒話找話的模樣，慌慌張張，連舌頭都有些打結：「玄，玄玄……糠城昨晚出大事了！」

薛至柔神色一凜，好似瞬間明白了什麼，又非完全通透，急問薛崇簡：「快說！到底出什麼事了？」

昨晚的確是個不眠之夜，於兩人而言尤甚，其中一人是李隆基，另一個，便是不顧宵禁匆忙從靈龜閣趕來的孫道玄。

糠城起火後，火勢瞬間不可控制，守城軍見狀，即刻向飛騎營請求增援，消息立即不脛而走，傳遍全城。

高力士不得不半夜敲響李隆基的房門，小聲將此事告知了李隆基，包括他打聽到的，公孫雪這幾日住在糠城的消息。這簡簡單單的一句話，李隆基倒像是沒聽懂似的，全然不見平日的睿智，徒剩一派茫然。腦中只想著那公孫雪不是在靈龜閣保護薛至柔，怎的去了糠城？

許是做了多年刺客的緣故，公孫雪其人，無論何時都會將任務放在首位，他自詡是個克制力極強之人，多年來忍辱負重，韜光養晦，只為那千萬分之一，甚至萬萬分之一的可能。但他時常覺得，公孫雪比自己更隱忍，更克制。她穠麗至極，婀娜婉轉的皮囊下藏著一顆孤狼的心，為了完成任務，她可以拋下一切，不擇手段，若非泰山壓頂般天大之事，她斷然不會離開靈龜閣數日。

「無常會」三個字從李隆基腦中冒出，他再不能等，草草穿上衣袍就策馬趕向糠城。

幾乎與此同時，身處靈龜閣書房中的孫道玄正在榻中輾轉反側，難以入眠。時近夏末，晌午雖炎熱，夜裡卻已舒涼，整個洛陽城沉在了纏綿的夢裡，天地之間無法安眠之人好似只剩他孫道玄一人。

靈龜閣內外也是靜得出奇，孫道玄望著薛至柔臥房大門，好似能想像出她香夢沉酣的模樣，嘴角泛起了一絲自己都未覺察的笑意。

就在這時，他忽然注意到西南方夜空有酡紅色光，忽明忽滅，看起來頗為可疑。

孫道玄心底頓起迷惑，忙攀著院中大梨樹爬了上去，只見酡紅之下，濃煙四起，正是糠城方向。

孫道玄心下警鈴大震，唯恐無常會喪心病狂，打不過公孫雪，便想縱火將老母連同她一道燒死。事不宜遲，孫道玄跳下樹便要衝出小院兒，忽又想起需得掩藏身分，便返回屋內快速將平時做偽裝的面皮與衣裝戴上，來不及畫得更精細便出了門。

趕至糠城時，大火正在蔓延，武侯們三五成隊，匆忙傳遞著水桶救火。孫道玄熟知坊中路線，趁武侯們忙碌，閃身進了一條巷子。

而夯土大路上，李隆基亦策馬趕至了糠城外。武侯長看到那身著華貴衣袍騎在高頭大馬上的男子，愣了一瞬，方上前禮道：「殿下，這大半夜的……」

李隆基無暇聽他寒暄，急道：「本王舊友住在這糠城內，此刻急需前往看望，還不快快讓行？」

聽李隆基這樣說，武侯們都大感意外，不知道臨淄王會有什麼舊友住在這破破爛爛的糠城裡，但他們不敢細問，也不敢再以安全為由多加阻攔，快速讓開一條路，李隆基便一刻不停，馭馬衝進了糠城，身後武侯長高聲提醒道：「請殿下萬萬注意安全！」

雖然平日裡總是一副喝酒遊樂的紈褲模樣，實則可是做過多年潞州別駕的沙場之將，出入火場他自然不懼。憑著此前與公孫雪同來的記憶，李隆基很快找到了她養母的住所，他立即翻身下馬，將坐騎扔在道旁，大步朝內走去，卻聽見其內一男子不住焦急喚著：「阿雪！阿雪！」

李隆基腳步一頓，既感到不悅，又擔心她的處境，急忙趕向聲音傳來之所在，果然見化裝為純狐謀的孫道玄正跪在地上，攬著不省人事的公孫雪邊掐人中邊大聲呼喊。

見有人來了，孫道玄起了警覺，不知該遁走還是留下，待他逆著火光瞇著眼，看清來人是李隆基後，他反倒坦然，繼續用自己的方式試圖喚醒公孫雪。

或是郎情妾意，或是主僕忠義，他們兩人之間的拉扯孫道玄不是不知，但兩人既然皆有顧慮，註定流於水月鏡花，更何況孫道玄死生不懼，更不會怕這位臨淄王，甚至想看看這位臨淄王究竟會如何處置自己。

李隆基感受到眼前之人或有挑釁的意味，但他略作回憶，確實不曾見過這形貌奇特之人，便警惕問道：「你是何人？」

孫道玄瞥了他一眼，不慌不忙回道：「純狐謀，靈龜閣瑤池奉之助手。」

薛至柔那裡來了個人狐扮相的助手，李隆基倒是聽說過，復問道：「是瑤池奉讓你來的？」

「瑤池奉尚在會周公，是在下自己來的。」

若說方才覺得他有挑釁之意是直覺，此時此刻李隆基已可以確定，眼前這奇怪的男子確實對自己有不滿，卻也談不上是恨意，只是幾多幽怨，說不清、道不明。

他沉了沉心思，盡量不去看他托著公孫雪的手，挑眉問道：「你知曉我是何人？」

「知道。」

李隆基微微頷首，背手道：「方才聽你喚她乳名，你們之間相交匪淺嗎？可為何本王將她帶入府上多年，卻從來卻沒聽過她說起過你？你到底是何人？」

孫道玄聽出李隆基言語間的警覺與占有，終於抬起了眼，輕笑兩聲，將尚未甦醒的公孫雪放下，起身拍了拍手道：「臨淄王，關於阿雪，你不知不明的事可太多了。譬如你不知道，打從她做了你的貼身護衛，便受盡了你府上侍人的編排與白眼，又受了幾位側妃多少欺凌。她老母寄居在王府時，遭你府上的下人餵餿飯之事，你亦不知曉。如今，她老母遭無常會派出的一等一高手追殺，她不得不離開靈龜閣來糠城護其左右，最困苦之際，她也未敢寄希望於你。眼下她老母慘死，她成了孤家寡人，你又給得了她什麼？難道只因你出手將她從教坊裡贖出來，便覺得自己可以掌控她的一切嗎？在下是誰，無關緊要，在下與阿雪之間的關係，也並非你所想的那樣。在下只不過是個曾經住在糠城裡，與她比鄰而居的籍籍無名之輩，只是當真欣賞她的為人，又一同受過老母照拂，才鋌而走險來此一遭罷了。」

孫道玄這一席話如同兜頭一盆冷水，將李隆基從頭潑到尾。萬萬沒想到，公孫雪的老母果然是被無常會追殺，如今人已經沒了，再說一切皆是枉然。

甚至有一瞬間，李隆基感到了一絲無措，倏爾消散後，剩下的便是無以名狀的憤怒。

為何她不肯將此事告知於他？若是他知曉，定會想盡一切辦法護她們周全，為何她始終不肯依賴、相信他？

就像五歲那年，他明明告訴母妃，他有辦法將她藏起來，斷然不會有危險，可她還是與皇嗣妃劉氏一道去了嘉豫殿，再也沒有回來。打從那時起，他學會了隱忍、錘鍊，韜光養晦，心頭淬火，令自己不斷強大。可時至今日，他在意之人依舊不肯依傍他，那他這些年的隱忍自強又意義何在？

但李隆基未允許自己被情緒左右太久，很快便重新提振精神，問道：「老婦何在？本王去看看。」

「在後面臥房中，」孫道玄回著，眼底閃過一絲莫名的遲疑，「被一支葉蘭筆貫穿了眼睛和頭顱，過於血腥，殿下還是莫要去看了。」

李隆基面上的震驚已藏不住，神色也越發凝重。他看了看一旁躺著的另一具男屍，但見其背後有劍尖刺出的傷口，整個人連同地面皆是暗紅色血跡，恐怕正是被公孫雪所殺。若此人就是無常會派來的殺手，那麼公孫雪的老母又是被何人所害，這幕後的凶徒與那位他久未謀面的天才畫師孫道玄又有什麼瓜葛？

不過，眼下不是思量的時候，李隆基走上前，解下披風，蓋在公孫雪身上，將她攔腰抱了起來：「今日之事，算本王謝過，為她著想，望閣下守口如瓶，其餘事本王會打點。告辭。」

薛至柔乘車趕到糠城時，大火已被撲滅，整座糠城幾乎化為黑灰色的焦土，仍有滿臉泥灰的武侯們不斷地將倖存者從廢墟裡抬出來。

薛至柔坐在車裡，斷斷續續地聽到路邊的百姓議論著火情。這一次糠城大火的死傷人數甚至比凌空觀更多，畢竟這裡是窮苦人扎堆聚集之所，人口極是密集，火勢延燒至相鄰的四、五個坊，波及民眾近萬人。

如此嚴重之事，自然要上達天聽，但起火原因，有司卻仍未查明，畢竟連更夫與武侯皆被燒成了焦屍，實在古怪，大理寺與刑部一時間手足無措。

如今恰是鬼月裡，百姓自然而然將這可怖的慘案與怪力亂神聯繫起來，自說自話，嚇得兩眼發直，白日裡也打起了哆嗦來。

薛至柔見怪不怪，也不多說什麼，徑直下了馬車。本想直接去公孫雪老母所住的小院，奈何道路已被武侯們封鎖，她只得先往街對面的武侯鋪走去，想看看能不能忽悠了武侯長允她進去。

才入武侯鋪的前堂，薛至柔便眼前一亮，只見臨淄王李隆基正端然坐在胡凳上，旁側站著一名大理寺差役，似是在向他彙報著什麼。

他華貴的衣袍與武侯鋪略顯寒酸的屋舍格格不入，神情亦與平時不同，異常嚴肅，下頷緊繃，眉眼間滿是藏不住的關切，孔雀羅圓領袍上依稀可見點點波光，恐怕是夜半得了消息便立即趕來，身上點染了晨露。

薛至柔有所不知，李隆基不單漏夜趕來，甚至數度往返，先將公孫雪送回王府醫治，確定她無礙後，馬上回到此處處理老婦的身後事。待得知公孫雪轉醒後崩潰大哭，他又趕回王府好言寬慰，眼下則是回到此處詢問大理寺官員調查的情況。

薛至柔一直好奇，這公孫雪與李隆基之間究竟是種什麼樣的瓜葛。公孫雪的容色從來是毋庸置疑的，縱便在這佳麗如雲的洛陽城，她那穠麗絕倫的面龐，淡漠如雪的氣韻依舊出塵。然而容貌在她整個人身上，似乎又是最微不足道的。她神祕的過去，堅韌的性情，登峰造極的劍技與頑強飽滿的生命力，無一不令人神往。而李隆基人中龍鳳，縱便在王孫子弟中亦是個中翹楚，從某些角度看來，他兩人似是應該上演一齣癡男怨女礙於身分、地位百般試探，瀝血嘔心終於打破世俗，成為眷屬的戲碼。

可薛至柔旁觀他兩人的相處之道，卻並非這般。他們心中無疑有彼此，亦有太多遠勝於情愛之事。縱便薛至柔聰慧，於她的年紀與經歷而言，都是頗難理解之事。

見那大理寺差役向李隆基行禮退了下去，薛至柔方迎上前，躬身揖道：「殿下。」

李隆基指了指薛至柔的腿腳：「妳這是怎的了，又受傷了？」

「勞殿下掛心。前幾日去凌空觀廢墟裡查案時不小心跌傷了，不過傷勢不重，應當很快就會好。」薛至柔說著，再度俯身叉手，「容至柔向殿下請罪，殿下將公孫阿姊派來戍衛至柔，我們薛家上下感激不已。幾日前，她與我說……」

薛至柔說著，瞥了一眼不遠處的大理寺官員，將話術包裹得更加圓滑：「說她老母想念她，想回去陪伴左右，至柔便答允了。誰料竟發生了這樣的事，實乃至柔之過……不知公孫姐姐如今可還安好？」

李隆基低道：「那人便是大理寺的法曹，方才他與本王說，現場諸人皆死，唯獨阿雪活了下來。有司難免會對她有所懷疑，可是她……」

薛至柔明白他的欲言又止，叉手禮道：「殿下放心，承蒙公孫阿姊信賴，告訴了我先前的經歷。至柔一定會為公孫阿姊據理力爭，只是昨夜到底是什麼情形，可否請公孫阿姊告訴我？」

「阿雪人在王府，方醒時頗為崩潰，為今冷靜下來，一心為養母復仇，妳若尋她，本王便著人將妳送去。」

薛至柔連連應聲，正準備告退，李隆基又道：「對了，還有妳那人狐模樣的助手，方才也來過了。只不過，他好像同阿雪交情不一般吶……妳可知道他的底細？」

「啊？」雖然自己這一路來確實是來找孫道玄的，誰料李隆基這一番話卻差點令薛至柔露了怯。待她確認李隆基說的確實是孫道玄後，她趕緊打哈哈著糊弄過去，心中則似翻江倒海一般。

很快，薛至柔便在李隆基的安排下乘車去往臨淄王府，而後由小廝引著去尋公孫雪。

薛至柔本神色如常，但當小廝帶著她入了後院之時，她還是起了幾分局促，方才李隆基那番話又令她腦子裡鑽出了幾分七七八八的怪念頭。

終於，小廝停在一間廂房門口，看出薛至柔腳步有些發飄，他有意無意說道：「為了給公孫姐姐治病，殿下特意讓她住在此處，瑤池奉請自便，小的先告退了。」

薛至柔道一聲「有勞」，推開了虛掩的房門，只見公孫雪躺在臥榻上，日光映在她蒼白年輕的面龐上，仿若白玉雕成，大顆大顆的淚珠不住滾落，宛如四月細雨中半垂的盛放牡丹。她平素裡總是冷然傲雪，偶現纖弱之態，當真格外惹人生憐。薛至柔前夜方知曉她的身世，此時忍不住更生憐惜，若非自己腿腳不利，定要衝上去替她拭淚。

此時的公孫雪已經由方才的黯然神傷緩過來兩分精神，見薛至柔步步走來，費力一揖，忍不住泣道：「婢為護老母，擅離職守，不僅殺了人，還連累了瑤池奉，實在是……罪該萬死……」

薛至柔忙拍著她的背安慰道：「姐姐別這麼想，妳老母於妳有收養之恩，妳保護她的安全乃是天經地義。我只想問問阿姊，昨夜妳同刺客交手時，未曾注意到有人往妳老母的房間去嗎？」

提及此事，公孫雪既愧又悔，哽哽兩聲，又壓住情緒，勉強回道：「那名喚漁人的刺客比我想像中更厲害，應付他我尚且十分費力，無暇他顧，怎知會有奸人伺機而動，我真是該死……」

見公孫雪又忍不住哭了起來，薛至柔忙道：「公孫姐姐實在不必如此自責，依我看，恐怕不是你們交手的時候，而是妳殺了那刺客，自己也陷入昏迷之後，那人才螳螂捕蟬、黃雀在後，進了你們的院子。」說罷，她指了指公孫雪脖子上發紅的勒痕道：「這紅痕乃是成年男子用胳膊繞在妳脖頸上，想要將妳勒死時，才會有的痕跡。從深淺來看，足以令妳因窒息陷入昏迷。不過也沒有深入氣道，顯然是後續撤了力道。因而我判斷，妳殺死他之後，只怕也昏迷了一段時間。」

未想到薛至柔未臨其境，竟能輕而易舉知曉她的經歷，公孫雪彷彿握住了救命稻草，顧不得尊卑，緊緊握著薛至柔的手：「彼時我與『漁人』纏鬥，好不容易用劍刺穿了他的心口，哪知道他沒有立即死，以手臂勒住我的脖頸，勝負只在一瞬之間。所幸『玉簫』幫了我，迴光返照之際，用他手裡的銀針射中『漁人』的脖頸，將他麻痹。見那廝終於緩緩卸了力道，我便眼前一黑，失去了知覺。」

「阿姊所說頗為關鍵，我會將這件事告訴劍斫峰，讓他傳達給大理寺的同僚。我們既然未做虧心事，便不怕他們查，公孫姐姐且放心，我必當保妳周全。至於妳養母之事，我亦會盡力追查。」薛至柔說著，忽而一頓，一改方才的鏗鏘語調，撓撓小臉兒，踟躕道，「對了，阿姊……可見到那孫、孫道玄了嗎？」

公孫雪本就被巨大的衝擊籠罩，整個人怔怔的，聽了薛至柔吭吭哧哧的的問話，愣了片刻方反應過來，小聲回道：「未曾見到，怎的了？」

薛至柔心下納罕，未多說什麼，不大自然地轉了話題，又開始寬慰公孫雪。未幾，奉御開的安神湯開始起作用，公孫雪便沉入了夢鄉。

薛至柔便離開了王府，請李隆基與自己一道前往大理寺，說明了方才從公孫雪處問出的細節。加之有臨淄王李隆基作保，便以贖銅暫免了公孫雪的牢獄之災。

事情辦妥後，薛至柔告別著急趕回府去的李隆基，站在大理寺門前，看著來來往往的車馬，說不清心裡究竟是什麼滋味。

從昨夜那個無限逼真的噩夢，到不知哪去了的孫道玄，加之糠城那些橫死之屍，令她莫名升起了不好的預感，不住默念著平安經。

正愣神之際，身側一名臉熟的大理寺差役經過，看到薛至柔，駐步行了個禮。

薛至柔亦回了個微禮，半寒暄半探問道：「先前聽聞這葉蘭筆的案子，一直是劍寺正負責，今日怎不見他人影啊？」

「劍寺正有更大的案子……說來，難道瑤池奉不知嗎？乃是唐尚書府出了事，劍寺正一早便出門了……」

第二十七章　魯魚亥豕

晨起微涼，唐府的荷塘已能採到初露，唐之婉惦記起丹華軒要做順應時氣的新胭脂，便開始籌劃，為了採到最純淨的初露，這幾日天方擦亮她便起了身，獨自划一葉扁舟往府中的蓮花池。

清風徐來，淺淺淡淡的花香縈繞鼻翼，唐之婉泛舟於叢叢蓮葉間，用蓮花紋小瓶收集著晨露，只覺十足愜意，未過多時，便攬得三五菡萏於懷，點綴於纖裳素束上，格外清雅。太陽漸升，碧玉蓮葉間晶瑩的露珠漸漸消散，唐之婉晃了晃手中的小瓷瓶，對自己的收穫尚算滿意，便撐起小舟折返。

搖槳悠悠，水波蕩蕩，本是無限舒暢，哪知尚未靠岸，就見平日裡與自己相熟的婢女慌慌張張跑來道：「不好了、不好了！女郎君不好了！先前來過的那個大理寺神童，說抓到了偷拿兵符之人的證據，特來緝拿，此刻正在外堂，找家公要人呢！」

「他要抓誰？」唐之婉慌忙踏船上岸問道。

「妳呀！他說要請女郎君去大理寺府衙走一趟！」

唐之婉臉一陣紅、一陣白，又驚怕又無助。那兵符是她拿走的不錯，她本以為自己與劍斫鋒相熟，就算勘破此事，他也會選擇私下找自己問話，而不是像現在這般興師動眾，直接帶著差役來捉人，鬧到人盡皆知的地步。

心裡暗罵三兩聲，手帕繳了四、五下，唐之婉嘆了一口氣，將滿懷菡萏交給了侍婢，快步往外堂走去。

唐人講究宅邸風水，兵部尚書府尤甚，外堂布置極是考究，牆面貼著鱗甲狀瓦片，正中上懸一片黑色古銅鏡，正是道教辟邪鎮宅之用。今日的劍斫鋒帶著一隊衙役，身著五品寺正的緋色官服，背手站在古銅懸鏡之下，入鬢劍眉微蹙，下頷緊繃，肅然得像是貼在大門板上驅邪的神荼，倒是與這背景頗為和合。

唐之婉匆匆而來，但見府中幾乎所有人都集結在了此處，裡三層、外三層圍如鐵桶，將偌大的庭院堵得水泄不通。人群正中便是劍斫鋒，他仍是一副不可一世的模樣，正與唐休璟敘話。

唐休璟身著常服，不怒自威，神情卻有些沉重。唐之晴跟在祖父身後，也臊眉耷眼地裝出一副憂慮之色，眉梢、眼角卻掛著藏不住的喜慶，應是在等著看唐之婉的笑話，見她怯怯走來，一副我見猶憐之態，忍不住陰陽怪氣道：「堂妹這是怎的了？這小臉兒上一陣紅、一陣白，可是身子骨不大安樂？可要為兄給妳請個疾醫啊？」

唐之婉瞥了唐之晴一眼，這位堂兄一向偽善做作，平日裡便十足有心計，不然也不敢做出這麼忤逆不孝的密謀。先前與薛至柔待在一處，她沒少幫自己陰陽回去，可今日唯剩自己一人，也無心與唐之晴分辯，向祖父一禮後，目光不可控制地望向了劍斫鋒。

今天的劍斫峰全然不似往日，好似一座冰山，不給唐之婉任何回應，令她眼底的彷徨無助皆無處安放，只得垂了雙眼，半晌沒有說一個字。

劍斫峰轉頭面向唐休璟，一叉手，一副公事公辦的語氣：「叨擾唐尚書了。正如晚輩方才所言，兵符失竊一事，唐二娘子有重大嫌疑。晚輩身負維護京畿治安之職，想帶她去大理寺問話，請唐尚書恩准。」

眾人看向唐休璟，唐之晴更是急不可待，兩眼直冒火星。可唐休璟此時卻一改先前丟了兵符時的著急模樣，沉沉嘆了口氣，閉上鬆弛的眼皮，久久不語。

甚至眾人都要以為他是不是站著睡過去了，他才終於抬起眼，邊咳邊道：「先前老夫曾因一時尋不到兵符而勞動劍寺正，彼時並無斬獲，老夫以為此事便暫且告一段落，待他日閒暇時，老夫在府中細細尋找便是了，他日收之桑榆也未可知。萬國朝會將近，大理寺諸事繁多，敝宅區區小事，怎能勞動大理寺？」

劍斫峰背手而笑：「唐尚書這麼說，晚輩可就不明白了。此事前因後果，晚輩已盡數查清，所剩不過依律辦事而已，對晚輩而言，乃職責所在。何況，唐尚書乃是大唐的兵部尚書，一舉一動皆牽連著大唐安危。且不管這兵符是否還能調兵，若是尚書府中都能遺失物件，我大唐其他要害機密，豈不是都危險了？天下沒有不透風的牆，此事若就這樣不了了之，若傳出去，勢必引聖人憂心、朝堂非議。依律處置，查清真相，乃是最妥當之法，請唐尚書明斷。」

唐之婉自然瞭解，祖父之所以冒天下之大不韙，寧可被人詬病縱容包庇，也要勸阻劍斫鋒，皆是因為自己。她忍不住鼻尖一酸，淚水差點漫出眼眶。那兵符是她拿的不假，但她確實是為了保護祖父，可那夜唐之晴夫婦兩人的談話是她無意聽到，並無其他人證，此時說出來並無勝算。加之祖父身居高位，家裡出這等事恐怕也會遭朝野非議。唐之婉心想不若此時便先隨劍斫鋒去大理寺，到時候再與他分辯就是了。

哪知道她堪堪張開小嘴，唐之晴便做出一副虛假關切模樣，向劍斫鋒道：「劍寺正，堂妹年紀尚小，偶時可能是非不分，乃是我這做兄長的過失。不過……若是說她膽大包天到盜取兵符，我這做堂兄的無論如何也不敢相信，敢問劍寺正……你可有何證據嗎？」

唐之婉猛地抬頭望向唐之晴，只見他仗著自己躲在唐休璟身後，嘴角掛著一抹奸笑，破掃帚眉一挑，挑釁意味十足。

唐之婉明白他的算盤，方才劍斫鋒只說自己有嫌疑，並未提證據。唐之婉為人和氣，在府中頗有人望，若是沒有證據，只怕許多人不會相信。所以唐之晴表面是為自己說話，實則十足十憋著壞。

唐之婉如何不知曉他的心思，心想陽奉陰違的話，誰人不會說，便道：「劍寺正既有懷疑，我便隨他……」

「那如何使得？縱便是老尚書同意，我們這些做下人的還不答應呢！」

唐之婉定睛一看，說話的正是唐之晴的貼身小廝，這貨仗著唐之晴的威勢，在府中作威作福，今日應是主僕串通好了，務必要令自己難堪。

這廂唐之婉剛準備回嘴，劍斫鋒便出聲打斷道：「劍某既要帶二娘子回大理寺，自然是有證據的。唐尚書存放兵符的書齋四面環水，唯一的入口便是日常上鎖的大門。而且那門鎖也非比尋常，光有鑰匙無用，還需破譯其上的密符。鎖鑰則放在唐尚書的臥房裡，由唐尚書貼身收著。

劍某上次來時，已帶人細細勘驗書齋和唐尚書臥房內外四周，每塊磚、每片瓦都未曾放過，並未發現有從外部打開的痕跡。兵部尚書府不比尋常大戶人家，由府兵裡三層、外三層包圍著，守衛森嚴，再厲害的夜盜，也很難不留任何痕跡地闖進書齋或臥房，還不被府兵發覺。即便僥倖潛入，不知道書齋的鑰匙所在與進入書齋所需的密符亦是無用。故而我以為，首先可以排除有外盜入侵的可能。」

說到這裡，劍斫峰踱著的步子一頓，犀利的視線掃過在場的眾人，包括唐之婉，而後不理會任何質疑的聲音，繼續說道：「既然不是外盜，那家賊的可能性便大大提升。於是劍某便想，會不會是哪個僕役設計得知了密符，再趁唐尚書臥病將鑰匙偷拿走呢？唐尚書臥病那幾日，每天要昏睡數個時辰，僕從、郎中出入者眾多，原本極難判定究竟是誰順手牽羊的。但這武周年間的兵符雖為皇室所賜，卻為銅鑄，縱便流入黑市，不知曉這是兵符的話，也換不了多少錢。縱使當真有下人缺銀短錢，女郎君與郎君夫人妝臺上隨意擺放的金釵便價格不菲，為何不去偷這些？不過為防萬一，劍某還是命大理寺的線人將方圓百里的黑市打聽了一遍，也沒有聽說任何類似那兵符的物件落入贓販手中。故而我以為，家賊偷盜兵符的可能性也很低。」

這幾日因為這兵符，唐府上下人人自危。那物什不值什麼錢，卻架不住是則天皇后所賜，若果被懷疑成賊盜，不知會當了誰的替罪羊，故而這幾日府中上下人人自危。聽到劍斫鋒說家賊、偷竊的可能性小，一眾圍觀的侍從護衛們終於鬆了口氣，繼而你看看我，我看看你，目光最後都落在了唐之婉身上。

劍斫鋒似是對眾人的反應頗為滿意，繼續說道：「既然外盜和家賊都排除了，那麼剩下的便唯有一種可能。此前我已問過唐尚書，都有誰知曉這密符，得知除唐尚書本人外，唯有只有大郎君與二娘子知曉。那麼為何劍某認為唐二娘子有嫌疑，則是……」

眾人聽得認真，未留神那唐休璟突然一改慈祥老者的模樣，手中黃楊木拐杖「咚」地觸地，怒不可遏道：「一派胡言！」

所有人，甚至包括唐之婉與唐之晴在內，都從未見過祖父如此動怒，本窸窣不斷的人群即刻變得鴉雀無聲，然而下一瞬，他便不可遏制地大聲咳喘起來。

「祖父！」唐之婉與唐之晴雙雙喚道，但唐之晴未動，唐之婉便上前攙扶住了祖父，熟練地撫著唐休璟的後背給他順氣，見祖父的面龐由蒼白轉為醬紅，她急對管家道：「快把平咳化痰的丹丸拿來！再去請疾醫來！」

「且慢，」劍斫鋒仍是那副鐵面無私的模樣，「大理寺宣案時，任何人不得妄動！」

唐之婉只覺心底的怒氣就要掀開腦頂，先前那個她尚算熟悉的劍斫鋒，全然不知何處了，眼前這廝冷漠到令人髮指，但祖父的咳喘越來越厲害，不大澄明的雙目已開始微微向上翻，但縱便在此時，他仍用粗糙乾癟的手緊緊握住了唐之婉的小手。

便是在這一刻，唐之婉壓抑半晌的眼淚終於不可控制地飛濺而出，她噙著淚，望向眼前那個模糊疏冷的人影，大喊道：「你這斷案的呆子！是我拿走的兵符，你滿意了嗎？我祖父本就身體不好，你有什麼話不能私下裡對我說，非要如此興師問罪。若是讓我祖父今日有什麼閃失，我唐之婉一定要你的命！」說罷，唐之婉將此前一直貼身收著的兵符從懷兜裡摸了出來，袖籠裡甩出，扔向劍斫鋒。

劍斫峰一動未動，任憑銅鑄的兵符直直砸在自己的額角上，鮮血汩汩流出，緩緩滴在了足下的青石板上。

人群再一次變得鴉雀無聲，在眾人或疑慮或看戲的目光下，唐之婉接過管家取出的藥葫蘆，餵祖父含下，待他終於喘勻了氣息，她示意管家上前扶住祖父，自己則後退兩步，至祖父身前，跪地叩首，行了個大禮，起身對劍斫鋒道：「不是要捉我去大理寺嗎？我自己走！」而後先行向大門外走去。

劍斫峰神色微動，但也不過一瞬，他對唐休璟叉手一禮，隨即也邁過門檻走出外堂。

唐之晴撿起掉落在地上的兵符，嘴角的笑意幾乎壓藏不住了，上前問道：「祖父，這兵符……」

「你……收著吧。」唐休璟說罷，重重地咳了兩聲，拄起拐杖，頭也不回地朝內院走去。

唐之婉隨劍斫峰離開了尚書府，乘坐馬車去往大理寺，一路上一語不發。待入了刑訊室，衙役關上沉重的烏木門，室內便陷入一片晦暗，唯餘天井投下的亮光照在正中案几。不得不說，唐之婉從未進過刑訊室，本以為至少應有兩、三人，不想只有劍斫鋒一人坐在對面，連個主簿也無，她瞥了劍斫鋒一眼，垂頭看著木案上的刨花，繼續一言不發。

劍斫鋒如何看不出她貌似平靜的外表下滿是怨憤，無聲嘆了口氣，寒如堅冰的眉眼終於軟了下來：「抱歉，我知道妳一定恨我怨我。但也請妳相信我，這一切都是必要的。」

唐之婉掀起眼皮瞥了劍斫鋒一眼，嘴角泛起了一抹苦笑：「你又不欠我什麼，不過是秉公辦事，那兵符確實是我拿的。你劍斫鋒一向鐵面無私，無論找何人墊腳都是應該的，我又如何敢怨你、怪你。」

若是她氣急敗壞罵他兩句，劍斫鋒心裡還能好受幾分，便是這樣絕望冷然，實在令他心裡不是滋味。然而既是必做之事，便不能被情緒左右，劍斫鋒站起身，又恢復了那副不近人情的模樣，背手道：「希望妳明白，縱便妳我相熟，我劍斫鋒身為大理寺正，也不能枉法。妳若想清楚了，便將供詞悉數記錄在案，然後簽上妳的名。若是渴了、餓了，我的同僚會為妳準備。大理寺還有旁的事，恕劍某先行一步。」說罷，劍斫峰便轉身離開了刑訊室，只留唐之婉一人坐在案几旁，對著案上那份空白案卷發呆。

上一次的胭脂案，她曾以為自己難免牢獄之災，彼時正是劍斫峰極力為她申辯，才令她免於災禍。如今看來那不過是公事公辦，乃是為了所謂律法公正，怎可能是為了她呢？

唐之婉自嘲一笑，拾起一旁筆架上的毛筆，方要寫字，又發覺硯臺裡，竟連一滴墨都沒有，只得先自己研起墨來。

雖然平素在丹華軒也要寫字記帳，亦要研磨胭脂水粉，但像這般舞文弄墨，著實不是她所擅長，直到日薄西山，她方才把這千餘字的供狀寫完全。

許是聽了劍斫峰的吩咐，大理寺的衙役倒算是客氣，茶點不缺，只是她擔心祖父，全然沒有胃口。待她終於將供狀交與了衙役，衙役卻只是將那供狀收了，一眼未看，徑直領著唐之婉來到了三品院，帶進一間房後便退了下去。

本以為還能見到劍斫鋒，待他看了供狀後，還能再為自己辯解幾句，不想他竟撒手不再管。唐之婉只覺自己先前的自作多情都像是個笑話，頗為惱人。不過她也未在如此情緒中耽擱太久，轉而開始擔心起祖父來。

祖父應當對她十分失望罷，自己捧在手心多年的掌上明珠，竟成了雞鳴狗盜之徒。想起祖父蒼老漲紅的面龐，和緊緊攥著自己的手，唐之婉的眼淚不可遏制地往下掉。

她當真只是為了保護祖父，可若劍斫鋒都不信她，她又如何能證明自己的清白呢？

話說唐府之內，唐之婉被劍斫峰帶走後，唐之晴似是覺得終於等到了時機，無比殷勤地陪著唐休璟一同出入，甚至連如廁也要攙扶他一起去，虔誠萬分地反復擦拭了恭桶圈，方請祖父坐下。可唐休璟雖不推辭，卻一直板著臉，絲毫沒有對唐之婉那般慈愛，這令唐之晴不由得額角冒汗，變得焦急起來。

入夜後，唐休璟回房休息，唐之晴便獨自坐在所居小院的涼亭裡，看著桌案上的兵符發呆。祖父年事已高，即便咳疾能治好，也已經是風燭殘年，他的父親已在十年前過世，他雖非長房所出，卻是當之無愧的長孫。這令唐之晴不可遏止地動了心思，想要成為唐府新的一家之主。

靠著祖父的威名，他三年前考入兵部，成了一名員外郎，當然認為自己更有資格承襲祖父酒泉郡公之爵，他日封國拜相，超越祖父，也不是完全沒有可能。

想到這裡，他定定地看著眼前這象徵祖父一生榮譽的兵符，嘴角泛起了一絲邪笑。今日劍斫峰來府中拿人，不僅牽動了唐休璟的咳疾，還將唐之婉帶離唐府，這剛好給了他一個絕佳的機會，唐之晴恨不能捧著劍斫鋒那張面癱一般毫無表情的臉親上兩口。

他決定先下手為強，以非常的手段，奪取自己渴盼多年的權位。

夏夜微涼，唐休璟服罷湯藥，正準備入睡，忽聞門扉響起，便道了一聲：「進來。」

來人正是唐之晴，只見他笑盈盈端來一盞秋梨膏，奉到唐休璟面前道：「祖父今日動氣，傷了肺脅，孫媳婦特意熬了一盞秋梨膏，給祖父潤潤肺。」

許是記掛唐之婉，唐休璟神色仍不大安樂，卻也沒有拒絕，衝唐之晴微微頷了頷首，接過白瓷做的湯匙，攪了攪碗盞中絳色的湯羹。

唐之晴彎著身子，看似恭謹，緊盯唐休璟右手的雙眼卻暴露出太多不當有的急切，見祖父顫巍巍的手終於舀起了梨膏，就要往嘴邊送，他既緊張又雀躍，只覺腹股溝躥起了幾絲尿意，惹得他端碗盞的手都禁不住打抖，雙眼睜得越大，牛鈴一般頗為滑稽。

快了，就快了，唐之晴的嘴控制不住地張著，下巴抬起，恨不能暗暗發力，幫唐休璟吃下。然而湯匙竟突然在唐休璟的嘴邊停了下來，唐之晴困惑地抬起眼，對上祖父極為澄明鋒利的目光，只聽他問道：「唐之晴，你可知罪？」

唐之晴愣神之際，便見唐休璟舉起榻旁拐杖，「咚咚咚」地敲地三聲，早已埋伏在臥房外的劍斫峰立刻帶人衝了進來。唐之晴反應奇快，見大事不好，立刻要將手中的碗盞摧於地上。誰料唐休璟早有防備，直接將碗盞奪過，腳尖一踢，拐杖便橫起來，直直頂在衝上前搶碗的唐之晴腹部。

唐之晴偷雞不成蝕把米，嘔血一口，自己飛彈回去，被前來拿人的劍斫峰反扳著胳膊一把按跪在地上。

在劍斫鋒的示意下，一名大理寺仵作上前一叉手，從唐休璟手中取走了秋梨膏，嗅了嗅又嘗了嘗，隨即回話道：「唐尚書、劍寺正，此湯中含有一味藥引，與其中的冰蓮花蕊一道，可令咳喘之症陡然加重！」

「冤枉啊！祖父！」唐之晴仍想渾水摸魚，裝出一副委屈的樣子狡辯道，「此湯羹乃是孫兒之妻熬煮，孫兒並不知情。想來……如今正是盛夏，她婦人之見，想著祖父記掛堂妹勞神，加入冰蓮花蕊，應是為著辟暑清熱罷了。至於什麼藥引，孫兒實在不知，還請祖父明鑑！」一說罷，唐之晴重重地叩首在地，嚎啕大哭，模樣著實可憐。然而面前無論是唐休璟還是劍斫峰，都沒吃這一套。

劍斫峰慢慢踱步至唐之晴面前，拿出一張供詞道：「狡辯無用，你賄賂過那庖廚已經招供，從一年前開始，你便透過他在唐尚書的飲食中混入冰蓮花蕊，從而維持乃至加重唐尚書的咳喘之疾，再以其他食材的味道對其進行掩蓋，讓常人難以察覺。前番我在唐府中尋找兵符時，無意間發現藏兵符的書房內有混著冰蓮花蕊的香膏氣味。我問了二娘子，得知其並未做過類似的香膏，大理寺線人暗訪丹華軒也未見類似之物，反倒是你房間裡和小廚房內有此類氣味。想必那冰蓮花蕊的草藥，便藏在你房間內，而你自己久居期間，也習以為常，絲毫不知道自己身上也染著相同的氣味。此物並不常見，也很少作為食材出現，故而劍某懷疑，你妄圖利用這冰蓮花蕊的隱匿藥性，謀害我大唐兵部尚書！」

「報！」一大理寺衙役步入房間，雙手提著兩包裝著草藥的紙包向劍斫鋒回道：「卑職從大公子衣櫥的暗格內，發現了大量的冰蓮花蕊，還有一小包藥引，請劍寺正過目！」

人證、物證俱全，唐休璟冷哼一聲，睨了那尚在哭嚎狡賴的人一眼：「唐之晴，你還有何話可說？」

第二十八章　一差二錯

孫道玄覺得薛至柔變得非常奇怪，打從午後從外面回來，態度就有些捉摸不透。平日閒來無事時，她常在書房裡擺卦，或是撥弄羅盤、渾天儀，嘴裡嘟嘟囔囔說些怪力亂神之語，而孫道玄無處可去，便斜靠在棺材裡看書，兩人時不時還能搭上幾句。今日的薛至柔卻是詭異地安靜，既不擺卦也不看羅盤，進進出出一語不發，看起來有些莫名的沮喪。

公孫雪的養母沒了，孫道玄與那老婦多有交情，心下本就悲戚，更何況那凶手還是用的葉蘭筆，令他頗有種「我不殺伯仁，伯仁卻因我而死」的負罪之感，薛至柔又為何這般呢？她雖不是什麼刑部大理寺的官差，見過的殺人案卻很多，而且她確實是個人精，能洞察身邊夥伴的情緒，或插科打諢，或直言寬慰，總之能很輕易讓人解開心結。

今日的她，既不問情況，也不寬解人，著實不大對勁，孫道玄莫名感覺整個心弦崩了起來，坐在棺材裡悄然觀察著她的神色。

孫道玄有所不知，薛至柔眼下這般竟是與他有關。方才離開大理寺，臨淄王府的差役駕車送她回南市，薛至柔見那差役年紀尚小，看起來有些緊張，便半開玩笑半認真道：

「見郡王神色不大好，可是還有什麼煩心事嗎？」

那個小差役入府未久，尚不知深淺，傻乎乎回道：「瑤池奉果真厲害，竟連這也看得出……今日郡王確實不大安樂，我們當差也緊張，便有阿兄前去打聽，得知今日郡王漏夜趕到糠城，竟見一男子攬著那位公孫姐姐，便一直不大高興。」

薛至柔只覺自己的心跳好似漏了一拍，甚至未來得及考慮是否妥當，便問道：「是什麼樣的男子……」

小差役撓撓臉，神色更加迷離：「說是像狼又像狗的，並不是什麼眼熟之人，誰知道呢……」

其後他又說了什麼，薛至柔已然聽不進去了，滿腦子都是想像出孫道玄攬著公孫雪的畫面，當真無限繾綣。先前與孫道玄互換身體時，她便知道這小子與公孫雪關係不俗，但因為公孫雪的年歲、氣質都與臨淄王更相合，她便一直以為公孫雪與臨淄王才是良配。

難道說公孫雪之所以未與李隆基在一起，乃是全然為著孫道玄嗎？孫道玄的父母與相王竇德妃夫婦有舊，而他一直苦心孤詣所查的案子亦與臨淄王父母相關。難道說……公孫雪之所以入臨淄王府做侍衛並不是為了李隆基，而是為了孫道玄？

薛至柔只覺自己的推理從未像眼下這般無懈可擊，但她並未有分毫破獲大案的快樂，而是被極度濃郁的沮喪感淹沒，逼近窒息。回到靈龜閣後，更是一句話都不與孫道玄說，更遑論像平時那般嘰嘰喳喳。

此時見他坐在棺材裡，一臉探詢地望著自己，她強行打起三分精神，盡量用輕鬆的語氣道：「你怎的像詐屍了似的，那般坐著看著我也不吱聲？」

孫道玄擅長畫人物神態，自然輕而易舉看穿了薛至柔嘴角笑意的僵硬，他心裡辨不清什麼滋味，語氣莫名軟了三分，忖度著開口道：「妳可是怪我自行去查案沒叫妳？發現出事的時候正是深夜，若是喚妳還要耽擱功夫，何況火場危險，亦不知昨夜襲擊妳的歹人是否還在附近，帶妳一起出門怕有危險。話說回來，妳應當也去過現場了罷？可有何斬獲，我們可以一道說說，說不定能發現什麼破綻。」

不知怎的，此時孫道玄望著自己的眼神倒似十分真誠，這樣的神情配上素來囂張的面龐違和十足，卻也讓人難以抗拒。薛至柔自覺有些無理取鬧，方張張口，便聽靈龜閣大門處傳來了搖鈴聲，她以為又有冤案尋上門，忙打開書房的小窗向下望去，未想來人竟是公孫雪。

她昨夜喪親，今日身體尚未恢復，不想竟回了靈龜閣。薛至柔大感意外，小跑下樓去開了門，將公孫雪迎了進來，再度合上了門扉：「姐姐傷還未癒，怎就回來了？」

公孫雪面色虛弱，仍規規矩矩衝薛至柔行了個禮：「瑤池奉寬厚，准許婢回糠城護衛母親，如今老母沒了，任務仍在身上。郎中開的藥我都背來了，自己在房中熬煮便好，不會誤事，請瑤池奉放心。」

說話間，孫道玄也從樓上走了下來，上前接過公孫雪的包袱，轉對薛至柔道：「阿雪不習慣受人照顧，待在王府裡大半也不會好好休養，胡思亂想亦對身體無益。瑤池奉既然記掛她，便許她回來吧。」

薛至柔的目光在孫道玄拿包袱的手上一頓，望著眼前並肩而立的兩人，眼底流露出幾絲奇異神色，尷尬笑了幾聲，應道：「也是了，也是了……橫豎此處你也在，能為公孫姐姐寬解幾分最好。那……我先上樓了，若有事尋我，喊我便是了。」說罷，薛至柔逃也似的上了樓去，須臾便沒了蹤影。

她那道奇異的目光卻令孫道玄頗為在意，但看公孫雪尚十分虛弱，他只能暫且不提：「妳身子尚未痊癒，我先送妳回房去罷。」

薛至柔好似有狼追狗攆，一路跑入二樓書房，合上房門，靠著門板，很快喘勻了氣，心跳卻良久難以平息。

她走到書櫥前，摸出早已束之高閣的籤筒，擺開陣勢，準備掣籤。

每每心情不好時，薛至柔便喜歡燒龜板或掣籤，這已成了她多年來的一種習慣。說起來這籤筒還是她初學道時，母親親手所製，彼時她還沒有道號，尚不是母親的師叔，聽母親說這製筒、製籤的桃木皆是李淳風在世時候親手所伐，靈驗無比，也不知是真是假。

薛至柔由不得又想起了尚在三品院的父親，與代夫行遠道去接轉世靈童的母親，瞬間恍然大悟，想來自己之所以那般悵然，應是眼見孫道玄與公孫雪互相依靠，劍斫鋒為了唐之婉四處奔走而自覺孤單。

不過那北冥魚案已有了眉目，想來很快便能破案，父親也能從牢裡出來，與母親同回遼東去了。薛至柔邊想著，邊晃著竹筒，一枚竹籤甩了出來，她定睛一看，其上竟是個歪歪斜斜篆字寫的「凶」。

薛至柔心道這一輪自己分心了，必不能算，想將那籤撿回去，猶豫一瞬，乾脆將它扔在了一旁，復舉起籤筒，十分虔誠地念了幾遍經文，又掣出一枚籤來。

不想其上竟寫著「大凶」，薛至柔氣得將竹籤一扔，心想什麼李淳風親手伐的桃木，定是她母親為了唬她好好讀書胡說的，絕不能信，便重新將籤筒放回了書架上。估摸著孫道玄應已將公孫雪送回了房間，她便下樓回到後院自己的房間裡，將這兩日案子的發現錄在隨身的文簿上，直至夜半三更才輾轉反側地睡去了。

薛至柔與唐之婉雖未謀面，這輾轉反側的心境卻是出奇一致。縱使三品院的床榻很是舒適，唐之婉掛心祖父，依舊是整夜未能入眠。

待天方擦亮，她便起身洗漱，準備一到點卯時分便要求見劍斫鋒，好好與他說道說道，爭取能交些贖銅早日回家，以防堂兄使壞，對祖父不利。

正思量著該如何組織話語，方能說服那位不可一世的大理寺正，忽然聽到三兩聲叩門，隨即院門便被打開了，劍斫鋒闊步走了進來。

所謂人在屋簷下，不得不低頭。唐之婉迎上前去，縱便心裡已經罵了他一百八十輪，臉上還是掛著假笑，語氣軟了幾分：「不愧是大理寺最負責最明智的劍寺正啊，距點卯還有大半個時辰便來了？敢問……我寫的供狀你可看了？那日在府中，當著祖父的面，諸般事我不好說。但你只要看了供狀，便知曉我並非有什麼私心，我是迫於堂兄，才……」

劍斫鋒看著唐之婉澄澈雙眼下的一片烏青，心裡別提多不是滋味，他知曉自己行的是一招險棋，為了不引起唐之晴的懷疑，昨日去府上拿人時，既沒有知會唐之婉，亦沒有請示唐休璟。

這位兵部尚書已至耄耋之年，更是帶病之軀，萬一氣出個好歹，不單唐之婉會恨他，朝廷亦會降下罪責。但若不引蛇出洞，恐怕他日唐之晴當真會害死唐休璟，故而此一番劍斫鋒賭的不單是自己的推斷準確，更有唐休璟的身體與承受力。

好在一切順遂，未釀出什麼亂子。昨夜逮捕了唐之晴後，他一直在大理寺辦案，待整理完卷宗，便守在了三品院外，聽得唐之婉門內有響動，就命差役開了門，只為了能早一刻見到她，將實情告知於她。

猜到她應是一宿未眠，劍斫鋒心裡萬般不是滋味，躬身一揖。

哪知唐之婉登時會錯意，雙眼睜大，面色如紙：「什……什麼意思……可是我祖父氣得犯病了？還是……」

見唐之婉急得要哭了，劍斫鋒忙道：「不是不是，妳莫慌，唐尚書什麼風浪沒見過，身子無礙的。妳我相識一場，我縱便再木訥，也不會懷疑妳的初衷……只是事出有因，需要做下局，方能引幕後黑手現身。如今凶徒伏法，已然塵埃落定了。尚書府的車馬正等在大理寺外，唐尚書無恙，妳且放心。」

唐之婉愣了好一陣，方回過神來，眼淚簌簌落在手背上、絨毯上。她重重掐了劍斫鋒的手臂一把，看似解恨，實際卻未著什麼力道：「究竟是怎麼回事？你還不告訴我？」

劍斫鋒示意唐之婉走入房中，兩人坐在桌案前，他細細將昨夜捉拿唐之晴之事，與先前查找兵符時發現的線索告知了唐之婉。

唐之婉既驚又怕，沒想到堂兄竟是喪心病狂到了如此地步，不單覬覦兵符，還想謀害祖父，甚至連祖父肺脅受損，都是他在背後推波助瀾。如今一朝被劍斫峰揭穿陰謀，當場抓了現行，不知祖父心裡會是何等滋味。

唐之婉著實唏噓良久，才壓下了情緒，又問劍斫鋒道：「話說回來，你是怎麼知曉是我偷拿的兵符的？那日，你不過是第一次見到堂兄，我也沒有告訴過你我聽到他與堂嫂的對話……」

「我審了近十年的嫌犯，上一次到府上，看到妳的反應，我便知道那兵符是妳拿的。但妳如此做應有苦衷，還不肯輕易告訴人，應當事關唐尚書，我於是讓手下留心唐之晴的可疑之處，這才發現了端倪。」

「原來如此……」唐之婉若有所思，許久沒有言語。

劍斫鋒以為她不滿自己的欺瞞，才欲再解釋，卻見她秋波一轉，抬眼望著他的額頭，喃喃低道：「你的頭……還疼嗎？」

昨日為保朝廷威嚴，劍斫鋒開了瓢也一聲不吭，實則被她砸得眼冒金星。畢竟是武后朝的兵符，銅製分量亦不算輕，被迎面砸一下子自然很痛，但此時，面對她春風化雨一般的言辭，他確實感受不到一絲痛意了，便回道：「無妨，已經大好了。」

唐之婉看著那襆頭下一道細細的傷口，好似並未處理過，想起劍斫鋒乃是孤身在京洛，估摸著也無人為他擦傷，想也不想便脫口道：「昨日我見房中有藥膏，不妨讓我幫你擦一擦……」話一脫口，對上劍斫鋒略帶錯愕的眸子，她倒是霎時不好意思起來：「若你覺得不妥，便……」

劍斫鋒撓撓頭，一向精明的人也變得笨嘴拙舌：「啊，不知怎的，傷口好像疼、疼起來了……」

唐之婉忍笑起身，拿起榻旁窄櫃裡的藥筐子，取出藥膏，摸出絹帕，翻出乾淨爽利的面沾了膏體，點點塗在劍斫鋒的傷處。

兩人都沒有說話，彼此間卻湧動著心照不宣，卻又無法言喻的暗流。

哪知，還未擦兩下，便聽得大理寺差役帶著唐府的小廝走了進來，小廝低聲喚道：「女郎君可在嗎?家公讓奴……」

唐之婉一驚，手上驀地沒了輕重，直戳得劍斫鋒「嘶」的一聲，傷口生疼。

差役與小廝也傻了眼，杵在原處，進退兩難，似是無法想像聊案子為何會把襆頭都聊掉了。

在彷若比命還長的詭異沉默之後，劍斫鋒率先回過神，起身對唐之婉道：「時辰不早了，為免老尚書擔心，劍某送妳回家罷。」

唐之婉這才如大夢初醒，放下燙手山芋般的藥膏，快步出了三品院。

自大理寺到唐之婉家這一路不算短，車行亦緩，但還是比兩人預想中更快抵達了唐府所在的坊間，劍斫鋒所駕的馬車方拐過小巷，便見唐休璟拄拐站在烏頭門下相侯。

唐之婉掀開車簾，遙望著那烏頭門下的老者，只見祖父的身軀早已算不得偉岸，瞳仁中的光亮如燭之將熄，佇立之姿卻仍保留著武將應有的風範，看到唐之婉所乘的馬車，他的眸子終於亮了起來，滿滿慈愛，與世間所有的祖父無異。

唐之婉只覺自己的鼻尖又酸澀起來，年少時揚鞭立馬，唯念報國，只要能換邊民數年安泰，六畜蕃息，縱便是青山埋骨，馬革裹屍，亦九死不悔。可功名昭著，封妻蔭子，亦會有嫡孫加害，只因一己之軀許國，便難再許家。

所以她要將所有的崇敬與愛全都給祖父，讓他知曉自己絕非晚景淒涼。唐之婉忙叫劍斫鋒勒馬，從車上跳了下來，翩躚上前攙住祖父：「這幾日時氣不好，晨起便悶得厲害，祖父怎一個人站在這裡，可覺得悶氣嗎？」

唐休璟拍了拍唐之婉的小手，安撫道：「祖父沒事，托劍寺正的福，往後咳疾定會好了……」

劍斫鋒亦下了馬車，將韁繩交與小廝，上前對唐休璟一禮。

唐休璟沉沉咳了兩聲，又道：「家中醜事，令劍寺正勞心了。唐之晴的過失，還請劍寺正依《唐律》處置，老夫絕不包庇。此外，老夫身為一家之主，教育子孫立德行，修正道，本是老夫之責，如今子孫不孝，便是老夫之過，他日必當脫簪戴罪，前往宮中，請求聖人降下責罰。」

「唐尚書言重了，貴府家大業大，人丁興旺，有個別人想錯主意算得了什麼？此等事我大理寺諸人見得可多了。唐尚書身體才康復，還需好好將養，晚輩便不叨擾了。」說罷，劍斫鋒行禮拜別。

「劍寺正留步！先前劍寺正托老夫所查之事，已有了幾分眉目。」說著，唐休璟從袖籠中掏出一封信箋，交予了劍斫峰道，「這幾日忙著收拾家中畜生，竟忘記交與你，切莫誤事才好。」

劍斫峰看到信箋，臉上流露出難言的歡喜，他雙手接過，感慨道：「北冥魚案困擾劍某良久，若得突破，必叩謝唐尚書大恩！」

「他日若得名正言順，再叩老夫不遲……」唐休璟似是話裡有話，目光掠過唐之婉，卻也未作過多停頓，「更何況老夫與薛將軍和樊夫人，乃是多年的故交。使得忠臣昭雪，老夫身為兵部尚書責無旁貸，劍寺正不必言謝。你應有要事在身，老夫便不再多留了。」

劍斫鋒聞之，既驚訝又羞赧，深深望了唐之婉一眼，不再多說什麼，長長一揖，轉身策馬離開了。

兩人目送他離去，而後唐之婉攙扶著祖父回家，邊走邊紅著臉小聲嗔道：「阿翁方才說的話，只怕要讓劍斫鋒誤會了……」

私下無人之時，唐之婉與祖父的關係與尋常人家無異，沒有繁文縟節，唯有對彼此的關懷。唐休璟一挑全白的壽眉，問孫女道：「當真是誤會？」

唐之婉的臉不由更紅，低頭緘默不語。

唐休璟復笑了起來，咳聲越沉：「阿翁到了這般年紀，早已別無所盼，只求著我們婉能得一個可心之人。那小子出身不好，若是被我們家的門楣嚇到可怎麼是好，自然是要給他幾分底氣的……所謂『善動敵者，形之，敵必從之；予之，敵必取之』……」

唐之婉忍不住咯咯笑了起來：「阿翁怎的還是一張口便是兵法……不過，若說敵，先前他與薛家小娘子倒是不對付。阿翁可不知道，他那個人才不會看眉眼高低，自以為是得很，我第一次見到他的時候……」

與唐府大劫後的平和不同，這幾日的靈龜閣一片暮雨瀟瀟，頗為淒涼。

除了吃飯和開張解卦外，薛至柔幾乎大門不出、二門不邁，盡量不與那兩人打照面，自我認為是在成人之美，幾乎要將自己悶出內傷。直至這一日，唐之婉終於回來了，她憋在心裡話這才如汪洋洪水，幾乎要泄堤。

但她還未說什麼，便被唐之婉先聲奪人，得知唐之晴竟想謀害唐休璟，薛至柔亦十分生氣，倒豆子一般將自己所會的全部髒話罵了一遍方解恨，而後她十分敏銳地捕捉到了唐之婉言辭間的閃爍，摸著下巴饒有興味道：「這位劍寺正可當真是劍走偏鋒啊？立下如此大功，唐尚書又向來賞罰分明，可哄得唐尚書將嫡親的孫女許給他？」

唐之婉既羞又惱，急道：「妳可別瞎說！他上躥下跳的可不是因為我！倒是妳……怎的幾日未見印堂發黑，那鬼頭小子欺負妳了？」

薛至柔不自覺地嘆了口氣，將公孫雪養母遇害等事和盤托出。唐之婉聽了這一長串，只覺得腦子已快承受不得，幾乎轉不過彎：「沒想到短短幾日竟出了這麼多事……公孫阿姊倒是當真不容易。」

薛至柔倒是對唐之婉與劍斫峰最近的事頗感興趣。以她對劍斫峰的瞭解，此人一向不愛干預旁人的家事，如今竟為著唐之婉和她祖父如此殫精竭慮了一遭，連頭上掛了彩也在所不惜，不由得一臉八卦地笑道：「所以，那斷案呆子打算何時去找唐尚書提親啊？」

被薛至柔一語道破，唐之婉懵然一瞬，臉霎時變得緋紅。

薛至柔還不忘添一把柴火道：「妳可別打量著蒙我。那呆子對旁人的事一向事不關己高高掛起，一心只為聖人效力，如今竟為妳和妳祖父操這麼多的心，裡面定有蹊蹺。他又不像是會覬覦妳祖父家產的人，這唯一的解釋，不就只有看上妳這個人了嗎？嗯？」

唐之婉不甘心自己單方面被薛至柔調戲，立即梗起脖子，反戈一擊道：「妳還好意思說我……我不在這段時間，這靈龜閣裡只有妳與他兩個人。妳與那畫畫呆子，難道就沒有分毫進展？」

此刻孫道玄正站在閣樓上，自顧自的對著牆上的卷軸畫畫。閣樓並不隔音，故而樓下的客堂裡兩人激動之餘不斷放大的說話聲，早都被孫道玄盡收耳中。聽唐之婉這麼一問，他嗆得直咳了幾聲，手中的畫筆也不慎掉落在地。

第二十九章　鳥入樊籠

薛至柔既驚又惱，心道這小子走路悄沒聲，也不知是何時到門口來的，可聽到她們的談話。她猛地拉開門，正對上孫道玄那雙冷然雙眼。

這廝彷彿有改變時氣的能力，明明尚是七月天，他冰冷的眼神卻讓薛至柔仿若置身飛雪的冬日，漫步飛雪之中，亦能看到白牆下幾枝紅梅盛放，妖異如血，倔強如火，一如他本人。

薛至柔未從他的表情中看出什麼情緒，無從推斷他究竟有沒有聽到他們的私房話，不由得心虛了幾分，移開雙眼，不再與他對視：「何人尋我？」

孫道玄無暇去品薛至柔若有似無的窘迫，語氣裡帶了不常見的急切：「看打扮應是樊夫人軍中的，恐怕有要事，妳快去看看罷。」

聽了這話，薛至柔再無心去管那些有的沒的，快步走下樓。果然見一士兵等在靈龜閣裡，看到薛至柔，立即上前道：「見過瑤池奉！屬下乃陝州甘棠驛信使。三日之前，樊夫人率部護送天竺轉世靈童到達陝州，未曾想那靈童竟突然暴斃。樊夫人命屬下十萬火急地傳信前來，請瑤池奉盡速趕往甘棠驛，查查那靈童被害之案！」說罷，信使將信筒雙手遞給了薛至柔。

薛至柔匆忙拆開，展信一看，果然是母親親筆，其上所寫與信使所述無甚差別，亦沒有更多有用的消息。

薛至柔怔怔的，恍如夢中，簡直不敢相信自己的耳朵。真可謂禍不單行，要知道，這天竺轉世靈童入京洛，要在白馬寺舉行祭祀佛骨舍利的儀式，此乃萬國朝會的重要一環，聖人極其看重。如此重要的來賓，居然死在了半路上，還是在大唐境內，負責護送的樊夫人恐怕難辭其咎。

薛至柔是個明白人，怎會看不出，聖人之所以將護送轉世靈童之事交與母親，正是為了讓她代父親將功折罪。如今竟釀成了新的禍端，甚至比父親的北冥魚案更加百口莫辯，不單天竺使臣會憤怒討要說法，朝中有心人亦會趁機拚命打壓。

薛至柔越發確信，這連環案的幕後主使真是想置他們薛家於死地。

她尚未言聲，跟隨著一道下樓的孫道玄便追問那信使道：「敢問轉世靈童究竟是怎麼死的？是有人襲擊還是……」

信使抬頭一看問話的孫道玄看起來似狼似狐，臉上還有那麼大道疤，嚇得呆了片刻，才磕巴道：「這這這……屬下不過軍中一信使，並不知曉內情。對了，樊夫人還將自己的傳符放在了雙鯉內，瑤池奉可憑此符去軍驛換快馬，早日趕往陝州。」

薛至柔將手復伸入信筒，取出雙鯉封，果然摸出了一個傳符。此物乃是門下省統一發放給文官武將的信物，對內可入朝謁見，對外可窮達邊陲，沿途驛館關卡均可合符通過。如此重要的物件都由信使捎來，只為能讓自己以最快速度趕往陝州，看來母親確實十分著急。薛至柔暗暗嘆了口氣，眉頭深鎖，將傳符貼身收好，而後從匣中拿出三兩銀錢賞與了信使，囑咐他在城裡找個酒肆好好歇歇腳。

信使推辭稱自己還要盡速趕回陝州驛館覆命，便沒有收下，轉身離開了靈龜閣。

唐之婉忙上前合了大門，回頭問薛至柔道：「這可如何是好？妳可要馬上出發往陝州去？」

薛至柔沒有應聲，從桃木桌旁的故紙堆裡摸出個木牌，只見其上刻著「閉門謝客」四個歪歪斜斜的大字，她揩摸兩下，自嘲道：「打從進了今年，這靈龜閣開開關關，得虧這鋪子是我買的，否則只怕連租子都要付不起了……」

唐之婉叉腰道：「妳還有心思玩笑？妳打算何時去陝州？可要我幫妳收拾行李？」

公孫雪忙道：「收拾行李這等事，還是婢來罷。」

看到那木板，孫道玄匠心上頭，一時將旁事拋諸腦後：「這字寫得也太醜了，妳且等我片刻，我再刻一個……」

唐之婉連聲阻止：「得了吧你，把你的字掛到靈龜閣門上，豈不是在挑釁大理寺？我看你還是把字寫醜點才是……」

「那倒當真是難如登天。」孫道玄聳聳肩，一臉的不以為意，「罷了，當我沒說罷。

話說瑤池奉，此次往陝州，我與妳同去可否？」

「有你什麼事，你去作甚？」薛至柔還沒反應過來，唐之婉便一口回絕。

不知怎的，唐之婉與孫道玄一見面便會掐起來。孫道玄不屑地瞥了她一眼，冷聲道：「第一樁是北冥魚襲人，第二樁是凌空觀起火，如今轉世靈童又死，這一系列事情彼此勾連，與我兩年前的成名作〈送子天王圖〉全然吻合。凶手在作案現場留下『畫畢其一』、『畫畢其二』，正是想將這一系列罪行都扣到我頭上。很顯然，凶手針對的不單是薛家，更是我孫道玄。在如此情境下，妳說我去做什麼？」

孫道玄所說與薛至柔所想幾乎無差，先前隨他去看〈送子天王圖〉時，她便設想，或許第三樁案子會與孩童有關，故而推掉了所有家中有小孩之人的邀約，甚至臨淄王那裡她都不敢去。可先前她一直以為那嫌犯乃是洛陽城中的顯貴，作案當僅限於洛陽城裡，未料到凶徒竟然還能將黑手伸到幾百里外的陝州。

何況母親去接轉世靈童，挑的皆是軍中效力多年的忠烈之士，沿途州道府縣皆會清道相迎，萬分謹慎，凶手又是如何這般手眼通天，在母親的眼皮子底下將靈童殺害呢？

薛至柔禁不住打了個寒顫，抬眼望了望孫道玄。

確實如他所說，這案子與他休戚相關，兩人亦確實有聯手查案的默契。

只是……打從參悟了他與公孫雪的關係後，她再也無法如先前那般與他相處。縱使她因家族父母之事心急，能公事公辦地與孫道玄出行，公孫雪又會如何想？

薛至柔無聲地嘆了口氣，一直以來，她都直白燦爛地活著，從不主動給人找麻煩，亦不自我消耗，今時今日陷入了這為難之境，說不茫然自然是假的。

薛至柔尚未想清楚，又聽唐之婉說道：「就算你有道理，想要與瑤池奉同行，那我也要去。我的鼻子靈，若那轉世靈童是中毒而死，我可幫忙分辨。」

孫道玄輕笑了一聲，言辭裡滿是戲謔：「唐掌櫃倒是慣會半途而廢，先前信誓旦旦，要靠鼻子幫那位劍寺正捉拿什麼葉蘭筆案的凶徒，結果前幾日那廝便又出來逞凶，依舊逍遙法外。現如今又要去陝州，妳可知多少毒物皆是無色無味，或者貿然聞了，自己也可能會被毒厥過去。且不說幫不幫得上忙，可別搗亂才是。」

「哼，你越是這般說，我便非去不可。」唐之婉也起了倔強，槓頭回嘴，「哪怕案子幫不上忙，只要能保護薛至柔也行啊。」

這下輪到公孫雪詫異：「這……恕婢直言，唐掌櫃肩不能扛、手不能提，又如何能保護瑤池奉呢？」

唐之婉似是就等著有人發問，急切地拋出了答案：「公孫姐姐有所不知，這保護可不一定要舞槍弄棒，只消防住了某些浪蕩子，便也算是大功一件了！」說罷，唐之婉一臉警惕地盯著孫道玄，隨時準備迎擊他的惡語。哪知孫道玄倒是未再反駁，臉上甚至飛起了兩分可疑的紅暈。

公孫雪將孫道玄一閃而過的赧然盡收眼中，蒼白的面龐上竟起了兩絲淺笑：「唐掌櫃慣會說笑……瑤池奉既是奉軍令去查案，沿途都要馳驛而行，哪裡能帶那麼多人？再說老尚書方病癒，唐掌櫃也不好出遠門。何況那葉蘭筆案的歹人仍逍遙法外，連劍寺正都要倚仗妳的鼻子，妳又如何能走的開。婢亦盼著早日將真凶緝拿，好慰我老母在天之靈……」

提到公孫雪的老母，眾人皆陷入了沉默，似是不知該如何開口才能寬慰兩分。她本人倒是豁達，輕笑道：「婢無礙，亦會珍重自身，等著大仇得報。眼下樊夫人之事要緊，瑤池奉若有吩咐，婢自當赴湯蹈火。」

公孫雪為人暢快，薛至柔亦不含糊，淺淺道了謝，又道：「公孫姐姐老母之仇需報，毋庸置疑。如今敵暗我明，我擔心若此人還藏著調虎離山之心，貿然離開，恐怕我父親、葉天師那裡會生變故。依我看，此一次我們須得『兵分兩路』，除去調查靈童案外，還得有人留在靈龜閣，以應對今後幾天洛陽城內可能出現的諸般變化，若探得風吹草動，也可及時傳信告知。只不過……」

「婢自當留下，婢本就有幾分功夫在身，亦有臨淄王那邊的消息來源，監視城中動向再合適不過。」公孫雪說著，轉向唐之婉，「加之唐尚書在朝中的威望與人脈必定無虞，請瑤池奉放心。」

薛至柔知道，這幾日公孫雪白天守著靈龜閣和自己，夜裡偶時會出門，快速奔行於里坊間，便是想盡一己之力捉拿葉蘭筆殺人案的凶手。可薛至柔仍有些遲疑，就算是背負母喪，也不能這般大度到放手讓孫道玄與自己同行罷？她困惑的目光在孫道玄與公孫雪間逡巡了一圈，試探問道：「公孫阿姊……我與孫道玄同去，當真無妨嗎？」

「自然，」公孫雪答得流暢，「婢這便去為瑤池奉收拾行李。」說罷，公孫雪便轉身去了後院。

孫道玄衝薛至柔一頷首，亦上樓收拾去了，似是也毫不介懷。

除了薛至柔，唐之婉亦是驚掉下頜。倘若當真如薛至柔所說，那孫道玄與公孫雪才是一對，她為何要讓自己的意中人與薛至柔一起行遠道？縱使她當真美豔絕倫，薛至柔也是十足清麗，性情討喜，難道她一點都不擔心孫道玄有二心嗎？

唐之婉思來想去，料定薛至柔必然是猜錯了，那孫道玄喜歡的人明明是她自己，哪裡是什麼公孫雪。唐之婉想提點她防著點那登徒子，卻見她神色凝重，應當是在為母親憂心，只得暫時壓下不提。

萬國朝會將近，官道上車水馬龍，不過半個時辰，薛至柔便與孫道玄一道策馬出了洛陽城。薛至柔仍穿著她那身標誌性的玄色金線鶴氅道袍，頭戴琉璃蓮花冠，背負已修復完好的占風杖。孫道玄則是一襲素色胡服和他那標誌性的狐狼頭套，以白色麻布纏臂綁腿，上身圍著薛至柔給他的那條碎邊破爛的灰色裘皮，腰間一側挎著，臉上的紅色爪痕與額上的蓮紋花鈿顯得頗為妖異。二人胯下皆是軍中快馬，比起城中的馬匹高大健壯不少，一看便善於馳行驛路。

陝州距洛陽約莫三百里路，途經孟津、新安、澠池、崤函等地。為著一路保持最快的速度，二人每隔幾十里，到一處馳驛便出示傳符，換上新的軍馬，好令自己能夠一直以最快速度馳行。

薛至柔出身將門，打小又長在軍營，騎術精湛，一路馳驛自是不在話下。可孫道玄的騎術甚至還是上一次跟樊夫人學的，能不被顛下馬已是萬幸，如何能趕上薛至柔的速度。待馳馬轉過山路口，薛至柔驚奇地發現前後左右空無一人，孫道玄不知掉隊到何處去了。

縱然這幾日因為他與公孫雪之事，心中有些彆扭，好歹也是一道出門的，薛至柔不得不調轉馬頭回去，終於在下坡道旁尋到了兀自喝水的戰馬和叉腰在旁奈牠不得的孫道玄。

此情此景倒當真滑稽，尤其那孫道玄平日裡一派毀天滅地、戲遊人間的模樣，更顯得他此時的窘境是如此令人咋舌。

薛至柔忍著笑翻身下馬，上前撫了撫孫道玄那馬兒的鬃毛，在牠耳旁細語幾聲，那馬兒竟奇蹟般不再打別，如人一般嘆了口氣，走到了孫道玄面前。

孫道玄與馬四目相對，總覺得牠看自己的眼神帶著悲憫，有如看傻子。

「妳與牠，說了什麼？」孫道玄不悅道。

「你問牠啊，問我作甚？」

孫道玄自然懷疑薛至柔是跟馬說了自己壞話，但也沒有證據，索性想開，銜馬叉手一禮道：「有勞仁兄了。」說罷，他再度翻身上了馬，臉上帶著難得的正經神色，對薛至柔道：「抱歉，我確實不擅長騎馬，這一路恐怕還需要妳多多擔待，不過……好歹妳終於不苦著臉了。」

薛至柔一怔，不自在地緊了緊隨身的包袱。這兩日她本就莫名低落，母親的遭遇更是雪上加霜，此時被孫道玄點破，她不知為何異常心虛，尷尬笑了兩聲，辯解道：「我……不是刻意甩臉子，父親尚在獄中，母親又遭陷害，我心裡難免揪得慌……」

薛至柔如是說著，心裡也明白這並非全部原因，心虛地偏過了頭去。偏偏在此時，她胯下的馬兒嘶鳴了一聲，發出了同人一般的葫蘆笑聲，似是看穿了薛至柔的口是心非。

「你可閉嘴吧。」薛至柔臉上一陣紅、一陣白，輕輕拍了馬兒的頭頂兩下，偏頭看看孫道玄，哪知那廝正饒有興味地望著她，惹得她越發窘迫，咳了兩聲，道一句，「天色不早，趕路要緊！」一揮馬鞭，馬兒便如離弦利箭一般躥了出去。

夕陽西斜之時，二人終於抵達澠池城內的芳桂宮驛。天黑不宜趕路，薛至柔與孫道玄決計今夜便宿在此處。兩人走入驛館，薛至柔對迎門的驛長亮出傳符道：「勞煩來兩間上房，外加一桌素菜，不要酒。」說罷，拿出錢袋便要付帳。

那驛長見到傳符，神情既歡喜又緊張，喜的自然是貴客來訪，緊張的則是她所提要求難以滿足。驛長搓著粗糙雙手，磕磕巴巴道：「回官爺，憑此傳符，食宿自當供給，不取分文。只是……呃，實在不好意思，適逢萬國朝會臨近，往來賓客商旅頗多，只剩一間上房，其他屋舍，便是連牛棚也有人住了。小人見官爺乃是清心修道之人，只怕早已將物我俗物拋之身外，不知可否將就住下，小的便在例餐外再加送兩道爽口菜肴如何？」

聽到自己竟要與孫道玄住一間房，即便薛至柔自詡自己坦坦蕩蕩，也不由得有些害臊起來，小臉紅了個透。可這一路車馬確實比以往多了數倍，應當不是驛長為了多掙銀錢而胡謅。薛至柔有些茫然地向外望去，太陽已垂下地平線，不過剩下點點餘光，但往來的車旅依舊不停歇，仍有說著不同語言，身著各國服裝的胡商官差不斷流動。

再耽擱下去，只怕這一間房也保不住，薛至柔不願流落街頭，快刀斬斷心中雜念，對身側的孫道玄道：「眼下只有一間房了，不如我們便一道住？」

孫道玄從這驛長說出只剩一間房開始，便心跳加劇，面皮下的一張臉早已紅透了，神情卻仍在強裝淡定，眉頭緊鎖：「這……恐怕會讓令堂不悅吧。」

薛至柔本心靜如水，看到孫道玄臉上那說不清、道不明的神情，也不由得有些慌亂：「我說你，腦子裡可別給我隨便編排！同房住，也不過是各自把角，互不干擾。你可別會錯了意！」說罷，薛至柔強作淡定地接過了驛長手中的鑰匙，可她並不像孫道玄，有面皮阻擋可以偽裝，連耳朵尖都早已紅了個透。

兩人一道走入上房，其內布局方正，陳設精美，無愧為京畿重地驛館之最，一面大大的軒窗面東朝灑池湖水，在夕陽下，湖面泛起點點波光，令人見之忘俗。

薛至柔忍不住拊掌道：「誅！見窗流水，大吉大利啊！」

「神神叨叨。」孫道玄忍笑噎她一句，拉上了木門。

隨著「吧嗒」一聲輕響，兩人的身子皆微微抖了一下，隨即意識到，兩人這是共處在一個密閉的空間裡。雖說在靈龜閣時，他們也時常在書房中討論案子，但正中擺著一口大棺材，怎麼也不會給人旖旎之感。而此處……著實是不大一樣，兩人皆帶著詭異的沉默，十分自覺地各自令行李占據房間的一角。

正局促之際，驛長叩了門，孫道玄立即將人延請進門，只見他搬來了另一套被褥，身後還跟著三、五個侍從，抬著滿滿一桌山珍湖味走了進來。

薛至柔頗為驚異：「這例餐怎如此豪華？」

驛長恭謹回道：「二位拿的是軍中上階將領腰牌，例餐自當好些。加之今天是中元，地官清虛大帝赦罪，故而驛館的菜肴也備得比平時豐盛。請二位慢用。」

看著滿桌子山珍野物，孫道玄心道若非方才薛至柔說只要素菜不要酒，只怕會有一桌的雞鴨魚肉外加一壺上好的葡萄酒端上來，語氣裡不覺帶了兩分譏誚：「原來這傳符還有如此特權，難怪聽聞朝中有權臣巧托名目，拿著它遊山玩水。」

「你這可是人云亦云，跟風舛訛了。只見眼前這些吃食你就義憤填膺，我母親出征打仗、臥冰飲雪的時候你怎麼不提？閒話少敘，你倒是吃也不吃？」

見薛至柔有些不快，孫道玄不再多說什麼，坐在桌案對面吃起了飯來。

今夜中元，入夜後，不知何處起了〈紫清上聖道曲〉，薛至柔忙起身打開窗扉，只見滬池上星星點點，竟是蓮花燈。

是啊，縱然舟車勞頓，行路疾疾，又如何能放下對親人的牽念。孫道玄與薛至柔都沒有作聲，只是這般靜靜看著，心下對父、母親人的記掛溢於言表。

不知過了多時，薛至柔只覺起了幾分困意，她不敢看身側的孫道玄，撂下一句「我先睡了」，便自行去房間的另一頭鋪了被褥，倒頭便睡。

孫道玄看著那瘦瘦小小的玄色背影，想起方才臨出門前收拾行李之時，公孫雪曾悄悄把自己叫到一邊，低聲說此行薛至柔母親有難，讓自己把握時機，多關照些，也不知是什麼意思。如今再想起來，竟頗有些心癢，又像是墜了什麼沉甸甸之物，說不清、道不明。

月餘之前，他心中還只有為父母報仇的夙願，不知是何緣分，還是何人設下的詛咒，薛至柔與自己一道墮入讖夢輪迴，需同心協力，方可破除夢魘。

只是他先前並沒有細想過，為何偏生是自己，又為何偏生是她？究竟是陰差陽錯，還是緣分匪淺？

每每想到此，他都覺得自己站在一面銅鏡之前，鏡中自己與她執手相望，花月正好，可銅鏡之後，則是森森白骨，萬劫不復。

孫道玄閉了閉眼，努力將這些念頭拋了出去。不錯啊，今日乃是中元節，天上雖也是一輪圓月，可與上元的燈市和仲秋的彩雲相比，蓮花燈的微光顯得那樣孤冷。他自嘲一笑，半卸了偽裝，也和衣睡去了。這一黑一白的兩個身影雖相距尺遠，可頭腳相對，背對側身而臥，莫名像那黑白糾纏的兩儀圖。

竹泉滴落打更聲，不知過了多久，池上的蓮花燈消失無蹤，圓月亦被流雲遮擋。薛至柔與孫道玄不知被何物喚醒，不約而同地睜開眼，眼前竟是一副奇異景象：偌大個房間竟混沌如鴻蒙，兩人所臥之處竟真的出現一幅兩儀圖，薛至柔身下為白，孫道玄身下為黑，兩人臥在其上，何其渺小，正如浩渺無盡天地上巨大的八卦陣上的兩個小點，糾葛纏綿，相形相生。

兩人方意識到不對勁，掙扎卻難以起身，只聽四下裡再度傳來那幽遠的聲音：「乾坤反轉，鴛命五道。解此連環，方得終兆……」

剎那間，身下的堅實地面隨著兩儀圖的碎裂而消失，化作巨大噬齧的黑洞。兩人頃刻間失去一切支撐，未來得及發聲便落入了無盡深淵。

再度醒來時，薛至柔發覺自己仍躺在昨夜自己打的地鋪上，清晨的微光透過面東的軒窗將整個房間照亮，地面上一切如常，並未出現什麼兩儀圖。

孫道玄聞聲亦起了身，撫著腦袋，一副疲遝之相，道：「抱歉，昨夜太疲憊，竟睡過去了……」

原來，昨夜那懾人的處境竟然是夢，縱便只是噩夢，承認自己會夢到孫道玄還是令她尷尬。薛至柔按下不提，眼看天色已到了可以出發的時候，便催促孫道玄早些收拾了下樓用飯。

兩人下樓方一坐下，身後便傳來一個有些熟悉的聲音：「敢問閣下應是瑤池奉罷？」

「不錯，你是……」薛至柔回身看去，只見來人看上去亦有些眼熟，卻一時三刻想不起在何處見過。

見薛至柔面露疑惑神色，那人立刻自報家門：「屬下乃陝州甘棠驛的信使，奉樊夫人之命，去洛陽送信與瑤池奉，未料竟在這裡碰見了。這便太好了，屬下可以提前回去覆命了。」說罷，將一信筒奉上。

原來是此前來靈龜閣送信的信使，他不是昨日才到的洛陽，怎的今日又巴巴追到了這裡？難道是有所遺漏嗎？

薛至柔一頭霧水地拆開信筒，只見信中內容與靈龜閣那封完全相同，連筆跡都相同。更離奇的是，信筒的雙鯉封內還放著樊夫人的傳符，同此前交給自己的那塊一模一樣。

這傳符可是門下省所發，縱便是兵部尚書也只有一款，而且無論私刻傳符還是謊報遺失都是死罪。薛至柔困惑之餘，不由想起了昨晚的夢境，她抬眼看看孫道玄，神色竟是與自己一樣的困頓，心裡不由泛起一個念頭。

薛至柔定定神，摸出三兩賞銀，應付走了那名信使後，立刻伸手一摸自己貼身收著的傳符，面色瞬間蒼白如紙。

孫道玄亦面色鐵青，壓低嗓音道：「傳符不見了？」

薛至柔望了他一眼，沒有答話，繼續翻著包袱，片刻後，她滿臉惶然：「那封信也不見了……」

兩人看著桌案上這封不知算失而復得還是得而復失的信箋，神色皆有些奇異。

薛至柔望著孫道玄，終於問出了困擾她的問題：「昨夜……你亦在夢中？」

孫道玄似乎並不意外，微微頷首，語氣戲謔又犀利：「不會是，我們又一同陷入輪迴了罷？」

薛至柔想起夢魘中那伴隨終磬而出現的可怖人聲，自北冥魚案開始，她便時不時地聽到這聲音，接踵而來的便是詭異大案——她落水而死，抑或孫道玄被刺殺。他們之前依此推斷，可能死亡正是觸發那輪迴的條件。

那麼今時今日的輪迴又是怎麼回事？薛至柔百思不得其解，壓低嗓音道：「從這信與那信使的反應看來，他是真的未曾與我們碰過面。澠池位於陝州到京洛路途正中，這一家是沿途最大的軍驛，那信使奉我阿娘之命趕路，在這裡歇腳乃是情理之中，遇到我便提前將信件給了我，似乎沒什麼不妥之處……」

「於他沒有什麼不妥，於我們可是大大不妥。」孫道玄嘴角帶著一抹邪笑，修長的手指敲在桌案上，「如今的事可是越發有意思了。按照此前的經歷，他送信抵達這間驛館，應當是昨日，也就是七月十五的清晨。可如今已經七月十六，我們卻在這裡又碰見了他，難道我們……回溯到了一日之前嗎？」

突然，身後傳來那驛長的聲音：「兩位明公，昨夜休息的如何？飯菜可還順口嗎？」

「啊，不錯不錯……」薛至柔雙眼一亮，不著痕跡地試探道，「就是昨夜中元，湖邊祭祀的動靜有些嘈雜，睡得不大安生，枉費了你們的上房……」

驛長哈哈大笑道：「瑤池奉可不是開了天眼，提前看到了今夜的事罷？今日才是十五，澠池的中元祭祀今夜才開始。瑤池奉若是聽到人聲嘈雜，恐怕是這幾日停在驛館的各國商旅酒醉散步，醉漢的吵嚷罷了。」

薛至柔與孫道玄對視一眼，盡是一副茫然之態。昨夜他們明明聽到有人在湖邊演奏賀知章所作的〈紫清上聖道曲〉，那是道教祭典常用之禮樂，薛至柔是崇玄署的博士，自然不會聽錯。而孫道玄曾有幸隨賀知章學習書法，對此曲亦是萬分熟稔，絕不會聽錯。

薛至柔反應極快，以手扶額道：「大抵是我睡糊塗了，驛長見笑……時辰不早，我二人準備出發了，能否給我拿兩塊胡餅，我們好路上充饑。」

驛長答允得極其爽快，薛至柔便隨他往大堂的櫃檯走去，趁著他往後廚取胡餅的工夫偷偷轉到櫃檯內側，拿出驛館的皇曆掃了一眼，表情一震。

皇曆本不許民間私印，但驛館是大唐軍情文牒轉運的中樞，諸事皆需有計劃才能安排妥當，故而每個驛館均會自己私印一張皇曆，好在上面記事。這張皇曆上，密密麻麻記錄了每日信使前來取信的時間，最近的一條紀錄，正是七月十五的清晨。

得到了確鑿的證據，薛至柔立刻將皇曆復歸原處，走回到櫃檯外側，恰巧驛長從後廚走了出來。

薛至柔道了聲謝，接過油紙包好的胡餅，回到了桌案旁。

「如何？」孫道玄知曉薛至柔一向精似鬼，此舉必然不是單為要幾個胡餅，「今天當真仍是七月十五日？」

「唉，真是『中元節裡夜遊』——見鬼了。」薛至柔將胡餅揣入隨身包袱裡，起身道，「走吧，坐在這裡胡思亂想也無用，再快馬加鞭一整日，爭取日落之前抵達陝州。」

孫道玄頷首作應，起身跟了上去。只是他的心裡沉甸甸的，總有種不太好的預感。

不知太陽落山之前，他們能否如願趕到陝州，會不會永遠陷在中元節這一天裡，無法自拔了呢。

第三十章　混沌重渡

一路向西，驛路兩旁的景致也開始由沃野平原漸變為丘陵，坡路轉彎增多，縱使戰馬也行走不易。

薛至柔卻是如魚得水，打馬飛快，使得孫道玄追得越發艱難。

平日裡她說自己是將門之後，在孫道玄看來，她那副神神道道、切切察察的模樣更像個江湖騙子。今日方相信她爺娘確實是安東都護薛訥夫婦，而非街口「天機乍泄，窺破輪迴」的算命瞎子。

孫道玄所不知道的是，薛至柔騎得這樣快不僅僅為了趕路，而是想要嘗試去瞭解昨夜為何會發生輪迴。雖然她也知道，於不知夢我之境尋求規律與道理，無異於緣木求魚。可若不窮盡一切可能，又怎能掌握自己的命運。

昨夜並沒有發生什麼殺人越貨的大事，薛至柔便揣測是否是向西趕路的行為導致了輪迴發生，畢竟有個詞叫「白駒過隙」，將白馬奔馳與時光飛逝聯繫起來。為了查清其中有無關聯，她極其認真，不單用上了李淳風傳下來的天文曆算知識，甚至連馬嘴都想掰開看看，細細觀察牠們牙齒的紋路有沒有發生改變。

然而這一路下來，薛至柔只能得出一切並無異常的結論，無論她騎得是快是慢，太陽東升西落，晝夜轉珠，並未有分毫改變。

她眼底的迷茫更甚，道邊歇息喝水時，都忍不住在掐指盤算。

孫道玄見她這般，挑眉問道：「葫蘆裡又揣什麼藥呢？」

薛至柔無心計較他言語間的挑釁，誨人不倦般，將自己的寶藏發現告訴了他。

誰料孫道玄竟是分毫不以為意，抹嘴道：「妳還說不靠家中庇蔭，是怎麼混上崇玄館博士的？就算妳馳馬的速度再快，又怎會快過天上的太陽？莫要瞎子點蠟，白費功夫。」

儘管對於孫道玄這不留情面的話頗有微詞，薛至柔也不得不承認他說的有道理，思考的方向也不得不退回最初：難道說，中元節的夜裡發生了什麼意外嗎？薛至柔不禁想起那不知是夢是醒時看到的詭異兩儀圖，還有那陡然從高中墜落的感覺。

難道……他們是從一個世界墜落到另一個世界，而這個世界除了庚辰回溯了一日，其他的一切都與原來的世界一樣？

薛至柔瞥了旁側的孫道玄一眼，心想這等說辭全然不合經驗，也沒有證據佐證。但倘若當真如她所想，他們竟會以這等方式回到前一日，豈不是意味著她與孫道玄就要一直停留在中元節這一日，永遠無法趕到陝州了？

薛至柔甩甩頭，努力將這悲觀的念頭拋諸腦後。傍晚時分，兩人終於趕到驛館，卻並非甘棠驛，而是硤石驛。逼近函谷關，崤函之固向來易守難攻，秦曾憑此拒六國，縱便大唐國力強盛，這土坡驛道也難以飛越，需徐緩而行。

薛至柔自然不管這些，她雖然年紀小，卻曾隨父母輾轉遼東、安西，策馬如履平地，並未受到分毫影響。孫道玄卻是汗流浹背，只恨不能把偽裝身分的襖衣脫了，更是頗能共情，理解為何夏日裡狗要不停喘氣才能活得舒坦些。

眼見距離陝州已不到百里，只要再馳兩個驛站就能與母親匯合，薛至柔說什麼也不肯耽擱，策馬進馬棚將疲憊的坐騎交給了小廝，換上一匹新的戰馬，小跑牽到驛站院門口，一臉嫌棄地掏出幾鍰銀錢，扔給氣喘吁吁牽馬進院的孫道玄，甩下一句：「今夜你就宿在這裡罷，我再趕一個時辰的路到陝州去，明日我們再匯合。」說罷，便策馬揚長而去。

孫道玄欲出聲勸阻，卻還是晚了一步，只能眼睜睜看著薛至柔漸行漸遠，消失在夕陽之下，他登時被滿滿的失落與無力感裹挾。

身為一個畫師，他擁有無法比擬的天賦與天馬行空的想像，也難免被情緒左右，只覺眼下這一幕便昭示著他與薛至柔的命運，不由得萬般寂寥。

可他當真盡力了，孫道玄無力地攤開手心，其上布滿了馬轡的勒痕，那是他全力馳馬的明證，但與耽誤了行程的事實相比，是那樣的不值一提。就好像他一腔的感情，從未宣之於口，難以宣之於口，應當也不必宣之於口了。

過往商旅見孫道玄擋著路，本不敢驚惹，實在被堵得寸步難行，才不得不抖抖喊道：「這位郎君，是動也不動？」

「哦，抱歉。」孫道玄說著，笨拙地調轉馬頭，讓開了門口的位置。他掂了掂錢袋，留宿自然是夠的，只是就這樣留下來實在有些不甘心。正猶豫之際，他忽然留意到夕陽餘暉下的驛道上，一身穿連紋鶴袍的少女打東面馳騁而來，由遠及近，不是薛至柔是誰。

孫道玄驚得半晌合不上嘴，不自覺扭頭看了看驛道西去方向。薛至柔方才不是已經往甘棠驛趕去了，怎會又繞回到了這硤石驛門口，還是從東邊來的？

孫道玄立即迎了上去，問道：「妳怎的又繞回來了？不去甘棠驛了嗎？」

而這薛至柔看似比他更驚訝，瞳孔地震半晌，方發了聲：「你……你幾時跑到我前面來的？怎麼比我還先到了驛館？」

驛館的馬廄旁，孫道玄花了良久功夫，才對薛至柔解釋清楚發生了什麼。

「你的意思是，我剛打這裡往西去，把你一個人留在這裡，結果沒過多久之後，我就又打東邊轉出來了？」薛至柔問道。

「正是。」孫道玄邊回答邊仔細端詳著這個薛至柔，眼前之人如假包換，的的確確是她，絕不可能有人能效仿到如此程度。且不說他是個畫師，對人的五官極為敏銳，這張小臉兒他早已在夢中描摹過千百遍，斷然不會有錯。

薛至柔與孫道玄相顧無言，覺得這一切是那般匪夷所思。薛至柔滿面狐疑地盯著眼前的孫道玄，不時看看驛館大門外，想驗證下會否有另一個不人不狐的傢伙騎馬趕到此地。兩人就這樣沉默地等著，許久都未再等來另一個孫道玄。

薛至柔不由得嘆了口氣，抬眼道：「好吧，我信你，只是……這又是因為什麼？」

「或許，」孫道玄眸中閃過一絲赧色，「或許，妳我不能分開？」

「啥？」薛至柔一驚，前額那一片絨絨乖巧的碎髮都豎了起來，心想這輪迴夢境就算發瘋，也不至於得了這亂點鴛鴦譜的毛病，孫道玄可是公孫雪的相好，它可千萬別搞錯。

薛至柔尷尬地咳了一聲，努力讓表情自然一些：「胡猜沒用，不若試它一試，驗證一番。這一次，我待在這，你走。」

孫道玄心道這舉動也太過冒險，但看薛至柔一副不信邪的模樣，也不好多說什麼，嘆了口氣，牽過戰馬出了驛館大門，須臾消失在向西的驛道上。

薛至柔倚在驛站的院牆外，腦袋像是散了黃的雞蛋，異常混亂。這一局，太過迷惑，她在混沌亂局中自顧不暇，又如何才能幫助母親呢？

正胡思亂想間，一個身穿素白色衣袍、戴著狐面的男子果然打東面而來，好端端一匹馬騎得是歪三倒四，速度卻也不慢。

看到薛至柔，他轉憂為喜，踉蹌著翻下馬，氣喘吁吁道：「我說瑤池奉，縱便妳心急也要顧伴些罷？」

薛至柔不理會他的抱怨，指了指背後寫著「硤石驛」三個大字的匾額問道：「這塊牌子，你是第幾次見？」

「第一次啊。」孫道玄不假思索回道，「之前一直在路上跑，這不方到驛站，我從前也沒來過這邊……」

果然，他已記不得方才從這裡往西出發的事情了。薛至柔不由得焦慮地握緊雙手，看來剛才那個孫道玄所說的是真的，她少不得耐著性子，將來龍去脈又告訴了眼前這廝。

孫道玄將信將疑，仔細打量她一番後，選擇暫時相信。

「邪門，真是邪門。」薛至柔撫著下巴，來回踱步，心道不是吧，為何他兩人分開走便會永遠停留在這間驛站？難道當真像他所說，他們兩人不能分開？那又是為什麼？

薛至柔胡思亂想著，忽然摸到懷兜一件物什，硬硬的，掏出一看，正是母親托信使帶來的雙鯉傳符。

她頓時若有所悟，想來之所以被困在這裡，應不是他兩人不能分開，而是他們兩個都不能與這傳符分開。

這倒是個嶄新的思路，薛至柔看著手中的那平平無奇的物件，彷彿面對著什麼妖孽，伸手一彈：「既如此，我再祭出一招，看閣下如何應對。」

說罷，薛至柔牽過自己的坐騎，用一根韁繩將牠與孫道玄的坐騎牽掛在了一處，招呼道：「來，我們一起走一遭，看看還有什麼問題。」

然而每匹馬都有自己的小性子，許是在棚裡牠二馬便有過節，行不過數百步，兩匹馬便撕拽拉扯，差點將這兩人從馬背上彈飛出去。

孫道玄扶著腰抗議道：「瑤池奉想出這餿主意，可不像是軍營裡長大的樣子。照妳這法子，人未到甘棠驛只怕就要先斷胳膊、斷腿了。」

薛至柔扶著額，極力壓抑著想與孫道玄吵架的衝動。若非這廝不擅騎馬，也不用擔心走散再被反復送回原地。

薛至柔面無表情地將一匹馬還了回去，小跑回來後，又翻身上了馬，側身拍拍馬背上的空處：「上來，我騎馬載你，事從權宜，你們不要誤會就是了。」

不知怎的，兩人明明是在慪氣，孫道玄的心跳卻不爭氣地漏了一拍，連她說的怪話都未往心裡去，強作淡定，沉著臉翻身上了馬。薛至柔哪裡知曉他的心思，也不再說什麼，揮起馬鞭，急急打馬向西駛去。

過了硤石驛，驛道徹底轉為山路，行路越加困難，她卻絲毫未放慢速度，一心只想盡快趕到母親身邊，卻不知道身後暝暝暮色裡，孫道玄臉紅得直要把驢皮偽裝都燒碎了，耳朵尖亦是通紅，像中了邪似的。不因別的，只因在這快速馳馬的過程中，他需得緊貼著薛至柔，方能在馬鞍上處於平衡，兩手則從薛至柔的雙臂下穿過，以抓住馬鞍的前沿。

天地良心，他雖算不得什麼柳下惠，也絕非登徒子，絕無趁機占她便宜的意圖，但這丫頭已然殺瘋了，只想著趕路，根本不知她窈窕初成的身子隨著駿馬奔馳在他懷中上下亂撞，夏衫本就單薄，他竭力控制自己不要心猿意馬，簡直堪比受刑，偏頭凝視著光影斑駁的山林，腦中不住念著大悲咒。

薛至柔確實不知身後孫道玄的內心如此精彩，疏林漏出殘陽橫斜交錯的光影，半映在她的面龐上，濡染得小小臉兒上大大的雙眼似是淬了火，周身吹來的風漸冷，薛至柔瞥了一眼夕陽的位置，估摸著距離太陽徹底下山，夜幕降臨，只剩大半個時辰。

她賭的便是在天黑之前，能夠帶著身後這累贅一道抵達陝州城。為了實現這一目標，薛至柔夾緊馬肚，御馬如飛。

時近戌時，冗長的官路上除了他們早已沒有其他行人，兩人很快順著驛道馳入了一處背陰的谷地。日暮時分，松風漸起，雀鳥驀地從林間搏飛，嘔啞嘶鳴，如此寂寥的景象令薛至柔起了幾分警惕。她握緊馬韁，飛速打馬的同時豎起耳朵，警惕地聽著周遭的動靜，生恐有虎豹熊羆類的猛獸出沒。

正當此時，一箭羽自林間破風而來，「嗖」地一聲，以迅雷不及掩耳之勢射向馬上的薛至柔。

孫道玄立即出聲道：「小心！」

薛至柔下意識一躲，箭矢釘在了驛道旁的樹幹上，入木三分，足見力道之大。真是越怕什麼越來什麼，沒有猛獸襲來，卻有山賊出沒。他們兩人只有掛在馬旁側的占風杖和孫道玄隨身攜帶的毛筆，可以說是手無寸鐵。薛至柔自是無心戀戰，高呼一聲「趴下！」率先伏在了馬背上，邊馳馬邊偷眼向林間看去。

疏林幽僻，一眼看不到盡頭，也看不到刺客的蛛絲馬跡。薛至柔越加惶然，心想既然敵暗我明，還是三十六計走為上計，又對孫道玄喊了一聲「抓好！」拿出看家的御馬本事想要盡快衝出賊人的埋伏。

這一段山路至前方轉彎就到了盡頭，再往前便是大路，百步外會有茶攤與放羊歸家的農人，待到了那裡，林間的暗箭就再難傷到他們。薛至柔抓緊轡繩衝刺，騏驥一躍，眨眼便衝出數丈。她淺淺鬆了半口氣，勒馬才要轉彎，路上竟憑空橫起一道絆馬索，將胯下坐騎後蹄絆倒，馬兒悲慘嗚叫一聲，將兩人一道甩出去丈遠，重重滾落在山崖邊。

千算萬算，怎麼也沒有算到，這最後幾十里路，在軍中長大的自己竟會落入絆馬的陷阱裡，薛至柔摔得極重，甚至有一瞬間意識全無，整個腦袋嗡嗡作響，眼前開始出現黑黃相交的斑駁。她雖隨母親學過保命的招式，此時卻連站都站不起來。再看身側的孫道玄也是一樣，趴在亂石崗中牙關緊咬，雙手護著一條腿，不知摔斷了沒有。

太陽已全然沒入地平線下，餘光如血，隱於林間的賊人終於現出身形，竟有五、六人之眾，蒙面一身黑衣，如鬼魅般襲來。見賊眾上前，孫道玄不顧腿傷，艱難向薛至柔爬去，將摔得幾乎不省人事的她奮力攬在了懷中。

薛至柔終於回轉過兩分精神，胡亂摸著心口，似是在搜羅錢袋。

孫道玄瞥了她一眼，低聲道：「別找了，敢襲擊軍中信使，恐怕沒那麼簡單……」

說罷，孫道玄卯足全力，踉踉蹌蹌將薛至柔抱起，向林間奔逃而去。

太陽早已沒入地平線，林中越發昏暗，目之所及不過足下方寸之地，身後暗箭如雨，孫道玄本就是個畫師，並無移山倒海的能耐，縱使薛至柔身形瘦削，他拖著傷腿亦極其費力，慌不擇路間未注意懸崖，一腳踏空，竟抱著薛至柔跌落下去。

薛至柔本就腦脹頭昏，此時滾如陀螺，只覺魂飛九霄，當真要了小命。好在這坡不陡，兩人未滾幾圈便停了下來，薛至柔這才發現自己一直被孫道玄牢牢護在懷中，此時人不單跨坐在他精瘦的腰上，雙手還按在他的心口上，嚇得瞠目結舌，一動也不敢動。

然而，身後追兵不給她絲毫發愣的機會，以迅雷不及掩耳之勢躍下山崖，孫道玄手疾眼快，不顧周身吃痛將薛至柔背起，繼續奔逃，然而雙腿痛得不住顫抖，寸步難行，山脊之下則是滾滾河水，無處遁逃之際，孫道玄發覺叢草掩映後有個小小的山洞，似是獵戶冬日燒薪取暖之所，只是極小，只容一人坐下，他二話不說將薛至柔塞了進去，自己則抵擋在洞口，高挑瘦削的身軀仿若有萬夫不當之勇。

薛至柔身子發沉，眼前昏花，聽響動約莫那些賊人尚有數丈遠，便費力對孫道玄說：「喂，我說，你莫管我了，顧自逃命罷，我……我不怪你……」

孫道玄倒是全然不見以往那副吊兒郎當、諸事不屑的模樣，雖仍未回頭，語氣卻極是篤定：「上一次是妳挨了刀，這一次，還是我來吧。」

薛至柔壓根聽不進孫道玄的話，急聲喊道：「都到這個節骨眼，你就別再逞能了行不行？別忘了，『鴛命五道』！此前我們已經捐了四條命，再捐怕是當真破不了局了……」

孫道玄卻仍一動不動：「以我的馬術，妳覺得我自己逃得掉嗎？何況那馬早不知躥哪去了，我又何必驚慌逃命，死得那般狼狽？再者，人之將死，我想告訴妳，我的事情並非妳所想……」

「啥？」薛至柔心道這廝平日裡話不多，死到臨頭一張嘴倒是叭叭得煩人，不由起了薄怒，「你怎的還有功夫在這裡說三道四，快走啊！」

「我是說，我與阿雪……並非妳所想。妳這幾日看起來有些不痛快，我知曉妳是擔心樊夫人，但或許……也有我的原因？」

薛至柔張著嘴，半晌回不出一個字，整個人彷若被灌下一壺酪酒，酸中帶甜，酣醉上頭，雲山霧罩的。

孫道玄怎會忽然向她解釋起他與公孫雪的關係，他們……並非她所想，難道說他兩人並非相好？那他此時專程告訴自己，又是什麼意思？

薛至柔正理不清，便聽孫道玄陡然變了語氣，語調拔高了幾分，冷聲道：「你們好大的膽子，襲擊官差，難道就不怕巡山的武侯發現？」

說話間，那幾名賊人已近在眼前，他們個個膀大腰圓，以黑布蒙面，面對手無寸鐵的孫道玄，他們並不答話，只覺得他有如甕中之鱉，嗤笑著，緊了緊手中的提刀，大搖大擺走來。

只聽為首的一個問道：「你便是孫道玄？」

「孫什麼孫，道什麼道，我們不認得，你們尋錯人了，還不快放我們離開。我們……我們保證不報官！」薛至柔在孫道玄身後出聲道。

那人冷笑一聲道：「若是那亡命徒，還有的商量，若不是他，我不信你們不報官，更不能活著放你們回去。」

不想這刺客的邏輯如此蠻不講理，薛至柔氣笑了，轉著嗡嗡亂叫的腦瓜，繼續想辦法周旋。

還未等薛至柔想出主意，孫道玄便乾脆認了：「不錯，我是孫道玄，這女的與我乃是初相識，並不熟悉。你們若想要我的命，可以，只消你們放走她，要我自裁我便『畏罪自裁』，要我悄悄死，我便死得刑部獵犬都聞不出來，如何？」

聽孫道玄如是說，薛至柔心裡五味雜陳。她如何不知，他是想犧牲自己以換她一命。可無論從輪迴還是從她自己的心思，都不可能心安理得地看他赴死。更何況，這刺客也不像是什麼省油的燈，又怎會被孫道玄牽著鼻子走？

果然，那刺客聽了孫道玄的言論，絲毫未有所動，反而哈哈大笑起來：「讓你招認，你倒是談起條件來了，當著這女的裝模作樣逞英雄，還說與她不相熟，當老子是媒婆嗎？啊？有功夫說這廢話，你倒是說說，為何沒有老老實實死在凌空觀的密道裡？」

凌空觀？密道？薛至柔聽出這刺客的似乎話裡有話，驚得差點原地跳起來。

北冥魚案與凌空觀起火時的畫面在腦中交替出現，最終定格在某次輪迴孫道玄於密道被暗殺的畫面，薛至柔不寒而慄，全然慌神之際，那刺客又道：「罷了，老子也無心聽你放屁。此一次專門打了這柄新劍，暗黑鐵做刃，桃木做柄，我便不相信還是劈不死你們這兩個孽障！」

說時遲、那時快，話音未落，他便持劍向孫道玄的心口重重捅了過去，鮮血登時噴湧如柱。溫熱黏稠的液體飛濺在薛至柔尚顯稚嫩的面龐上，她什麼也看不真切，但那液體帶著體溫，散發著淺淡的懾人氣息，無需細想便知是孫道玄的鮮血。

很快的，孫道玄的衣袍便被鮮血濡染斑駁，可他瘦削高挑的身軀依舊擋在薛至柔之前，雖搖搖欲墜，卻也不曾挪開一步。

薛至柔只覺心痛至極，身體亦像是被劍貫穿了一樣，痛得蝕骨，這般感受，她從未有過，大顆大顆的汗珠不斷從額角滾落。

倘若她的痛苦能減緩他的痛楚，此時此刻的一切也算是值得的罷？

只是這一遭一旦死去，他們還能再醒來嗎？

孫道玄大口喘息著，瞪大雙眼，看著鮮血從自己身體內噴薄而出，亦感覺到生命在緩緩逝去。

從離開養父母，決心憑一己之力徹查當年案的那一日起，他想像過無數次自己死亡的場景。蚍蜉撼樹，結局並無任何懸念，於他而言，有懸念的只是走向死亡的過程，或是大仇得報，沉冤昭雪，痛飲狂歌中結束這草草一生；抑或是棋差一招，最終為賊人所害，就像眼前這般，死在暗夜的荒山野嶺上。只是……只是他從未想過，身後會有一個她，令他行將終了，又對這世界生發出幾分不捨與憐惜來。

倘若……他沒有背負血海深仇，窮盡一身所學，或許能許她一個平穩順遂的人生，眼下卻只能靠著區區單薄之身，抵擋住賊人的尖刀。

血柱噴湧，孫道玄大口喘著粗氣，只恨自己死得不夠快。倘若當真如他二人先前推測那樣，只要他死了，他們便能重渡輪迴，薛至柔便不用再受皮肉之苦。可死這一字，著實比肖想中更加難受，孫道玄雙手伸著，死死撐住洞口，周身痙攣不止，汗水似乎比血水流淌更多，耳鳴聲充斥整個頭顱，賊人的謾罵與嘲諷皆如另世囈語，全然聽不真切。

終於，天地靜止，落葉定在了半空，風亦止歇，而那占風杖頂端木烏口中的銜花卻沒來由地越轉越快。那股熟悉的眩暈再度襲來，好似要把魂魄從這軀殼中抽離，孫道玄與薛至柔剎那間便又失去了意識，雙雙陷入了旋渦洪流之中。

「喂，這位小娘子，是動也不動？」

薛至柔再度醒來時，太陽仍戀戀不捨地掛在西山頭，她猛然回神，發現自己正騎著高頭大馬，堵在硤石驛的大門前，一人一馬，影子拉得老長，瘦板板的脊背後沐浴著夕陽的暖意。她終於從蝕骨的痛楚中平復，啞著嗓音向旅人致歉，打馬至一旁，握韁的手卻仍忍不住顫顫發抖。

劫後餘生，薛至柔只覺有這輪迴當真是太好了，只是……為何不見孫道玄的蹤影？

薛至柔登時又陷入了慌亂，忙下了馬，驛站內外來回找，依然尋不見孫道玄的影子。

天色越來越暗，薛至柔急得快要哭了，正當此時，她突然聽到門外響起了一陣熟悉的打馬聲，她忙跳出門檻望去，來人果然是滿頭大汗的孫道玄。他的嘴角掛著微笑，看起來十分鬆弛，好像根本未曾經歷方才的劫難。

說不定他又像先前一樣，記不得自己被輪迴，亦忘記了對自己說過的話，薛至柔呆呆站著，四目相對，全然不知該對他說些什麼。

第三十一章　山重水複

嗚蜩嘒嘒，雀鳥啾啾，兩人就這樣相對站在道上，半晌沒有說話。

末了，還是孫道玄先開了口：「想來今日是到不了陝州了，今夜不如就宿在這兒？」

薛至柔想從孫道玄的面龐上看出些許端倪，上一輪的事這廝究竟記得多少？挨捅之前所說的話是真心還是假意，是否如她所想那般？隔著驢皮當真是一點也看不出來。

薛至柔無聲地嘆了一口氣，心道俗話說光腳的不怕穿鞋的，她現下可是光臉的怕貼驢皮的，一點掩飾情緒的途徑都沒有，著實吃了大虧。想必那些歹人眼下正窩在林子裡，等著他們前去送死，薛至柔自然不會自投羅網，彆扭地衝孫道玄點了點頭，兩人一道入了驛站，找驛長登記住店去了。

「二位貴客不好意思，這馬上就到萬國朝會，西域走這條驛道入京的使節商客實在太多，現下本店只剩一間房了，不知二位能否……」硤石驛的驛長滿臉堆笑，搓著手問道。

薛至柔一怔，心想的不是與孫道玄獨處的尷尬，而是發愁這和昨日一模一樣的展開，難道他們今夜又要重複被輪迴的命運嗎？孫道玄的驢皮臉也不大好看，兩人都沒有應聲。

那驛長見冷了場，緊張非常，搓手解釋道：「哎呦，屬下當真不是在說假話呀，不瞞二位，我們這些軍驛有不成文的規矩：無論客房有多滿，都要留出一間空餘，以備軍中馳驛信使突然到來，不至於沒有地方住。只不過這信使都是男子，留一間房也足矣，怎料到會像兩位這樣，一男一女來送呢？還望二位海涵吶！」說罷，那驛長叉手躬身，顯得十足謙卑。

薛至柔知道雖然經歷武周朝，女子為官沒什麼奇怪，但像自己這樣以信使身分來往的確實不多見，她不願驛長為難，哭笑不得地領了房門鑰匙，與孫道玄相視一眼，無聲向客房走去。

晚飯又是十分豐盛的例餐，可薛至柔早沒了昨日的興致勃勃，琉璃碎玉似的眼眸裡滿是迷離，再看看吃得正香的孫道玄，更是莫名起了三分氣。

怎麼還會有這樣的人？上一次死得有多慘，眼下便吃的有多香。根據她以往的經驗來說，縱使他記不得自己怎麼死的，有賊人堵路的事總歸記得。如今去往甘棠驛的路，已被完全封死了，這京洛到長安一路，北面是黃河天塹，還有太行山餘脈、崤山阻隔，南面則是秦嶺，根本無法繞道而行。只有解決了賊人，才能及時趕到母親身邊。

薛至柔用筷著戳了戳眼前的雕胡飯，實在是食不知味，抬眼對孫道玄說：「我說你可真是心大，別光顧著吃啊，你我沒有公孫阿姊的武力，眼下這路怎麼走？」

孫道玄絲毫不以為意，舉起牛皮袋呷了兩口，道：「虧妳還是將門出身，『上兵伐謀』懂不懂？為何總想著用武力？」

兩人距離不算近，但薛至柔還是嗅到了兩絲不同尋常的氣息，她一骨碌起身，三步並作兩步上前，一把拉住孫道玄的手，湊到水袋邊嗅了嗅：「我說你！哪裡來的燒酒？」

修長的手指被薛至柔柔軟的小手緊握著，孫道玄只覺得酒氣登時就上了頭，燒得他頭昏腦漲的，含著半口燒酒，模模糊糊回道：「找驛長要的，左不是我去何處偷的罷……」

「你這樣與偷有什麼分別？」薛至柔一把甩開了他的手，神色頗為不痛快，「軍中有條例：『凡入驛，只食其份，不可妄求』，你拿著我母親的符節這樣予取予求，壞了軍規，是嫌我們薛家還不夠倒楣嗎？」

薛至柔平素裡總是嬉皮笑臉，很少這般疾言厲色，此時小臉兒皺成一團，氣鼓鼓的，像方從水裡撈出的河豚。方才她一直蔫蔫兒的，此時倒是精神不少，這副模樣落在眼裡，孫道玄非但沒害怕，反而更覺得可愛，起了逗弄她的心思，又是平日裡那一副狂傲模樣，不以為意道：「妳不用唬我，我沒吃過豬肉也見過豬跑，知道你們這些軍中使者經過各地胡吃海塞的多了，我不過要了區區一壺酒，若讓旁人知道，定要誇妳爺娘治軍嚴謹呢。」

孫道玄如是說，惹得薛至柔更生氣了，再聽他邊呷酒邊咂嘴，彷彿愜意得要羽化登仙一般，竟喉頭一哽，簌簌落下幾滴淚來。

孫道玄登時慌了，他原本只是想逗她兩下，一時上頭竟忘了她正焦心至極，忙笨嘴拙舌地道歉：「哎哎，是妳誤會了……想喝酒我不能掏錢買嗎？難道就一定要去用妳阿娘的名字勒索？」

薛至柔心道自己從未見孫道玄花過錢，但她曾聽薛崇簡說過，這廝的畫作價值連城，應當不是沒錢，自己著實是先入為主誤會了他。她不由得有些愧疚，但也說不出什麼道歉的話，吸吸鼻子，抬手揩去了眼角的淚珠：「罷了、罷了，兩不相欠，此事便不再提，你喝你的，別誤事就好。方才……你說不靠武力是什麼意思？你別是有了什麼餿主意，要自作主張？」

橫豎這兩人就說不了對方什麼好話，孫道玄滿心的歉疚也是因為她這幾句壞話煙消雲散了，無奈地抿了抿唇，回道：「歹人要在山中伏擊我們，就必須要知道我們的行蹤，並提前趕到山林裡，布下陷阱。於他們而言，不是今夜，便是明早，妳我只要進山，就勢必遭到埋伏……可若是我們不進山呢？」

薛至柔更糊塗，不解道：「你的意思，左不會就不去了罷？」

「那怎麼可能？總不能不管樊夫人罷？我確實有法子，但也實話告訴妳，我的法子沒有十足把握……但，倘若我賭對了，我們根本無需費力，一切便會迎刃而解。」

「都什麼時候了，你還跟我打啞謎？你不說清，別人又如何信服？」

「來來來，我給妳捋一捋。」孫道玄說著，拿起案上扣著的幾個小酒盞擺成一條線，指著最右邊的酒盞道，「這是洛陽城。我們從洛陽城出發時，乃七月十五日一早。然後，我們趕了一天的路，投宿在芳桂宮驛，也就是這裡。」孫道玄指向第二個酒杯。

薛至柔頷首道：「那是七月十五日的晚上，也就是中元節，你我還都聽到湖邊有做法事的響動。醒來後，本應該是七月十六日的早上，結果卻是七月十五日的早上。」

「嗯，可見，我們白天走了幾百里路，晚上又被送回到了一日之前，還在那裡拿到了樊夫人信使送來的傳符。若是我沒有猜錯，眼下這傳符雖仍在妳口袋裡，明日一早大機率會不翼而飛，而後我們會再度遇到那位信使，需要得到傳符方能再度上路。而如果今夜風平浪靜，那麼明日一早起來，妳我或許會發現時日會再向前回溯一日。」

聽到這裡，薛至柔已徹底理解了孫道玄的推斷，難怪他說沒有什麼把握，確實是荒誕不經，但倘若這當真是這個讖夢的邏輯，明天一早他們會回到七月十四，若是立即能夠拿到傳符出發，可能確實能夠在賊人進山埋伏之前通過那一片山林。倘若賊人與他們一樣，能夠回溯輪迴，會不會明日一早就也進山埋伏起來了？

薛至柔還記得，當時躲在那樹洞裡，帶頭的刺客曾問孫道玄為何不老老實實死在凌空觀的密道裡，當時只覺詫異，如今品來，更是寒顫。她才要說什麼，忽然發覺那孫道玄不知何時已經上了榻，背身臥著，將被子直拉過腦頂，兀自睡去了。

這人還真是心大，縱便已經從薛至柔處得知自己又慘死一回，也不影響他吃喝睡。薛至柔好氣又好笑，強壓住想罵人的衝動，走到自己的床榻處，和衣背對著他也躺了下來，又像是突然想到了什麼，問道：「哎，對了，挨劈前你說什麼上一次是我挨了刀子，究竟是什麼意思啊？你還記得嗎？」

孫道玄並未回應，薛至柔回過頭，見他躺在彼處，雖背著身子，寬肩窄腰仍能看出呼吸均勻，已然睡得人事不省，一時無語，翻了個白眼，轉過頭來，繼續思量著今夜的種種疑點。可不知是否太累的緣故，她竟很快意識全無，昏然睡去了。

翌日天一亮，薛至柔率先醒來，見初陽射破窗欞，一切正常，便起身更衣。這幾日她風塵僕僕，馬不停蹄奔襲數百里，身上早已有些不大爽利。

孫道玄還未醒，薛至柔打算先下樓去，看看時日有沒有如他們所想的那般，回溯到前一日，再找驛長要些熱水送到房中來。

時辰尚早，驛館還未開門迎客，驛長正在櫃檯前忙著記昨日的帳，見薛至柔來了，他含笑禮道：「官爺起得好早，可是有何吩咐？」

薛至柔倚在櫃前漫不經心地敲著指甲，請驛長送些熱水到房中，驛長即刻滿口答應。

薛至柔含笑致謝，瞥了瞥他手邊的帳簿：「一大早便在這裡記帳，驛長好生勤謹。」

驛長赧然笑道：「官爺謬讚了，這每逢初一、十五，軍中都有巡員前來查帳。明日他們便要來了，故而今日我需得抓緊些，把這些帳本工工整整抄寫一遍。」

果然了，時日竟當真回溯到了一日之前，沒成想當真被孫道玄那小子料到了。薛至柔不動聲色，又問道：「驛長的帳不是平日裡都記好了，怎的還要再抄寫？」

驛長語氣裡帶了幾分譏誚，回道：「官爺有所不知，那些巡員裡不少人可是看不懂帳簿的，更不懂經營之道，能看出的無非是帳本工不工整。可平日裡做帳時，塗塗改改在所難免，看起來實在是不夠賞心悅目。故而每逢查帳，我都不得不把這十五日內的帳本重抄一遍，才能免於責罰。」

「原來如此。那便不叨擾驛長了，再會。」說罷，薛至柔轉頭回房去了。

未幾，幾名小廝掂著七、八只桶上了門來，將熱水注入隔間曬臺的木盆裡。曬臺面向河流遠山，周遭景致開闊，兩側有障板遮擋，故而不必擔心有人偷窺。

薛至柔本想告訴孫道玄一聲，卻見他睡得頗為投入，不知天地為何物，只得作罷，打算趁他沒醒盡快洗完，走進曬臺掩上門，褪去周身衣袍，將自己沒入盆內熱水中。

筋骨終於舒活，薛至柔只覺自己又活了過來，只是心底那種沉甸甸的無力感並未有分毫消解。

不知母親那邊情況如何了，轉世靈童此時究竟是活著還是死了……

薛至柔正胡思亂想著，忽然聽到門外一陣腳步聲漸近，她知曉孫道玄醒了，忙呵止他道：「哎哎，你別過來，我……我在沐浴！」

孫道玄冷哼一聲，容顏未現，卻也能就此聯想出他那副不討人喜歡的模樣：「妳放心，聽到水聲，除非那些裝傻充愣的登徒子，誰會不知妳在沐浴？更何況我又不是……」

薛至柔聽他這句戛然而止的話，腦中即刻將其補全為「我又不是沒看過」。不消說，兩人曾換過身子，雖然結盟一道查案之後，他們都未再提及那段窘迫往事，卻也一直壓在心底，猝然想起，令她又羞又惱，一時連罵人的話都沒想起來，又聽孫道玄說道：「我尚有事需要驗證，先下樓去了。」說罷，他開了拉門，腳步聲漸行漸遠。

薛至柔又將腦袋整個沒入水中，這種略略失重與窒息之感能幫助她暫時逃離眼前的窘境。片刻後，她浮出水面，大口喘氣，嘴角泛起一絲苦笑，不知是為了這難以打破的命運還是糾纏如麻的心結。

約莫一炷香之後，薛至柔收拾停當，換了更為爽利的胡服男裝，下了樓去，才進了大堂，便看到正買酒的孫道玄。

薛至柔一臉無語，心道這廝酒量好似不錯，昨夜喝了一袋燒酒也不曾發瘋，平日裡倒是更不清醒，不喝就神神叨叨的。

正撇嘴偷看著，孫道玄忽然轉過頭來，兩人四目相對，薛至柔尷尬地要挪開視線，卻見那孫道玄悄悄伸出手，比了個「十四」。

薛至柔心下了然，心道他定然也知道了他們再度往前回溯了一天之事，聳聳肩，一副自己早就知道了的模樣，兀自坐在桌前，點了蒸餅準備用早飯。

周圍人來人往，行色匆匆，她坐在人群中，不知天與地，物與我，究竟是夢是醒。這一路從洛陽出發，每晚驛站投宿，再醒來時，時日便會向前回溯一日，雖詭異至極，但也在他們的謀算中，只是……那送傳符的信使怎的未來？

薛至柔邊想邊摸著口袋，孫道玄便大步走了過來，道：「別找了，方才我已同那人打過照面。喏，傳符與雙鯉在此。」說著，他將一枚小小的傳符拋出，順著桌子溜到薛至柔眼前，果然還是與先前的一模一樣。而孫道玄遞來的雙鯉，也依舊是相同的筆跡和內容。

薛至柔瞥了他一眼，再仔細掏了衣兜，果然傳符已不翼而飛，想必隨身行囊中的雙鯉亦如是。

事到如今，薛至柔已無過多反應，再度將傳符和雙鯉收好。

她清楚，無論如何，今日必須要抵達陝州，與母親會合。

無論前路多麼驚險詭譎，她二人都必須面對，打破這詭奇的惡咒。

第三十二章　棋輸一著

早飯過後，薛至柔與孫道玄重新上了路，為防止對方笑話，兩人皆是一副大義凜然、毫不畏懼的模樣，實則路過那片山林時都嚇得腿腳發軟，風吹草動都覺得像有賊人來襲，甚至趴在馬背上三兩次。

好在賊人並未出現，薛至柔與孫道玄安安全全出了林子，只覺得無法直視彼此，但也深知五十步笑百步的道理，更無法直視自己，餘下的路途便在詭異的沉默中前行了。

經過一個時辰的趕路，兩人終於抵達了此行的目的地——甘棠驛。方安頓好馬匹，便急急來到驛站櫃檯前問詢，表明身分後，立即有士兵迎上前來：「瑤池奉可算來了，夫人有請，速隨我來罷。」

薛至柔與孫道玄跟著那人轉過迴廊，進了一間寬敞的屋舍，只見樊夫人一身常服坐在正中，眉頭雖鎖著，氣韻仍落闊瀟灑。在她面前，三個裨將並排跪坐著，無不垂頭喪氣。

這幾個是軍中老人了，隨父母南征北戰，也都是常勝將軍，這護送轉世靈童本應該是個輕鬆的好活計，沒成想竟是陰溝裡翻船。如今轉世靈童死得不明不白，他們背著怠忽職守的罪名，自然高興不起來。

看到薛至柔，樊夫人神色立即多雲轉晴，起身將薛至柔迎至跟前，拉住女兒的手道：「本以為信使送信去洛陽起碼要三兩日，不想竟半道遇上了你們，當真是天助我也。快，隨我來罷。」

薛至柔本還在想如何簡潔明瞭地向母親解釋，不想母親比她想像中更加爽利，只看結果，根本沒有問他們為何未卜先知提前趕到了此處。確實了，眼下要緊的是快快破案，如果等到大理寺介入，只怕她阿爺與阿娘要在大理寺三品院裡團圓了。

想到這裡，薛至柔忽然覺得好氣又好笑。父親性子一向沉定，對於宦海起伏並不留心，母親更是毫不在意，若是相聚於三品院，保不齊他兩人還會挺高興的。但是這爛攤子，便得由外面的人收拾了，三個兄長人在遼東，洛陽便唯有她了，想到這裡，薛至柔禁不住打了個寒顫。

樊夫人見狀，連忙轉身，探手摸摸薛至柔的額頭道：「這……大熱天的，玄玄這是怎的了？」

「阿娘，我沒事，」薛至柔乾笑了兩聲，「只是有些心急，想著要抓緊查案，跑贏時辰才行……」

『跑贏時辰？』薛至柔一怔，腦中突然浮現出一個從未有過的念頭。

她與孫道玄這一路從洛陽以最快的速度馳驛而來，時間也隨之不斷回溯，從中元節後一直回溯到了中元節前，那若是她們繼續回溯下去，會不會……

薛至柔還未想明白，樊夫人便在一間客房前駐了步，叩門幾聲，隔著門板用盡量溫和的語氣稟明來意。片刻後，一位天竺女子打開了房門。

雙方見禮後，樊夫人對薛至柔介紹道：「這位便是靈童的母親帕摩，自青海道與我們一路而來。今天一早，便是她發現靈童去世了。」

隨行裨將用波斯語替樊夫人向帕摩做翻譯，大唐西域諸國數波斯最為強盛，語言通行西域，故而身為天竺人的帕摩也懂一些。

趁著翻譯的功夫，薛至柔仔細端詳了帕摩，她是典型的天竺人長相，眼睛很大，鼻梁很高，皮膚偏黑。此時此刻，她眼眶紅腫，鼻尖發紅，顯然方才一直在大哭。而在她背後的房間裡，一個看上去尚不足兩歲大的孩童躺在竹簟上，已然沒了生氣。

薛至柔頗感不是滋味，於是也操著波斯語表明了自己崇玄署女冠的身分，向她表示了哀悼。征得帕摩同意後，她便與孫道玄一起，用安魂定魄咒輔以簡單的符水儀式，給靈童做了一場超度。她發現那靈童嘴唇乾裂，便用符水給他小小的嘴唇抹了抹，想令他的逝容更齊整，誰料過程中撥弄開嘴唇，露出了那靈童的齒齦，竟然呈青黑色。

薛至柔若有所思，待擺弄罷那一套超度的儀式，見靈童的母親帕摩臉帶疑慮，便向其揖道：「這位善信不必擔憂，我道家的神祇自然也會保佑釋教的靈童，不會衝撞的。話說回來，不知靈童這幾日可有一些與往常不同的表現？」

即是要來大唐，這大唐官話帕摩也學過一些，只是還並不熟練，只能含含混混，磕磕絆絆表達了謝意，而後一邊用波斯語，一邊雙手舉在胸前做出顫動的動作，意為靈童昨日開始有手足發顫的症狀。

薛至柔沉吟片刻，忽然抬頭問道：「對了，阿娘，你們可有發現這孩子身上留下什麼字條嗎？」

「字？」樊夫人與那裨將皆一愣，面面相覷地搖了搖頭。

一旁的孫道玄瞬間懂了，他見那靈童身上佩戴著一個小小的刺繡錦囊，看起來是大唐樣式，便問道：「這是何物？」

帕摩答道：「是……幾天前在路邊的……廟裡坐著，有個僧人知道……是靈童……就送……送他。」

樊夫人補充解釋道：「哦，當時官道附近有個破廟，有口水井在那。士兵們行遠路口渴，我便命隊伍在官道旁樹林裡休整。當時有許多士兵去廟裡討水喝，靈童的母子也在其列，應是那時候的事。」

薛至柔忖了忖，又問道：「會不會是那井水有問題？」

「不可能。」樊夫人斬釘截鐵回道，「行軍打仗，最重要的便是糧食和水源補給。所謂『兵馬未動、糧草先行』，軍隊所到，無論是紮營還是歇腳，我都會提前派探子去探查一番，確定水源無虞後，才會將其作為補給之所。」

也是了，阿娘眼下是大唐最有名的女將領，則天皇后在世時親封的二品誥命，行軍打經驗豐厚，自然也曾多次遇到敵軍刀光下的暗戰，截斷糧草、井中下毒等等應當都算是區區小事。身經百戰的她，自然不會在護送靈童時犯如此低級的錯誤。

況且聽母親所述，當時喝了井水的並不止靈童母子兩個，還有其他許多將領士兵。若是井水有問題，那麼中毒身亡的肯定不會單單只有那孩子一個人。

「還是讓我們看看，這錦囊裡面會不會有意外發現罷。」孫道玄說著，解開了束著錦囊的金線繩，從裡面掏出了一張字條，展開一看，果然寫著「畫畢其三」四個字，同之前在神都苑發現的那張，字體如出一人，都像是孫道玄的親筆。

看到這字條，樊夫人與裨將大眼瞪小眼，看起來十分震驚。樊夫人知曉之前夫君在神都苑被冤之事，看到這字條，便知背後恐怕是同一人所為，只是沒曾想對方竟然化裝成了僧人，還提前跑到廟裡守株待兔。

薛至柔與孫道玄雖然早已料到，面色依舊冷峻如鐵。她並不知道之前幾個輪迴靈童是如何死的，但此一輪本以為他們已將賊人甩在了身後，不想他竟先算幾步，假扮僧人，在樊夫人他們必經之道上設局暗害，又結結實實把這口鍋扣在了孫道玄的身上。

驗罷屍體之後，薛至柔同樊夫人一道告別了靈童之母，回到自己的房間。

裨將剛關上房門，樊夫人便急不可待地問道：「玄玄可驗出什麼來了？」

「那靈童嘴唇乾裂，齒齦呈青黑色，帕摩稱其昨日曾有手足發顫之症，恐怕是中慢性毒而死。」薛至柔斬釘截鐵答道。

「中毒？我兒當真是中用，比妳爹不知強上多少，若是他，探完還要像木頭樁子一般杵上不知多久，追問不知幾句，才能蹦出幾個字來。」樊夫人大感意外，見女兒臉色緊繃便先玩笑幾句寬慰於她，旋即神情一轉，肅然道，「不過，我們一路上小心謹慎，步步為營，靈童與其母親無論去哪，都有不少於兩人貼身跟隨，飲食也經過銀針驗毒與多人試食。而靈童所食之物，或是出自軍糧，或是由沿途軍驛供給，士兵們都沒事，怎麼單單這小童會中毒呢？」

「或許……中毒並非是入口導致？」孫道玄接口道。

樊夫人轉頭望了望孫道玄，忍俊不禁道：「這好好的孩子，扮成這副模樣，倒是當真認不出了。」

孫道玄向樊夫人一禮：「不想今日竟又是假冒某行凶，害了夫人，實在是……」

「賊人之過，我們皆是受害者，你又何須向我道歉？」樊夫人笑回道，「眼下當務之急還是破了這案子，玄玄應當最怕我與她父親一道進三品院了。」

薛至柔哭笑不得，嘆了口氣道：「眼下看來，給靈童刺繡錦囊的那個僧人最是可疑，阿娘可還記得他出現的地方嗎？」

「如何會忘，我現下便給妳標注一二。只不過身分大抵是偽造的，只怕人早跑了。」

樊夫人說著，摸出隨身的地形圖，勾畫後交給了薛至柔，又道，「我奇怪的是，僅僅給了個護身符，又沒有餵那孩子吃下任何東西，怎會導致那孩子中毒了呢？」

樊夫人所問的亦是薛至柔的疑惑，她隱約記得，自己幼年查看父親辦案的《藍田笥記》時，有個類似的中毒案，時間彌久，內容已想不起了，那笥記眼下在洛陽的靈龜閣裡，自然不可能回去取。

薛至柔看了看母親標注的地點，距此處不過數十里地，當真是千里之堤毀於蟻穴，這一路的勞苦全都白費了。她心裡說不出的煩躁，撓了撓頭，又道：「阿娘，不管怎麼說，既然那僧人有問題，總算有個方向，至於下毒的方法可以慢慢弄清。眼下第一要緊的，便是讓州府盡快通緝那名僧人，把那破廟的地址，以及那僧人的相貌、特徵都描述清楚。」

樊夫人深以為然，出了房門立即將事情吩咐與裨將，那幾人領命後，各自忙活去了。樊夫人這便又返回房中，尚未來得及張口說話，又聽到一陣叩門聲，原是陝州府衙的法曹來了，樊夫人便暫時別了薛至柔與孫道玄，陪那法曹往轉世靈童處查驗。

孫道玄衝薛至柔使了個眼色，薛至柔便明白他的意思，攤手道：「他驗他的，我可不管，你快隨我出去……」

「哎，妳去哪？」

「待在這裡多沒意思，不如我們去街上集市走走，或許能有什麼發現也說不好。」

也是，此地內外不是兵士便是法曹、仵作，自己待在這裡並不安全，孫道玄便應了薛至柔，下樓走入驛館大堂。

已到正午時分，大堂裡熙熙攘攘坐滿了食客。孫道玄正準備出門，卻被薛至柔一把拉了回來，只見她揉揉扁扁的腹部：「算了，我餓了，咱們先吃了午飯再出門罷。」

孫道玄無奈，只得又陪薛至柔坐了下來。薛至柔食量小，不過要了一碗粟粥，些許素菜。孫道玄年少，正是吃死老子的年紀，要了一疊胡餅、一盤燒肉和一提米酒。待到飯菜上來，兩人便風捲殘雲般吃了起來。

步入大堂的瞬間，薛至柔便一眼瞥見了那靈童的母親帕摩，只見她要了一疊胡餅和二兩小菜，也像是餓極了，吃得狼吞虎嚥。店家給了她筷子，可她身為天竺人，不大會用，逕自用左手抓起一些菜，塞進了口中，可她眼角還掛著淚，應當方大哭過，未吃幾口便噎得厲害，欲咳欲嘔，看起來十分難受。

薛至柔心裡不是滋味，無聲嘆了口氣，更覺食不知味，見那帕摩給店小二結了帳，往街上走去，便拍了拍孫道玄，對他使了個眼色。

方才孫道玄吃飯、聊天過程中見薛至柔有些心不在焉，順著她的目光方向望去，也看見了帕摩。此刻兩人對視一眼，早已心照不宣，孫道玄便趕忙跟了上去，薛至柔則喊店小二來結帳。

待薛至柔追出店來，往街面上目光一掃，便見遠處的孫道玄鶴立雞群般，極為顯眼，急忙快步追了上去。

兩人接了頭，一道混入熙熙攘攘的人群中，繼續跟蹤帕摩。為了確保帕摩不發現，他們之間始終保持著五十步以上的距離。幸虧孫道玄個子高，能夠一眼鎖定帕摩所處的位置，不然光靠薛至柔恐怕就要跟丟了。

既然跟蹤之事不用自己勞心，薛至柔便想借此機會重新梳理下案子，誰料孫道玄忽然悠悠開口道：「妳為何不將林子裡有人埋伏之事告訴樊夫人？妳爺娘的人馬只要一出馬，定能將那夥惡賊一網打盡。」

「眼下轉世靈童死了，阿娘自顧不暇，我怎還能給她添亂呢？再者說你我這經歷，算是天知地知、你知我知，縱便跟我阿娘也說不清呢。」薛至柔說著，無意間對上孫道玄的目光，他雖做了堪稱猙獰的易容，眉眼卻還是極漂亮，冷然的目光裡猝爾透出幾絲暖意。

薛至柔本覺得自己的話並無什麼，對上他這等目光，忽然咂摸出兩絲曖昧的氣息，面色也不由自主地紅了起來。

正尷尬間，突然見帕摩停了下來，他二人便也駐了步，不遠不近地看著。帕摩揉了揉朦朧淚眼，仔細辨認了店鋪番牌匾上書寫的漢字後，碎步走了進去。

孫道玄與薛至柔快步走上前去，悄悄停在了那家鋪門前，只見那是間藥鋪，孫道玄正要探頭朝裡望，便被薛至柔一把揪住耳朵，只聽她從牙縫裡擠道：「你傻呀，藥鋪裡客流稀少，走進去就要被她發現了！她若是來求醫問藥，半晌且出不來呢？心急什麼？不過話說回來，你我就這樣一直杵在這藥鋪門口，也怪惹人生疑的。」

薛至柔說著，變戲法似的從包袱裡掏出一個竹簟和一個缺了牙的破碗，以及一疊宣紙和筆墨硯臺。

「這是要幹什麼？」孫道玄登時有了一種不好的預感。

薛至柔嘻嘻一笑，將筆塞到孫道玄手中道：「當然是我的老本行，測字算命咯！」

於是，穿著道袍的薛至柔選了藥店旁邊的房檐下背陰處，大聲吆喝著招攬起行人，給人測起字算起命來。夏日正午的陝州城，驕陽似火，薛至柔不由得熱得挽起袖子，露出一雙白藕似的前臂。正所謂大隱隱於市，這二人一個俏麗如花，一個凶煞似鬼，倒是十足吸睛，未久，便有不少人駐足圍觀，膽大的則躍躍欲試。

孫道玄頗為無奈地將來人說出的字寫在宣紙上，仍不忘將字體刻意做劣，以免被人辨認出是他孫道玄的字來。而後，薛至柔便搖頭晃腦地逐條分析偏旁部首，五行八卦，直侃得來算命的人一個個暈暈乎乎，紅光滿面，心滿意足的撂下幾枚銅錢後飄然離去。

約莫過了一炷香的功夫，帕摩終於從藥鋪裡出來了。看其離去的方向，好似是回驛館去的。兩人見狀，立即捲了簟席，推說今日透夠了天機，天師需得回去修補天眼，便起身離開了，留下那一群等著算命的路人一頭霧水。

待行人們一哄而散，薛至柔從小巷裡探出滴溜圓的小腦袋，露出詭計得逞的淺笑。此時孫道玄已繼續跟蹤帕摩去了，薛至柔則假裝自己也是來買藥的，信步走進了藥鋪。

掌櫃的見來了一衣著不凡的女冠，以為是來求仙道常用之藥，便搓手上前問道：「這位天師好眼力，我們陝州地處崤函要衝，南依秦嶺，周邊的山上有不少名貴藥材，天師需要什麼，儘管說來。」

薛至柔在櫃檯上扣下一排開元通寶，故意大聲問掌櫃道：「你們這裡可有韓信草？」

掌櫃一看薛至柔拿出了那麼多錢，既興奮又惶恐，搓手道：「有是有，只是……敢問天師要多少啊？這麼些錢，買個十斤都夠了！」

薛至柔嘿嘿一笑，手攏在嘴邊放低聲音道：「店家果真爽快，只是……此信非彼信，我要的是新鮮熱乎，於我有用的信報……方才來你這裡買藥的那個天竺女子問些什麼，是否買了什麼東西，你如實說來，這些錢便都是你的了。」

「原來如此，好說好說。」那藥鋪掌櫃也是見過世面的人，頃刻間便領會了薛至柔的意思，捋了捋山羊鬚，娓娓道來，「起初嘛，她只是向老夫詢問了下她小孩犯下的症狀，說他嘴唇開裂，齒齦青黑，有手足發顫之症。老夫不通醫理，告訴她還是得去醫館請個郎中，我這裡只負責按方抓藥。之後，她好似想起了什麼事，便問我這裡有沒有八角，說想要買些，我便給了她一袋。」

「八角？」薛至柔若有所思，「她有沒有說，要八角做什麼？」

「說了，她說她們天竺人習慣用些像八角之類的香料，用隨身攜帶的臼子磨成粉，抹在身上，好去汗氣。」

薛至柔聞此，心中一震，似是立刻明白了什麼。她示意掌櫃將開元通寶收了，致謝之後又向掌櫃買了某物，方追著方才帕摩離開的方向去了。

這一路追去，便趕回了驛館，孫道玄正站在門口，看到薛至柔，他急忙迎了上來，急聲道：「一直在等妳。妳若再不來，那帕摩可就要被捉走了。」

「什麼？何人捉她？」薛至柔一臉茫然，立即抓上孫道玄飛奔上了二樓。只見果然如孫道玄所言，一群州縣衙門的衙役，正與樊夫人和幾名裨將一道，圍在帕摩的房間外，兩名衙役左右架住帕摩，似是要將她拖走。

樊夫人應是覺得何處不對，想為她分辨幾分，卻又著實不懂查案，說不出個所以然，看到薛至柔，她忙道：「玄玄，這……」

薛至柔跨步上前，急問道：「敢問……為何忽然要捉她？你們可有什麼證據嗎？」

法曹上下打量薛至柔一番，猜出她的身分，看在其母樊夫人面子上，耐著性子回道：「我等從這惡婦隨身攜帶的香料囊裡，檢出了莽草之毒，與靈童所中之毒一致！身為靈童之母，為了讓樊夫人獲罪，竟然不惜給自己的孩子下毒，其心可誅！茲事體大，事關我大唐邦交，我等這便將她押送回府衙，上報大理寺，請聖人裁奪！」

「不！不是……我！不是……我！」帕摩拚命地掙扎著，如同一頭絕望的蠻牛，然而胳膊終究拗不過大腿，縱便她拚死抵賴，還是被兩名衙役押了下去，帶出了驛館。

薛至柔神色頗為複雜，她知道，帕摩不是凶手，至少她自己，從未想過要去害自己的孩子。但薛至柔亦無力阻止有司，縱使她想通了凶手的作案手法，卻無證據可以證明。

若不能找到切實證據，揪出隱藏在幕後的凶手，此案多半會以處決帕摩結案，樊夫人依舊逃脫不了疏忽的罪名，這與神都苑之案父親所處的位勢何其相似。更讓她擔心的，則是凶手先後達成軟禁牽制她父母的目的，會不會對遼東的局勢有所影響？

薛至柔的心，前所未有地懸了起來。

第三十三章　天機道破

帕摩被帶走後，軍中上下一片譁然，樊夫人少不得出面，安穩軍心，車載斗量的話說出去，也不知士兵們究竟能聽進幾分。

薛至柔不遠不近地跟著母親，待她忙罷，方請她進了房間，將自己的推測告訴了她。

樊夫人聽罷，半晌才回道：「護送靈童涉及大唐與天竺邦交，故而我等對帕摩的私人物件也不好過度查驗，一路上只是緊盯靈童的飲食。沒曾想對方竟然如此熟諳天竺人的習慣，利用其暗害靈童，算計如此之深，實在令人不寒而慄。只怕……圖謀亦非同小可。」

「後院起火最是難防，阿娘身為人母，對帕摩設防少乃是人之常情，凶徒亦是算準了這個。眼下敵暗我明，我們的一舉一動，都在賊人的眼皮底下，想要盡數防備實非易事，阿娘千萬不要因此太過介懷……」

「不介懷？我如何能不介懷？」樊夫人苦笑著，不甘裡滿是倔強不屈，「我與妳阿爺沙場浴血，為的不就是保家衛國，同膽敢來犯之敵決一死戰？刀劍無眼，縱使一朝命落黃泉，只要能換來大唐片刻安穩，便是九死不悔。恨只恨，一朝淪為階下囚，竟是被我們拚死保護的唐人所害！」

樊夫人說著，氣憤至極，佩劍一揮，劍未出鞘，竟將案几攔腰折斷，足見其怒氣之盛。隨後，她便陷入了長久的沉默。

薛至柔知曉，父母戎馬倥傯多年，背負著祖父與家族，更背負著邊民的安危與大唐的榮辱。母親身為女子，身先士卒並不遜於父親，更是數度受傷生命垂危。可是於她而言，再大的皮肉傷皆不如此時的委屈心痛。

她自小無父無母，卻得李淳風天師教誨，收為小徒，又有父親薛訥青梅竹馬，悉心陪伴，雖不名一文，但始終內心富足。縱使今日獲封誥命，亦不貪戀權位，失去將兵之權她並無半分惋惜，可若是朝堂早已被裡通外國之人滲透至此，甚至設計解除她的兵權，置大唐邊境安危於不顧，她多年的出生入死又有何意義？

這麼多年來，薛至柔還是第一次看到母親如此消沉。母親與父親一動一靜，一直是他們兄妹四個的主心骨，彷彿天塌下來也無足畏懼。眼下再看母親的背影，薛至柔方覺察她確實上了年紀，縱便長相再美貌年輕，人也難敵歲月磋磨。更何況，眼下的事是那般的窩囊，於一個將領而言，無異於平地失足，如何能不憤然？

但也不過片刻的功夫，母親又恢復往日的平靜，未著甲衣的她看起來只像一個婦人，然而薛至柔卻知曉她柔弱的肩頭所挑的，乃是絕無僅有的忠義二字。

薛至柔忍不住鼻尖一酸，強壓著哽咽道：「阿娘先別動氣，只要我們第一時間擺明真相，聖人便不會怪罪於阿娘的。眼下我還需去帕摩那裡探監，問問她沿途都去過哪裡的藥鋪。只要多查訪幾處，必定能獲得更多線索。阿娘……阿娘定要信我……」

樊夫人回過身，淺淺一笑，慈愛的目光望著薛至柔，將女兒的碎髮別到耳邊，又恢復了往日的篤信強大：「玄玄不必去。既已知事情原委，剩下的查訪之事，交給我軍中偵探便好。讓他們分頭行動，快過妳自己挨個走訪。如今最要緊的，是趕緊帶著靈童的遺體回洛陽，向聖人請罪。你們倆快去收拾行李，我們一炷香後便出發。」

樊夫人不愧是大唐第一女將，即便剛遭遇她人生最大的打擊，亦能很快地重新振作。誠如樊夫人所言，眼下最為要緊的便是向聖人說明原委，而不能放任幕後真凶潑髒水，說不定也能根據朝中諸人反應窺探出一些端倪。

眼下〈送子天王圖〉對應的三個案子塵埃落定，薛至柔愧疚未能阻攔案件發生，只能盡己所能，縮小嫌犯的範圍，但若想真正鎖定設下陰謀的那一位，目前還沒有直接證據。

神都苑的發現，讓她明白凶手是如何在不親自動手的情況下殺死看管北冥魚的宮女，放出了北冥魚；凌空觀那些奇怪的腳印，則說明了凶手是如何將火種帶入，將這座皇家道觀付之一炬；轉世靈童的命案，她也明白了凶嫌究竟是如何將靈童殺害於無形。

只是……範圍無論如何縮小，總還是有那麼幾個人無法排除。

更何況，說起此人的作案手法，即使是號稱見慣詭奇之事的薛至柔也覺得匪夷所思，實非常人之技。想要讓聖人、刑部、大理寺與朝中其他持有異議的人都相信，同樣需要更多的證據。

樊夫人下部軍隊訓練有素，收拾拔營的速度非比尋常，不過一炷香的時辰，便集結完畢，薛至柔與孫道玄便隨著樊夫人一行向東返程。

士兵們自洛陽往青海道迎接轉世靈童十分辛苦，加之靈童去世，不知是否會被牽連責罰，可謂身心俱疲。而薛至柔與孫道玄這一路死來活去，也是勞累不堪，一行人走得十分沉默，及至入夜，方趕到澠池南館。

時至夏末，夜裡仍算不得舒涼，但因為時處鬼月，士兵們還是點起了數個火堆，而後方圍繞著紮下了簡易的營房，樊夫人與薛至柔、孫道玄等人則入驛館過夜。

同行眾人中，帕摩亦在其列，雖然毒殺靈童的嫌疑仍未洗清，但知曉了她可能是被冤枉的之後，樊夫人還是盡全力說服了州縣衙門，讓他們將人轉交給自己，由她親自押解至洛陽大理寺。畢竟帕摩是此案最重要的人證，放在陝州衙門實在放心不下，同樣，樊夫人此舉亦是擔下了巨大的風險，需得提起十二萬分的精神，謹防有歹人趁機滅口。

為此，一路上薛至柔、孫道玄與樊夫人就客房安排這樣的小事都做了許多推敲，以排除一切危險因素。

薛至柔與樊夫人同屋而眠，可她記掛著案子，輾轉反側，索性披上外裳走出房間，哪知一個轉身，竟剛好遇上出門的孫道玄。

兩人的房間本就相鄰，如今竟同一時刻因為睡不著覺出來散步，不得不說有些巧。驛站客房迴廊開面向外，透過木欞窗能看到不遠處的桓王山與一輪孤月。今日是七月十四，月亮將滿未滿，輝韻清冷，而案子亦是將明未明，總是差那麼一點，慢那麼一步，惹得薛至柔也由不得悵然起來。

見薛至柔怔怔望著月色不說話，孫道玄從懷兜裡摸出一張小像遞了上去。

薛至柔疑惑打開，只見其上畫的竟是那轉世靈童，只不過是他活著的模樣，安然地坐在一方竹凳上，抬著軟軟的小手，托起旋飛而過的蝴蝶，笑得眉眼彎彎，極是可愛。

只看這一眼，薛至柔便不由得淚下如雨，匆匆合上，壓住了情緒方問孫道玄：「你這是……要送給帕摩？」

孫道玄微微頷首：「我養母總說，『兒來一程，母念一生』，給她留個念想罷。」

「可是，你……」

見薛至柔有顧慮，孫道玄寬解道：「無妨，跟大理寺的焦屍一樣，我用了反筆法，無人能看出是我畫的。」

薛至柔不再多說什麼，鄭重地將畫紙收在了貼身的口袋裡，抬眼道：「你……也睡不著？」

無需薛至柔多說什麼，孫道玄便像是瞬間懂了她的心事，望了望窗外的月亮，低道：「我陪妳走走吧，案子的事，咱們一起想一想。」

薛至柔本怕母親擔心，沒想離開驛站一步，但孫道玄如是說，她無法拒絕，鬼使神差地隨著他一道下了樓，來到了庭院裡。

月色融融，庭下如積水空明，薛至柔邊與孫道玄並肩漫步邊說道：「如今賊人的作案手法都已查得差不多了，唯有這證據還是缺了不少。」

「我們先前尋到的那些，難道不是證據嗎？」孫道玄問。

「那些只能證明凶手作案的方式，或是證明一下，凶手另有其人，可真正能夠證明這人只能是某個人的決定性證據，我還沒找到。」

「紙包不住火，賊人作案，總會留下蛛絲馬跡。我們離開洛陽這段時間，阿雪他們還在城中追查那凶徒的行蹤，想必會有新的發現。」

薛至柔點點頭，抬眼看看那一輪將滿的月亮，小聲問道：「你可還記得，上一次輪迴時你說前一次死的是我，那是什麼意思？」

孫道玄一怔，回想了一陣方道：「我只有些朦朧的記憶，好似妳曾替我擋過刀，我親眼看到妳死在我眼前，所以……」

「我替你擋刀？」薛至柔似是心虛了，聲調忽然拔高了三分，慌張掩飾著，「這怎麼可能！」

「或許吧，」孫道玄倒是忽然做了厚道人，沒有笑話她的窘迫，「畢竟……我寧願死的是自己，也不願妳受傷。」

這一句話縹緲如霧，輕悄如夢，薛至柔聽到了，卻像是沒聽懂，怔怔望著孫道玄。不知可是因為月色太美，孫道玄竟在她的注視下自慚形穢，究竟何時，他才能以自己的面貌與她這樣並肩站在月色下。這層層疊疊的偽裝，封閉的又何止是容貌？

孫道玄默了默，暗暗嘆了一口氣，刻意避開她探究裡帶了希冀的目光，沉沉道：「回去罷，時辰不早了，莫讓樊夫人擔心。」說罷，抬步向驛站走去。

薛至柔跟在他身後回了驛站，一路無話，回到客房時，母親仍在熟睡，薛至柔悄悄和衣臥下，帶著紛繁複雜的心思閉上眼，不久便進入了夢鄉。

不知過了多久，又像不過一眨眼，薛至柔悠然轉醒，發現自己並不在驛館的客房，而在一處她從未見過卻莫名熟悉的道觀小院裡。

此處似是山間，四周盡是霧濛濛的一片，四下裡看不真切，只能看到一棵巨大的古槐樹以及廡殿飛簷上蹲坐的小石獸。時節已是深秋，霜紅滿地，而她則只著一件單衣，赤著雙足，卻未覺得冷。

橫豎又是夢吧，薛至柔早已見怪不怪，謹慎地朝古槐樹走去，只見濃霧散盡處，一黃冠道袍，髮鬚盡白的老者正坐在樹下，對著棋盤自弈。

不知為何，薛至柔明明從未見過他，卻瞬間猜到了他是誰。她難掩激動，薄唇打顫，似是怕聲音太大會驚擾了眼前人，輕輕啟開：「黃冠子李師尊？」

老者還沒來得及回應，便聽霧的另一方向一男聲傳來：「瑤池奉？妳也在此間嗎？」

霧中人急急現身，不是別人，正是孫道玄，夢中的他並未做偽裝，可堪稱為世間一等一的英俊少年，看到槐樹下那個黃冠老者，他一愣，下意識地將薛至柔護在了身後。

那老者將手中的白子扔回棋簍，站起身，看向薛至柔，目光極其慈愛：「原來那小子和那毛丫頭的女兒是這般模樣，當真是玉雪可愛。」

薛至柔知曉他正是李淳風，那個世人無限敬仰，父母永恆懷念，自己在書本間無數次與之神交之人。他於母親有養育之恩，於父親有教誨之義，薛至柔更是自小在他留下的著作間徜徉成長。她出生前二十四年，他便已經仙逝了，可這種跨越死生的恩情如何能消弭一分？薛至柔鼻尖一酸，跨步上前，跪地重重磕了三個頭。

「好孩子，好孩子……」李淳風含笑捋著白鬚，見那孫道玄仍是一臉狐疑，轉向他，笑道，「貧道是已死之人，你們看到的貧道不過是夢境的幻象。你們或許是第一次見我，但我知曉你們一路走來定然萬般辛苦。畢竟，讓你們不斷在夢中輪迴尋找事件真相的，正是貧道。」

孫道玄看了薛至柔的反應，聽了這些話，終於猜出了這老者的身分，聽聞乃是他將他們置於輪迴夢境，更是震驚。

而薛至柔雙眼睜得溜圓，驚詫之餘，心底又咂摸出些許蛛絲馬跡，未及發問，又聽李淳風說道：「你們定然想知曉，貧道是如何做到的吧？一切的機巧，便在那占風杖裡。那杖頂的羅盤，不是尋常物件，裡面有貧道留下的機關。」說著，李淳風用兩指從棋簍中銜起一枚白子，舉至薛至柔和孫道玄眼前，他兩人不明所以，但還是老老實實盯著，哪知道饒是這樣盯得緊，李淳風手中的那顆白子還是倏忽變為一顆黑子。

薛至柔與孫道玄皆驚訝不已，正驚奇之際，李淳風將這枚黑子下回棋盤上，薛至柔這才發現，原來那並非僅是一枚黑子，而是半黑半白，疊在一處。

「『知其白，守其黑，為天下式。為天下式，常德不忒，復歸於無極。』妳面前的棋子可以是白，可以是黑。當我未下子之時，你不知其黑白，這便是『恍惚』。人生亦如棋局，從生到死，就像我身後的這顆古槐樹一般，生發出無數的枝椏，意味著無限的可能。所有這些各不相同的可能，同樣是『恍惚』。

《道德經》有云：『道之為物，惟恍惟惚。惚兮恍兮，其中有象；恍兮惚兮，其中有物。』貧道置於這占風杖羅盤內的機關，正可令人於恍惚之間，遍歷幻夢中的諸般生死有無。遊歷夢境的過程，除妳之外，必有另一人伴妳左右，互為見證，才可讓你二人於夢境中維持自身。只不過，此法乃依五道輪迴而成，夢境存續的時間，至多七七四十九天，而你們兩人加到一起，也只有五次，能夠於不同的道之間跳轉，借此回避死亡。」

兩人聽罷，相視一眼，仿若醍醐灌頂。薛至柔摸著白瓷一般的小下巴，回憶道：「原來如此……難怪之前我有性命之危時，總感覺這占風杖好像會變出一個大大漩渦，將我的靈識吸入其中。再醒來時，一切好似又跳回了殞命前的某一刻。」

孫道玄低頭忖了忖，面色不大好看：「如此說來，我們豈非已用盡了那四十九天？」

「不，還剩五天。」薛至柔掐指一算，糾正道，神情卻毫不輕鬆。

李淳風淺笑一瞬，讚道：「不愧是我李淳風的傳人，所算分毫不差。你們隨我徒兒的部曲徐徐前行，抵達洛陽之時，便滿四十九天了。加之，你們從洛陽來時，一路令庚辰回溯……」

李淳風說罷，不再多言，笑呵呵地將手輕輕地放在兩人的肩頭，以示勉勵和安慰。

「如此說來，我們從神都苑到凌空觀再到這甘棠驛館，一路走來，竟是步步不能錯。可若是我們未能按照這唯一的解法走來，或是在用盡了那五道輪迴的機會後，再度殞命，又會如何？」孫道玄問道。

「問得好，」李淳風捋鬍笑道，隨即指著自己身後的古槐樹下，對兩人道：「看到那樹下的『正』字了嗎？」

兩人循著李淳風手指的方向走過去，湊近一看，都不約而同地嚇了一跳：但見那樹下的土地上，竟然密密麻麻寫了數百個「正」字。

兩人面面相覷，半晌說不出一個字來。李淳風頗為感嘆道：「那便是你們迄今為止輪迴的次數。只不過，一旦你們因失敗被送回夢境的原點，之前的事便什麼都不會記得了。

說起來你們兩個小的倒是真能折騰，當真走出了無數條不同『道』啊……」

說著，李淳風如數家珍般，掰起了手指頭：「有七十九次，玄玄救父過於心切，導致孫道玄被有司判處斬刑；有三十四次，孫道玄被抓後，你們想去劫法場，結果全部落網；有六十九次，你們二人想直接阻止凶手放火燒了凌空觀，遂埋伏在起火點附近，結果卻雙雙燒死，又被送回了這夢境的伊始……」

看著滿滿一地的正字，薛至柔與孫道玄不覺臉上火辣辣的，好似那樹下每一道正字的筆劃，都化作搧向他二人臉上的巴掌。

見兩人大窘，李淳風及時出言安撫道：「哎，你們不必介懷，貧道不是來數落你們的。貧道只是個旁觀者，即是旁觀者，便只不過是站著說話不腰疼罷了。何況這連環夢劫險象環生，即便是貧道在世，亦不可能一步得解，你們如今能一起走出這連環夢劫，來到貧道這裡，已經是聰明過人了。只不過，你們應當知曉，只要沒有令真凶伏法，加在你們身上的危機，就未完全消除。但往後，你們便不會有這幻夢中的輪迴可用了，你們所作所為的一切，都將成為既定事實，無法更改。不過……此一番你們兩個倒是磨蹭，怎的到如今，還沒有定終身啊？」

「啥？」薛至柔驚得跳了起來，臉紅得像個熟透的石榴，「早就聽我阿娘說師尊愛開玩笑，可這等玩笑可不興說……」

李淳風大笑起來：「好好好，貧道不說就是了。與君千里，終須一別。好夢酣沉，終將轉醒。孩子們，今日一別，不知可會有重逢之期，前路崎嶇，且行珍重。」

聽完李淳風的話，薛至柔不由得紅了眼眶，她明白，大夢終將醒。回到洛陽後，自己與孫道玄只能背水一戰，再無試錯的機會。

若無李淳風的籌算，她與孫道玄根本走不到今日，薛至柔眼眶蓄淚，尚未反應過來，便見身側的孫道玄撳開衣擺，大拜於地：「若無李天師，道玄所行之事無異於蚍蜉撼樹，多謝天師大恩！」

薛至柔也慌忙跪下，再叩首對李淳風行禮。李淳風含笑著，一手搭上一人的腦頂，逐漸淡入濃霧中。薛至柔與孫道玄只覺似有一股暖流自李淳風如虯枝般骨節分明的大手中流出，緩緩注入自己體內，心裡明明是暖暖的，卻又生出些許淒涼之感。

薛至柔明白他是要離開了，急忙道：「李師尊，玄玄仍有一事不明。為何除我們兩人之外，好似還有旁人能夠在這夢中輪迴？譬如這於幕後作案的真凶，明明早已在神都苑布下天羅地網，栽贓於孫道玄，卻又好似提前預知到孫道玄會逃出神都苑，於是又做下火燒凌空觀的殺局，想要置他於死地。還有之前在崤函古道的山中，伏擊我們之人，竟然知曉孫道玄此前輪迴中曾被刺於密道中之事。」

李淳風的身形已與霧氣相溶，聲音亦不大真切了：「貧道已說了這是夢境，而你們不過是存在於這夢境中的人。那麼你們可有想過，這究竟是何人的夢境？」

所謂「一語點醒夢中人」，大抵如是。李淳風此言，立刻讓薛至柔與孫道玄兩人嚇出了一身冷汗。是啊，如此明顯的答案，他們怎麼全都未曾想到？難不成，他們兩人所經歷的不過是幕後真凶腦中幻夢的一個部分？所謂「不入虎穴，焉得虎子」，大抵就是這般感覺。幸而，他們從夢中獲得了解開這連環大案所必需的一系列證據，否則，他們當真永遠也不可能逃出幕後真凶的手掌心。

薛至柔還想問些什麼又抬起眼，卻見李淳風已沒了蹤影。不僅如此，棋盤上的棋子，蒼天的古槐，還有四周的道觀建築，都開始化為閃著流光的蝴蝶，隨風飛逝。薛至柔與孫道玄愣愣的，不敢相信眼前正在發生的一切，尚未反應過來，便覺足下突然失去了支撐，兩人一齊墜入了茫茫雲海中。

第三十四章　福無雙至

兩人似是從百尺的高空中墜落，耳畔再度響起長長的鐘鳴聲，只是再沒有什麼「乾坤翻轉，鴛命五道」。

等閒之處，足下忽地生風，捲起狂暴流嵐，薛至柔身板瘦削，被風暴裹挾，不知要捲往何處之際，一雙骨節分明的手一把抓住了她的小手，不是孫道玄是誰。

冷風疾疾，兩人雙手相交，十指緊扣在一起，終於有了幾分暖意。薛至柔斗著膽子望向足下，只見那崇山峻嶺，綿延長河，全都開始自西向東化為流光浮蝶兒，又逐漸解離，直至齏粉。漫漫天地，一時間盡是晶瑩如雪的縹緲煙塵，彷彿就要回到鴻蒙之初。

「蝶夢莊周，莊周夢蝶」。薛至柔與孫道玄明白，夢的世界即將瓦解，事到如今，兩人倒是一點也不怕了，任憑自身於九霄天外墜落，沉醉於這只能於夢中出現的絕景之中。

眼前的一切實在太美了，失重中的薛至柔竟瘋了似的希望時間過得慢些，再慢些，好讓她將這每一寸的光影，每一絲的流華都印在心裡。

孫道玄身為畫師，對眼前之景的貪婪更勝於薛至柔。兩人正看呆，一個不留神間橫風大作，竟將兩人生生吹開，雙手處的熱源消失了，薛至柔的心揪作一團，不知所措間，孫道玄又踏著風眼，奮力團身上來，一把拉過她纖細的手臂，將她牢牢護在了懷中。

薛至柔只覺自己落入了一個溫熱寬闊的懷抱，她抬起眼，看著他俊俏面龐上染了半抹可疑的紅暈，忍不住偷笑起來，但也未曾回避自己的心意，有如在百次、千次的輪迴中那般攬住了他緊實的腰背。

孫道玄身子一震，旋即將薛至柔環得更緊，這景致本是美極卻無情致，此時卻瞬間繾綣，連那搧得人衣擺亂飛的狂風，都似是溫柔了兩分。

但也不過片刻功夫，孫道玄的雙手驀然化作流光的蝶，繼而化作了流光飛沙，而她自己亦如是，從攬著他的手指，到白皙的手腕，修長的手臂……

薛至柔從未見過如此詭奇場面，縱使是法探出身，亦難免心慌，唇齒打顫。

孫道玄見狀，嘴角又泛起了那招牌似的促狹壞笑，眼神卻極是珍重，俯下身，吻上了她顫抖的唇。薛至柔一驚，睜大雙眼，還未看清眼前之人，他便被幻光吞沒，她亦縹緲作泡影，再也無知無覺了。

不知過了多久，薛至柔醒過神來，發覺自己竟是在馬背上，身處行進的唐軍隊伍之中。正前方向，樊夫人騎在高頭大馬上，領著數百唐軍，氣韻瀟灑不凡。再往前看，遠處的地平線上，洛陽城巍峨雄偉，城牆、樓宇、宮殿一字排開，猶如一道巨大的連環扣與機關鎖，逐漸逼近這支曠野上行進的隊伍。

薛至柔下意識地環顧四周，想找到孫道玄的身影，卻好似因剛從夢中醒來還未適應，差點要從馬上墜落。

「瑤池奉當心。」一個強有力的臂彎立即將她扶住。

薛至柔轉頭看去，身側之人，正是一身素色胡服，扮做東夷人純狐謀的孫道玄。

兩人目光相交不過一瞬，但透過剎那間的反應皆已明瞭，此前於夢中經歷的一切，他二人都記得，無論是與李淳風的對話，還是重重輪迴的真相，以及……夢境崩解時的一切。

洛陽城中的一處深宅大院內，一個身著錦衣玉袍的男子悠然轉醒，他坐起身，只覺頭痛欲裂，明明只睡了一夜，卻像是沉睡了一個月似的，連身體都有些發僵。他撫著額頭，下意識望向自己身側的錦被，其依舊與自己入夢前一樣，整整齊齊，顯然，這床錦被的主人昨夜並未回來過，看到這一切的他也只是自嘲笑了笑，好似早已習慣了。

突然，他像是想起了什麼，撫著額頭的手一僵，指縫間突兀地出現了一雙朗俊雙眼，目光卻是極冷，仿若碎著千尺寒冰，牙縫裡擠出了兩個名字：「薛至柔……孫道玄……」

臨淄王府內，李隆基坐於桌案旁，手不釋卷，高力士站在一旁，每見他讀到最後，便換上一卷新的，大半日光景過去，那一大摞卷宗終於下去了大半。

不消說，即便薛至柔不在，他也在利用自己的管道，調查著與案件相關的蛛絲馬跡。眼前這些卷宗皆已發黃，顯然已經封存多而未得昭雪。

「殿下，這便是無名案卷中的最後一卷了。」見李隆基已看完手上的卷宗，高力士又將旁案上僅剩的唯一一卷雙手奉上。

李隆基平日裡總是混跡勾欄與馬球場，裝得頗沒正行，實則博聞強記，頗善讀書。畢竟被軟禁在東宮那十年裡，他沒有別的事可做，能做的唯有看書。那館藏浩如煙海的崇文館幾乎被他翻得韋編三絕，不過一炷香的功夫，這最後一卷便也翻完了。

「沒曾想，當年之事還有這麼多背後的牽扯。」李隆基把發黃的卷宗合上，嘴角掛著一抹無奈的笑，「人便是這樣，平日裡總在一處，就以為自己瞭解一切，殊不知自己看到的都是旁人刻意為之。」

「說到當年之事，殿下，奴還有一事稟告。」說著，高力士遞上一個摺子，乃是大理寺的奏報。李隆基接過一看，表情頗為震驚。

「什麼？孫道玄竟然就是當年救過本王父子的太藏工人安金藏之子嗎？」說罷，李隆基閉上了眼，神情極為複雜。

夕陽射破窗櫺，半映在他英武的面龐上，竟像是融化了他的偽裝，令他的面龐上終於浮現出幾絲合乎年齡的茫然。

高力士明白，涉及往事，總容易觸及李隆基不願提起的禁區，語氣不由更軟了幾分，試探問道：「殿下可是身體不適？可需要回房休息一下？」

「本王無妨，不過是看多了案卷，雙目有些疲累。」說罷，李隆基揉了揉眼，「本王畢竟是查案的外行，即便這樣盡數看完，也得不出個結論來。若是至柔能看到這些案卷，說不定會有更多斬獲。對了，聽說樊夫人今日就要抵達洛陽了？至柔也一切安好罷？」

「那是自然。方才宮中來了御史，稱聖人要在偏殿接見靈童，還傳殿下與武駙馬進宮商議萬國馬球會之事，眼下差不多要到更衣的時間了。」

李隆基驀然睜眼道：「既有此事，何不早說？回臥房，更衣。」

萬國朝會將近，這兩日入城的各國使臣商隊已令洛陽城的百姓大開眼界，但樊夫人的帥旗入京洛，仍引得百姓夾道圍觀。

畢竟身為大唐最為驍勇善戰的女將軍，樊夫人的威名可謂如雷貫耳，百姓們無不想一睹她的颯爽英姿，亦十分好奇這位已年過不惑的婦人究竟有什麼與眾不同之處。男子大多好奇她為何能以巾幗之軀，在戰場上與異族的將領交戰而不落下風；女兒們則好奇她的令姿容顏，為何能夠歷經風霜仍如傲雪寒梅久開不敗。

與百姓的熱情相對的則是隊伍裡的意興闌珊，士兵們各個如霜打的茄子，足如灌鉛，步履十分沉重，唯有薛至柔騎著高頭馬四處張望，似是在烏壓壓的百姓中尋著什麼人。

功夫不負有心人，很快她便在人群裡發現了唐之婉與公孫雪的身影，立刻將馬韁交給並排馳馬的孫道玄，翻身下馬，小步穿過人群，一手捉一個，將唐之婉和公孫雪拉到一旁小聲問道：「怎樣，這幾日洛陽城裡可有什麼異動嗎？」

唐之婉一叉柳腰，神情激動道：「妳可不知道，出大事了！就在三天前，薛崇簡在太平公主府外的街巷裡遭到襲擊，差一點便沒了命，現場仍是留下了一支葉蘭筆。所幸他並未受傷，只是受了些驚嚇，一連幾日都在自己屋裡躺屍，大門不出、二門不邁的。」

薛至柔聽罷頗感震驚，再看向公孫雪，只見她桃花似的顏面緊繃，似乎怨恨自己當時為何不在，未能手刃那賊人。

薛至柔拍拍她的肩背以示寬慰，又問道：「那歹徒呢？又跑了不成？」

「應當是跑了，具體情況我們也不清楚，反正沒聽說官府抓到了人，那個大理寺的呆子也沒吭聲……」唐之婉說起劍斫鋒，忽然有些不好意思，她生怕薛至柔看出端倪，抿了抿唇，聲調抬高了兩分轉言道，「總之……妳何不去探望探望薛崇簡，不僅能盡知詳情，也能讓那嚇破膽的薛二傻子恢復幾分元氣來。說到底，他雖然蠢，到底也不是什麼壞人，對我們，尤其對妳，還是很不錯的……」

雖然有苦肉計之嫌，但這人是薛崇簡，一切無不可能，被歹人嚇到不敢出門倒也算不得什麼稀罕事。不過眼下還有更重要的事情辦，薛至柔便道：「明日或後日吧，今日我還得隨母親一道進宮去。」

公孫雪忙道：「瑤池奉請留步，婢亦有一事相告。前些時日接瑤池奉飛奴傳信，婢便策馬出了洛陽城，在新安驛逗留了數日。崤山北道乃是自陝州回洛陽最快捷之路，而新安驛又是當中一處必經的驛所，故而，若是有瑤池奉所說的可疑人走驛道急回洛陽，必當經過此驛。果不其然，前日婢便在那裡看到一身著女裝，戴著覃帽策馬之人，黑紗遮面，還背著大大的行囊，甚是奇怪。見她往洛陽的方向去，婢便策馬跟了上去。誰料，她好似發現婢在跟蹤，趁婢一不留神，竟加速將我甩開了。那日婢騎的是臨淄王府最快的馬，後面一直是全速追趕，卻依然沒有追上。明明從新安驛到都亭驛這八十里既無驛館也無岔路，實在是奇怪得很。」

在陝州驛館得知有假僧人暗害靈童後，薛至柔便將此事寫在信箋上，放出了劍斫峰給的小飛奴，勞牠送信去。雖然不確定離開洛陽城這麼遠，小飛奴能否找到路，但眼下到了這個節骨眼總要盡力一試，不曾想那瘦弱的小鳥兒竟當真飛回了靈龜閣報信。而公孫雪亦十足可靠，未曾耽擱一分，便趕到了新安驛。從她的回報來看，那人的確十分可疑，畢竟若想大白天遮住面龐還不引起路人懷疑，沒有比帶上覃帽假扮女子更來得方便。

想必那包袱之中背著的，正是此人換下的衣袍、冠靴，好在回到洛陽之後找地方換回自己原先的行頭。而若是誠如公孫雪所說，對方的馬快到連臨淄王府最快的馬都追不上，那麼此人不僅騎術精湛，胯下之馬亦非凡品。

有了公孫雪這新得的線索，薛至柔頓時覺得心裡多了幾分成算，起鬨了幾句唐之婉與劍斫鋒後後，叮囑她二人記得避暑熱，便回到了隊伍裡。

未幾，樊夫人終於率部抵達紫微宮西門，樊夫人翻身下馬，示意下屬諸人隨金吾衛往營房用飯，自己則欲隨掌事公公進宮面聖。

薛至柔連忙跟了上去，卻被樊夫人攔下，她不禁有些心急：「阿娘這是何意？為何不讓我一道進宮？」

「傻孩子，這幕後主使精於算計，為娘此一去凶多吉少，即便妳巧舌如簧，也未見得能夠在此時扭轉乾坤，若是連妳也一同捉了，如何使得？」

「可是……」薛至柔還想勸，卻見樊夫人一抬手，示意不必多言。她撫著薛至柔的雙肩，望著眼前的女兒，腦中迴旋出她自嬰兒至孩提，再長到如今亭亭玉立的畫面，輕輕拂過她的髮冠，無限慈愛道：「從前爺娘不許妳過多涉足懸案，是為了保妳、護妳，因為這條路妳阿爺曾走過，其中急難險重，我們心知肚明。而朝堂之上，波詭雲譎，即便如今是盛世，背後亦有不少盤根錯節，為娘與妳阿爺備沐皇恩，身居高位，便更容易惹出是非。為娘怕妳涉入過甚，會在不知不覺間，得罪了不該得罪的人，從而禍及小命，所以一直反對……可如今情況到底不同了，凶嫌已將刀架在妳爺娘的脖子上。爺娘受冤算不得什麼，可我大唐安東數十萬鐵騎，數百萬黎民絕不容許有半分差池。妳阿爺人在三品院，阿娘此番亦難逃其咎，幸而爺娘還有妳……玄玄，妳的志向與擔當，阿娘俱已明瞭。此後妳若要繼續在這洛陽城裡開靈龜閣、當法探，為百姓伸張正義，為娘不會再阻攔，亦會勸服妳阿爺不再反對。只是切記，無論是今日之案，還是他日之冤，玄玄務必確保自己平平安安，好嗎？」

縱便是戰場上殺伐決斷的女將軍，此情此景之下也不由得眼眶泛紅，聲音幾度顫抖。而薛至柔早已泣不成聲，她知曉，靈童之死與父親的北冥魚案不同，乃是在護送過程中出了紕漏，故而樊夫人此一去結果會如何，實在難料。輕者同她父親薛訥一樣禁足，重者面臨軍法處置，一切的一切，恐怕只在聖人一念之間。

事到臨頭，薛至柔才發現，自己竟是這樣地離不開父母，哪怕此前她不斷地想要逃脫他們的安排，拿著體己錢來洛陽與唐之婉一道開了鋪子，她也從未想過，自己有朝一日當真有可能會失去他們。

樊夫人望著淚如雨下的女兒，微微昂著頭，強行將眼淚逼退。她一個呼哨喚來坐騎，將薛至柔扶上馬去，不再多說一語，重重揮鞭，馬兒便馱著薛至柔騏驥一躍，向宮城外駛去了。

「阿娘！」薛至柔驚呼一聲，淚水飛做直線，回頭再望，樊夫人已轉過身，理了理甲衣，闊步隨宮人向宮門走去。

沉重的宮門開了又合，樊夫人纖瘦又堅韌的身軀再也不見，薛至柔灑淚嗚咽不止，驚了飛鳥，殘了落花，尤難排揎。

孫道玄便那般不遠不近地跟著她，直至晚風漸起，姝麗面龐上層層疊疊的淚痕皆已乾涸，她方決絕打馬，風馳電掣般向南市駛去。

第三十五章　如臨深淵

未過幾日就是萬國朝會了，洛陽天街之上，人聲鼎沸。駝馬拉著異域珍奇過市招搖，波斯的石榴、天竺的黃銅、暹羅的青柚，可謂無奇不有。這幾日宵禁暫除，東、西、南市燈火映天，百姓興致極高，走街串巷，笑語盈盈，簡直比上元燈市更加熱鬧。

人群之中，唯有薛至柔與孫道玄意興闌珊，猶如遊魂一般被人流推至靈龜閣前。只見這一條商街上皆是門庭若市，唯有靈龜閣門可羅雀。

天色黯淡，閣外不曾掌燈，遠處酒肆的燈火照到此間唯剩殘影，令門前那對紙人、紙馬更顯詭異。

薛至柔翻身下馬，望著那「靈龜閣」三個大字的匾額，似是在思索，又似已魂飛九霄，徒剩一具俏麗的軀殼罷了。

孫道玄望著那玄黑牌匾下的小小身影，只覺整個心都揪作一團。

恍惚夢境崩塌時，許是受了李淳風話語的鼓舞，他竟一時忘情吻了她，如今想來，自己縱然畫技超群，一抹丹青價值萬金，卻是無父無母，家底淺薄，從前聖人有意徵召他入宮供奉，或許還堪匹配，今日淪為朝廷欽犯，則是天涯路遠，不單無法贍養養父母，還連累於自己有恩義的葉法善。此番薛至柔父母的災禍，他雖並非加害者，但也撇不開干係。像他這樣一個人，自顧尚且不暇，又有何立場去招惹她？

孫道玄忍不住心生悵然，亦不知她是如何看待自己，會不會覺得自己是個趁亂占便宜的登徒子。經此一事，他們之間非但沒有親近，反而更加疏遠，孫道玄不覺懊悔，甚至心生妄念，心道假若自己還身處夢境之中，定然不會再做如此衝動之舉。

然而眼下後悔並沒有用，孫道玄暗暗嘆了口氣，翻身下馬，牽過她的坐騎，準備將馬匹栓到窄巷裡的牲欄去。

薛至柔並未留意他，摸出鑰匙，打開了靈龜閣的大門，閣內黑暗一片，才離開不過區區幾日，門口的憑几上竟已落了一層薄薄的灰，薛至柔走進幾步，隱隱能聽到院子連接那一頭丹華軒人聲鼎沸。正值萬國朝會，唐之婉的胭脂香膏品質上乘，論理早就該有這樣的生意。

見摯友守得雲開見月明，薛至柔的心底終於生發出一絲歡喜，轉身才要掩上門，忽見飛簷暗影下似是有個人不遠不近站著，一動不動。薛至柔看不清那人的面龐，只能看出他穿著胡服，披頭散髮，不辨男女。若是尋常人看到此情此景，恐怕早已被嚇破了膽，薛至柔卻只想著此人可能是來找她問案的。

畢竟能找到她這裡來的，大多是無頭案，不少苦主走投無路，縱使算不得瘋魔也是身心俱疲。她因家事多日未能開張，或許他正蒙潑天之冤，已在這裡等了許久。

想到這裡，薛至柔忙道：「這位客官可是來找我問案的？不必拘束，進來坐坐吧。」那人碎髮遮臉，嘴角一抽，大步向薛至柔走來，袖籠一甩，露出一個讓薛至柔立刻預感大事不好的物什——那是一支毛筆，確切地說，是一支葉蘭筆。

薛至柔心頭一跳，心想難道眼前這人就是葉蘭筆殺人案的凶徒？此前殘殺過三名路人，又將公孫雪的老母殘害，前幾日還襲擊了薛崇簡。難道此人便是做下這比擬〈送子天王圖〉連環案的真凶嗎？

函谷關山林裡襲擊她與孫道玄的蒙面刺客，賣給帕摩貌似八角實為毒莽草的藥鋪掌櫃，送給靈童護身符的僧人，以及公孫雪在新安驛追了八十里路未曾追上的覃帽女子，是否都是他喬裝打扮？

薛至柔來不及去尋求答案，眼下只想速速合上門扉，那人竟在千鈞一髮之際，用手中的毛筆卡住了門縫，令大門無法關閉。黑夜裡，那毛筆的筆尖有如利箭，鋒毛閃著寒光，勾魂奪命，攝人心魄，顯然毛下藏有利刃。

薛至柔非習武之人，只是靠著絕境之下爆發出的力量，隔著門板與之角力，可她知曉這非長久計。如今這門關也關不上，而她也不可能貿然鬆手，否則若是被推開，她更無法在手持利刃的歹徒面前全身而退。難道她便要在這暗夜下，葬身在自己家的大門口嗎？

薛至柔回頭看看黢黑的靈龜閣，只覺一籌莫展。那孫道玄牽著馬往馬棚去了，方才自己對他愛答不理，只怕他也不會多餘來找自己一趟。而丹華軒那邊人聲鼎沸，自己嗓門又小，縱便大聲呼救，唐之婉也是聽不見的，更何況她不諳武藝，來了也是送人頭。而南市更是因萬國朝會熙熙攘攘，武侯忙於管各路糾紛，根本不會注意一個凶肆門前到底發生了什麼。

薛至柔正不知所措，門板突然像詐屍鬼的棺材板一樣，按捺不住地跳動。薛至柔更加用力地堵住門扉，借著丹華軒彌散過來的一絲光亮，竟看到那人的一隻狼眼正透過門縫，注視著門後驚恐萬狀的自己，獰笑著，有如餓狼盯著即將入口羔羊。

薛至柔驚叫一聲，情急之下奮力膝頂門板。那人似是沒料到這突如其來的門板撞擊，身子一趔，惱人的獨眼倏忽從門縫處消失，只留下卡住門縫的毛筆。薛至柔感到門板那頭突然卸了力，手疾眼快，將門扉徹底合上，抖抖扣上鎖扣，掛上銅鎖。

驚魂甫定間，身後一個熟悉的腳步傳來，低沉嗓音喚道：「瑤池奉？出什麼事了？」

薛至柔一轉頭，便對上了孫道玄擔憂的目光，她雙唇打抖，半個字也說不出來，努著嘴指著方才歹徒逃走之後掉落的帶刃的葉蘭筆。

孫道玄看到那葉蘭筆，瞬間明白了發生的一切，他萬分後怕，一把抱住了渾身發抖的薛至柔，不住安撫她道：「莫怕……沒事了。」

薛至柔發不出聲，淚水逐漸模糊了雙眼。門外的響動終於消失了，她心有餘悸，若是自己沒有抵擋住門外那賊人，此時的她已是一具屍體，再沒有什麼讖夢輪迴可以來後悔。

兩人四目相對，眸子裡皆寫滿後怕。孫道玄還未來得及說什麼，便聽見公孫雪的聲音傳來：「瑤池奉？可是瑤池奉回來了？」

隨之而來的是一盞燭燈，在光亮照及兩人之前，孫道玄站起身，對公孫雪道：「用葉蘭筆殺人那廝方才來過靈龜閣了……」

公孫雪一怔，如杏如桃的雙眼一立，透出騰騰殺氣，她二話不說，提劍便如流星般追了出去。

孫道玄合上大門轉向薛至柔，方要開口說什麼，便見咋咋呼呼的唐之婉從後院趕來。她金釵半溜，袖籠半捲，一副急急慌慌的模樣：「阿姊……人太多了，妳快來幫……」

不想映入她眼簾的竟是薛至柔與孫道玄，唐之婉一向不會察言觀色，哪裡注意得了他兩人發青的臉色與驚魂甫定的眼眸，拽著薛至柔便往丹華軒去：「妳回來了更好，我忙得快要長三頭六臂了，快過來幫我打打下手……」

孫道玄眼睜睜看著薛至柔被唐之婉拉去了丹華軒，又沒有反對的立場，只得探頭看了看，見那不大卻極是精美的店鋪裡擠滿了小娘子與貴婦人，估摸凶徒也無法下手，便暫時回靈龜閣，邊收拾邊等公孫雪。

過了約莫半個時辰，公孫雪方鎩羽而歸，滿臉失落，不必說，依然是一無所獲。

孫道玄如何不知她的不痛快，跟在身後進了她的房間，半寬慰半調侃道：「此事怨妳不得，若是瑤池奉遇襲時妳在，那賊廝的皮定然已經被妳扒下來了。」

公孫雪本慪得要命，此時卻笑出聲來，瞋了他一眼：「算了，天網恢恢、疏而不漏，他若鐵了心想殺瑤池奉，他日必會再來，到時我再守株待兔，定要他狗命！對了，方才你和瑤池奉怎麼了？見你們站在那裡，好似有心事。這一路可還順利？抓到謀害靈童的真凶了嗎？」

孫道玄頓了頓，沒有回答，轉言道：「我有件事要勞煩妳。」

「謔……」公孫雪將寶劍放回刀架上轉過身，一種見鬼似的眼神望向孫道玄，「你？勞煩？有何事你便說，突然客套讓人害怕。」

孫道玄向來不羈，與公孫雪更是相熟，平素裡確實不會這樣說話，但時至今日，他早已不是那個不畏生死，毫無掣肘的孫道玄：「我想去找殿下，勞妳回王府，幫我送個物件給臨淄王，可否？」

公孫雪本在斂拾針線匣子，聽了這話，手上的動作突然停了下來，飛了孫道玄一眼，好一陣沒有言聲。

孫道玄對她的反應並不意外，嘆道：「我知曉妳現在與他……罷了，我也不懂你們之間的事，但我眼下著實是沒有辦法了。從前我不去找他，乃是因為時過境遷，我並不確定他是否會幫我。更何況我仍是被大理寺通緝之身，他若是怕擔責任，最穩妥便是向官府告發我，沒理由為了一個十幾年前侍奉過他的下人之子冒險。可現如今瑤池奉的父母俱已被關押，她本人也被殺手盯上……我不想再拖累她，只能賭一把了。」

公孫雪愣愣聽罷，竟然忍不住噗嗤笑出了聲來：「罷了、罷了，雖然我早看出你喜歡瑤池奉，聽你說這話，還是渾身雞皮疙瘩。不過……你說郡王可能會向官府告發你，倒是當真不懂他。但你可知道他這些年不顯山、不露水，究竟為何？難道不是為了查明真相，有朝一日令竇德妃沉冤昭雪嗎？」

「此事當真？」

「自然當真。我與他相識多年，無數次聽他悲憤說起當年事。殿下的母妃自從當年被聖神皇后叫去宮中之後，就活不見人、死不見屍了。骨肉至親憑空消失，殿下在人前卻連提都不敢提，每日強顏歡笑。如此巨大壓力背負了這麼多年，他怎會忘？不解除這心結，縱便再富貴顯赫，他又有何歡愉可言？」

聽罷公孫雪的話，孫道玄陷入了良久的沉默。

一直以來，他只記得找出當年暗害母親的凶手為她報仇雪恨，卻忘了臨淄王與他一樣也背負著喪母的血海深仇。孫道玄嘆了口氣，從懷兜中摸出一塊五彩玉，腦中浮現出十餘年前，李隆基贈與他那一幕。

當時他只有三歲，而李隆基也不過六、七歲，小小的人兒卻是一板一眼，看起來比他成熟許多。彼時孫道玄年紀太小，已記不得許多事，但李隆基因強忍淚意而皺作一團的小臉兒，以及落在掌心玉佩的溫度，還有那一句「他日若有需要，隨時來尋本王……」並未隨著時間而褪色，反而越發清晰。

「所以啊，你去見殿下，不必有任何顧慮。他知曉你我親厚，還曾再三叮囑我，若是能見到你，讓我給你帶話，若有困難，他可幫忙解決。其實我覺得，糠城那晚你與殿下相遇後，殿下恐怕早就揣摩著瑤池奉身側的人便是你孫道玄了，可殿下一向看破不說破，只當你有自己的苦衷，不願強求。如今你既主動提出想見殿下，便再好不過。那歹人今夜對瑤池奉動手，保不齊明日、後日又會有什麼新花樣，時間已是一刻也不能耽誤。我這就傳信王府，讓殿下派人來接。趁著夜黑將你接去臨淄王府，也容易避人耳目。」

「那便有勞妳了。」孫道玄聽罷，心中巨石落了地，心道幸而公孫雪與臨淄王相熟，否則尚不知這步棋要如何去走。

事情既已談妥，孫道玄明顯心情輕鬆了幾分，見榻上攤著一套新做的華服，金絲穿線，萬分精巧，絕非尋常衣物，遂帶了幾分好奇：「妳平素裡還用得著自備舞服嗎？」

公孫雪淺淺一笑，回道：「這可不是平素所用，是我今後要用的。」

「這話是什麼意思？妳要離開王府了？就因為刺殺瑤池奉之事嗎？還是妳怨他不曾幫妳護好老母？」

「你怎會這樣想？殿下與我可不是如此心胸狹小之人。」公孫雪莞爾而笑，這孫道玄默認了喜歡薛至柔的心事，她便也不打算對他隱瞞，更何況，她心中的塊壘確實需要一吐為快，「我與殿下之間，並無什麼矛盾或不滿，他心悅我，我亦心悅於他，只是我們終究不可能在一起的。殿下也曾問我，是否願意重新換個身分入府，與他相伴終身。但只要想到餘生要在王府中，頂著一個全然不屬於自己的名字，守著許多受不住的規矩，還要與許多其他女子一道，分享他的垂青，我便覺得不能接受。我今年便二十歲了，再在王府中蹉跎下去，亦會影響殿下的風評。」

公孫雪這一席話裡滿是無奈悲傷，她說起來的語氣卻沒有自怨自艾，雖對過去有無奈懷戀，但更多的則是對未來的憧憬，「殿下知曉，老母先前最愛看我跳劍舞，縱便眼睛看不見了，只要聽到那劍氣激起的颯颯風聲，她便十足開懷。如今老母過世了，但只要她傳給我的劍舞在，便如同她還在一般。故而……此一次萬國朝會，經殿下推舉，我將代表大唐獻舞。若是能令此劍舞聲名遠揚，想必老母在天之靈，定會欣慰。若是能得聖人、皇后的贊許，多得些賞賜，我也能像瑤池奉與唐二娘子這般，建一間自己的舞舍，有個生計著落呢。」

公孫雪這番話說得極是瀟灑，但孫道玄作為旁觀者，還是忍不住為她感到心酸。她生來被父母遺棄，幼年以野菜充饑，豆蔻年華賣身為伎，又因缺錢誤入了「無常會」，雖得臨淄王青眼，卻無法攜手白頭，甚至供養多年的老母亦遭人殺害。雖說人生不順意十之八九，但孫道玄依然覺得，公孫雪過得太苦了。

孫道玄艱難地張了張口，想要寬慰她幾句，卻見她微微一笑，擺了擺手，將五彩玉揣進了懷兜中，闊步走出房間，攀樹而上，幾個團身便消失在了火樹銀花的夜幕之中。

與此同時，城內的某處深宅大院裡，一內官正恭敬地跪在一顯赫模樣之人面前，極為恭謹地回報著什麼。

那人正盤玩著一把和田玉佛串，聽了內官的話，手上動作俶乎停至，沉吟片刻方道：「如此說來，聖人並未當場將樊夫人革職押下，只是同那薛訥一樣暫時關在了三品院？」

內官十足惶恐，吞了吞口水，磕磕巴巴回道：「是……畢，畢竟人證、物證皆在，下毒的乃是那名天竺女子。只要不是唐人害死了那靈童，便不至於影響邦交。雖然……天竺靈童白馬寺講經儀式恐怕要取消，但也並非像大唐與波斯的馬球賽那般重要，於萬國朝會而言，算不得有多大影響……」

內官抖抖說完，抬眼一看，那顯赫貴人的臉色變得越來越鐵青，嘴角卻掛著一絲笑，不知是玩味還是嘲諷。內官搞不清其中關竅，察言觀色的本領卻是一流，登時冒出一頭汗來，趕忙往回找補道：「奴有罪，不該擅自揣摩聖意，但憑責罰……」

本以為憑藉自己在朝中的勢力足以一舉褫奪薛訥夫婦的將兵之權，只消將此二人扳倒，遼東前線的唐軍群龍無首，他便也完成了對旁人的允諾。

可未曾想，自己已使盡渾身解數，薛訥夫婦卻只是被臨時禁足，若聖人只是在等調查結果便罷，怕只怕他起了別的疑心。

聖人平素萬事皆是睜一隻眼、閉一隻眼，不想在大事上卻不糊塗。

身分顯赫之人徐徐站起身，內官微微抬頭，只見那瑩白的佛珠上竟不知何時布滿了刻出的甲痕，嚇得內官跪退連連，但尚晚了一步，被那人猶如提鵝一般提住後頸拎了起來，神色猙獰的面龐近在咫尺：「讓你探聽些有用實情，可不是讓你胡編亂造些自己的想法！如此敷衍了事，你可對得起我們同族當年經受的苦難？」

內官尚來不及爭辯，便被人兜頭一拳打在臉上，嘴裡血腥味彌散，他舔了舔舌，發覺門牙竟鬆動了，嚇得抱住頭，渾身抖如篩糠，等待著下一個拳頭砸下來。

誰料來的卻不是拳頭，而是那人白淨細長的手指，只見那人又轉了態度，撫了撫內官的頭，語帶憐惜道：「抱歉，打痛你了罷？是我失態了。只是你不知曉，為了報仇雪恨，我已忍辱負重了多年。如今只差一步，我怎能不急？你我同族，我相信你亦是感同身受，希望你不要再令我、令族人失望！速去探聽，聖人究竟還有何顧慮，亦或是何人在背後蠱惑聖人，讓他對薛樊二人手下留情。若是還不能帶來些有用的內情，就別怪我……翻臉更無情了！」

內官嚇得點頭如搗蒜，忙道：「得令，得令……奴下一次定會不辱使命！」

顯貴之人有如轟蒼蠅般揮了揮手，內官如蒙大赦，連滾帶爬地退了下去。

那廂薛至柔在丹華軒忙活至半夜，一時忘卻遭襲的恐懼，回房未久，卻又惴惴輾轉，不僅擔憂著母親進宮後的遭遇，亦在想公孫雪追不上的凶徒究竟是何等身分，也因為孫道玄突然離開靈龜閣去臨淄王府而感到不安。

提及孫道玄，薛至柔只覺得困惑裡帶著委屈。自己因母親入宮請罪心懷忐忑，很長時間顧不得想起他，眼下夜深人靜，卻不得不憶起輪迴夢境崩塌時的吻。他……難道不過是一時興起，那興起一次便罷，為何方才又在一片黑暗的靈龜閣裡抱緊自己？

彼時光線如此之暗，薛至柔看不清他的神色，卻能感到他深入骨髓的緊張與擔憂，他身上淺淡的墨香氣至今還縈繞在她的鼻翼間，他又怎忽然離開靈龜閣，到臨淄王府去了？

薛至柔只覺鼻尖發酸，心裡說不出的悵然若失。

她搖搖頭，努力將喜怒哀樂盡數壓藏，眼下到底什麼能大過案子？父母親族、自己的命運，成敗皆在旦夕之間，她哪裡有時間去耽溺於小兒女的患得患失。

薛至柔坐起身，雙腿交盤背誦了一大段清心咒，努力令自己冷靜下來，思索公孫雪告知的線索。

那一句「婢騎的乃是臨淄王府最快的馬，追了八十里路卻依然沒追上」，著實令薛至柔在意，她有種強烈的預感，這將成為突破此案徹底所定凶嫌的關鍵。

這陝州到洛陽的驛路，走的是崤山北道，故而公孫雪守在回洛陽必經的新安驛，的確是上上之策。此人假扮成藥鋪掌櫃，將毒藥代替八角賣給帕摩，自然還得往西再多走幾個驛下手，為免離開洛陽太長時間惹人懷疑，來回恐怕都得打馬疾馳。即便如此，整個過程恐怕也得四到五天時間。故而，若說路上遇到行馬匆匆又不到軍驛投宿換馬之人，還穿著女裝、戴著覃帽遮面，極可能便是那凶手。

至於公孫雪說的騎馬沒有追上，就更加蹊蹺了。臨淄王李隆基酷愛馬球人盡皆知，對球杆、球服十分講究，更莫提最要緊的坐騎，連聖人都知曉李隆基好馬，每得了上貢的西域寶馬，總要讓這親侄兒先挑，整個洛陽城裡比他府上最好、坐騎更快的馬又能有幾匹？只消去那些達官貴人的馬房看看便知。

可薛至柔沒有切實證據，又如何能私闖達官顯貴的宅邸呢？難道還能有什麼辦法，讓洛陽城裡各個王公貴族把自己的馬全都交出來賽一賽，看看哪個跑得比公孫雪那匹更快？

通往最終答案的線索就在眼前卻無法繼續追查，薛至柔抓心撓肝似的難受。突然間，她心靈福至，竟當真想到了一個好主意：要說想比比誰的馬更快，這洛陽城裡不就有那麼一處好地方嗎？

這不想到還好，一旦想到解決之法，薛至柔頓時困意全無，輾轉反側直到東方泛起魚肚白方睡了過去。再醒來時，已近正午時分，太陽融融射破窗欞，有些刺眼，她撐著坐起身，頭腦仍一片混沌，便聽公孫雪的聲音傳來：「瑤池奉醒了？昨夜臨淄王府的馬車已將孫道玄接去了，他讓我給妳帶話，說他與臨淄王乃是故交，瑤池奉不必擔心。」

薛至柔方醒來頭腦還不大清醒，隨便點點頭，揉揉眼，只見公孫雪正跪坐在憑几旁，身邊還放著一碗已經放冷的湯餅，想來時辰比她想像中更晚。她立即不好意思起來，撓撓頭道：「昨夜一直想案子，天快亮才睡下，不想竟起得這樣晚，害得公孫阿姊好等……」

公孫雪笑回道：「瑤池奉一路奔波，休息休息算得了什麼？只是這湯餅坨了，婢待會兒再做一碗，眼下先幫妳梳頭吧。」說罷，公孫雪拿起一把月牙玉篦，扶著薛至柔的肩坐在妝檯前，跪坐下來，開始為她梳頭。

公孫雪如此，薛至柔不禁有些赧然：「阿姊與我同住一個屋簷下，並無尊卑之別，實在不必如此……」

公孫雪莞爾一笑，道：「既是同住一個屋簷下，又怎能不相互照拂？婢不懂查案、拿賊之事，老母與義弟之冤尚要指望瑤池奉，我能做的便是照顧妳的起居飲食，倘若瑤池奉不肯，我倒是當真無用武之地了。」

如今父母皆被陷害，家族失勢，不想還有人待她如此親厚，薛至柔感動之餘又添酸澀，說不出的感慨。

見薛至柔反應不對，公孫雪素手一滯：「瑤池奉怎的了？可是婢下手太重，弄疼妳了？」

薛至柔連忙搖頭：「不是，我是覺得，阿姊太好了……」

公孫雪輕輕笑道：「侍奉殿下數載，我這雙手早已閒不下來。如今殿下身邊我已留不住，妳在這洛陽城裡又缺人照拂。我既也打算在此安頓，自然不能白住。妳若覺得心有愧疚，她日我臥床不起之時，妳也來為我梳頭，可好？」

說罷，公孫雪莞爾一笑，暖如三春。薛至柔只覺心下有如冰皮始解，沮喪的情緒消了一大半：「昨夜我便聽唐二娘子說了，等這案子都結了，我阿娘也許我繼續開這靈龜閣，唐二娘子繼續搞她的丹華軒，姐姐則開舞舍。如此一來，這半個南市的流水，豈不都要入我們三個的口袋了？」

兩人說說笑笑，梳頭罷，公孫雪又搬來一副桌案與一臺盛滿水的銅鑑，為薛至柔洗面畢又盤髮更衣。

即將收拾停當，唐之婉忽然大開房門，探進個腦袋來：「哎呀，妳可真能睡，果然才醒！方才劍斫鋒來了，有三件事要我轉告妳：一是宮中內衛已將樊夫人移送大理寺三品院與妳阿爺一處；二是先前妳管他要的無名案卷，他已找到，都送到臨淄王府去了；三則是昨夜孫道玄去王府的路上遇到流矢襲擊，所幸人沒什麼事，目前大理寺仍在全城緝捕襲擊之人，讓我們無論是否出門在外，都要當心。」

聽到這一連串的消息，薛至柔的腦袋轉如陀螺。當真是聖人開恩，母親暫時與父親一樣被軟禁起來，估摸著一時不會有性命之憂。而將那無名案卷怎會突然交給了臨淄王？孫道玄又是遭何人襲擊？疑問實在是太多，她一時有些消化不過來。

「哎呀，還發呆呢！」唐之婉搧著涼風，一副火燒眉毛的模樣，「還有一件事，妳可千萬坐穩了。方才我家家丁來報，有消息說，前幾日韋后去了太平公主府上，好似正與太平公主商議，要為妳同薛崇簡賜婚呢！」

薛至柔如蒙晴天霹靂，登時有些懵懵然。昨日剛回洛陽聽說薛崇簡遭襲，她本想去太平公主府探望，誰料這廝竟要成自己賜婚的對象？

當初韋后傳懿旨，將她與唐之婉召回洛陽讀女學時，她便知曉韋后醉翁之意不在酒，於是才拜託了葉法善將她的學籍轉入崇玄署，想靠著女冠、法探和神婆這些旁人避之唯恐不及的身分，令朝中權貴的求婚者自己知難而退。如今看來，韋后竟是絲毫不理這一茬。

可韋后這又是為何？自己父母如今都被關進了三品院，給太平公主找這樣一門親家，難道不怕得罪公主嗎？

薛至柔回想韋皇后素日之手腕，只覺她絕非行為無狀之人。難道……從北冥魚案開始的這一連串意外事件，會與韋后有何關聯嗎？倘若有，她的目的又是什麼呢？

第三十六章　新仇舊怨

孫道玄沒想到自己才定下去臨淄王府，便在半路遭到暗箭襲擊，顯然這幕後之人早已盯上靈龜閣與臨淄王府不說，還很忌憚他們之間聯手。此番他雖無有生命之憂，卻不慎傷了面皮，因為身分經不起盤問，大理寺人來他亦不敢多說，眼下終於來到李隆基為他準備的房間裡，方卸了驢皮假面，看著俊俏面龐上那一道血痕，更擔心薛至柔的處境。

正胡思亂想間，房門忽被推開，來人正是李隆基，見孫道玄慌張掩飾，李隆基笑道：「無妨，我獨一人來的，昨夜你無大礙罷？」

孫道玄行了個微禮算作謝過，未再多說什麼。

李隆基並不介懷，逕自笑道：「莫怪本王唐突。那日在糠城一見，本王便對你的身分有所猜測。只不過當時附近多有武侯，本王不敢多問，恐怕引得你身分暴露。後來你又隨至柔去了陝州，本王亦尋不到你。不想你今日竟來尋本王了，可是遇到了什麼麻煩，需要本王相助嗎？」

孫道玄一向不擅長應對旁人的好意，頓了頓，神情雖是尷尬，也再不似糠城時那般無禮，嘴裡說出的話則是出自真情實意：「多謝殿下庇護，承恩感激不盡。」一說罷，孫道玄拿出玉佩，雙手遞給了李隆基。

李隆基接過，澄明的目光一頓，瞳仁的光驀地柔和下來，思緒飛至了十餘年前，再抬眼看孫道玄時，眼前的少年與記憶中的孩童重合。他好似被觸動內心深處最柔軟的一環，連說話的語氣都輕悄了幾分：「承恩……不錯，本王記得很清楚，當年孃孃有孕，你出生正逢道祖誕日，你父母極是高興，便為你取名『承恩』。」

「哪知竟是天生的煞星，」孫道玄接口，語調帶了幾分自嘲，「殿下見諒，若非實在沒法子，承恩絕不會來叨擾殿下……」

「你這話說的，當本王是何人！」李隆基一直明白，這些年孫道玄之所以對他避而遠之乃是因為怕牽連於他，「孃孃為護我母妃，遭人構陷暗殺。你父親更是為了我父王，持劍與人相搏丟了性命，若是定要說有人妨人，本王豈不是比你更甚？你若因此刻意與本王生疏，又讓本王之心何安？」

「我父母之舉，不過是身為護衛與女官的應盡之責，是相王與殿下仁厚，久久銘記於心罷了。那日在糠城所說的一切，亦是為我義姐公孫雪鳴不平，並非是我本人對殿下有任何不滿。但是眼下，至柔的雙親被羈押，又有歹人上門滋事，已是箭在弦上，我確實有一事相求……」孫道玄說著，微微探身低語兩句。

李隆基聽罷，不覺蹙起了眉頭：「這事若放在平常，本王即刻便能去辦，算不得什麼難事，可眼下正值萬國朝會，達官顯貴無一不有要職在身，恐怕……」

孫道玄聽了這話，晦色一暗，難掩失落之色。他此番來李隆基處，不單是為了不再拖累薛至柔，更是為了根據公孫雪的線索盡快鎖定凶嫌，不想李隆基亦沒有辦法，他只覺一籌莫展，絕頂英俊的面龐上滿是失落悵然。

李隆基心下虧欠於他，面上不動聲色，心裡則是在搜腸刮肚想主意。他到底是一等一的聰明人，很快有了法子：「不過本王倒是有個巧宗，這兩日，聽說皇后要為崇簡和至柔賜婚，倒是可以以此為由頭，只是本王不確定能否管用……」

孫道玄只覺頭腦一懵，李隆基說的任何話皆聽不見了。不想薛至柔尚在修道，她父母亦蒙冤在三品院，依舊抵擋不了皇后賜婚。孫道玄的心彷彿被響鼓重捶，頭腦一片空白，耳畔也漸起了嗡鳴。

自己與她確實別如雲泥，他心裡明白。

可明知是貪念，依舊無法斷絕，守不住，搆不到，忘不了，萬事皆如南柯一夢，甚至不如那一夢，如今只剩魂消骨散，庸人自擾罷了。

那廂薛至柔聽了賜婚的消息，急火攻心險些厥倒，惹得公孫雪又搧風又掐人中，唐之婉又灌茶又焚膏，險些把房子點了，方回轉過來兩分。

未成想情勢竟會往這個地步發展，薛至柔在房裡踱了十幾圈，決計不能坐以待斃，坐車去了公主府，叩門求見。

今日來太平公主府來得急，未送拜帖，好在公主不在也不算過於失禮。而那薛崇簡，前日裡被襲受了驚嚇，眼下將府上的全部小廝派出，裡三層、外三層結伴巡邏，陣仗簡直比萬國朝會還要熱鬧。

「什麼？玄玄來了？」聽聞薛至柔來訪，癱臥榻上的薛崇簡顧不得頭疼，詐屍似的從床板上跳將起來。不消說，韋后可能要賜婚之事傳出來後，薛崇簡也睡不安穩，既興奮又害怕，興奮的是多年夙願有了回應，害怕的則是薛至柔的態度。眼下她突然到訪，令他瞬間手足無措，趕忙穿衣，連圓領袍合領的扣子都手滑扣不上，正急急慌慌間，性子急的薛至柔已大步走了進來，薛崇簡尷尬又心虛地笑道：「玄、玄玄……」

小廝們先恐後退了出去，房中只剩薛至柔與薛崇簡兩人。

薛崇簡慌張理理鬢髮，賠笑道：「玄玄既要來，為何不遣人說一聲？我好準備下妳愛吃的。」

「說，是不是你搞的鬼？」薛至柔叉著腰，怒氣衝衝道。

見薛至柔一來就對自己興師問罪，薛崇簡滿臉無辜，嚇得結結巴巴道：「怎……怎麼可能，我、我真的什麼都、都不知道……」

薛至柔嘆了一口氣。她與薛崇簡相識多年，他確實不是會說謊的人，此時見他面色煞白，眼下烏青，絲毫沒有從前圍著自己時那副自戀神氣的模樣，想來他這幾日確實因襲擊受了驚，也著實可憐，語氣少不得軟了三分：「聽說你前日受了驚，特來探望探望。你可還好？青天白日的，屋裡頭站著幾十口人，你也睡得著？」

薛崇簡臉上一陣紅、一陣白，極是尷尬：「不，不是……玄玄妳不知曉，我並非膽小之輩，那日著實是賊人突然從巷子裡突然閃現，想要趁我獨自外出索我性命，那場面真真是嚇人的很吶！我這……這才……」

「不用你說，昨晚那賊廝也去了我的靈龜閣，應當與襲擊你的是同一人。」薛至柔漫不經心地轉轉手上的蓮花鐲，「確實嚇人，靈龜閣的門板子都險些要被他戳爛了。」

「什麼？妳沒事吧？」聽說薛至柔也受到了襲擊，薛崇簡急得團團轉，上下打量她三四番，確認她確實無事，方鬆了口氣。

「放心吧。後來幸好孫……我是說公孫姐姐，及時趕到，那賊人好似害怕被反殺，這才跑了。」

不曾想那賊人竟還想傷害薛至柔，薛崇簡將後槽牙咬得咯吱作響，恨不能抄起榻邊桃木劍跟那廝拚了：「玄玄無礙便好，但妳可千萬別掉以輕心。我這裡還餘出一些人手，今夜便派去妳那裡吧……」

薛至柔連連擺手，以示千萬不要：「我今日來，不是為著同你說這些……那日，韋皇后來，你可在場？關於賜婚，皇后都說了些什麼？」

薛崇簡沒想到薛至柔這「賜婚」兩個字說得如此順口，臊了個大紅臉，撓頭磕巴道：「啊，是……前日裡妳還沒回洛陽，皇后先是問我來著。她本就是我的舅母，關懷我婚姻之事也在情理中，說是查了我的玉牒和八字，問我可有中意之人……」

「你是如何說的？左不會說了我罷？」

「沒！沒有……」薛崇簡急忙解釋，面頰憋得通紅，「妳一直沒有點頭，我如何敢向皇后胡言。她也沒有追問，兀自尋我母親去了。」

「那太平公主呢？你們沒聽到她們一起說了些什麼，事後你母親總要來問你罷？」

這般被薛至柔追問可謂是生平頭一遭，看著她迫近的小臉兒，清澈如琥珀的瞳仁，薛崇簡可謂緊張至極，努力回想著能記起來的一切：「後來……母親來找我，說起縱便是她亦看不透此次皇后的意圖。畢竟，就算薛將軍與樊夫人入了三品院，在軍中的威望還是很高的。而我母親在朝中的人脈與威望亦不容小覷，若是我們兩家結姻親，母親雖暫時有些失顏面，實際則是在朝中根基更穩……」

薛崇簡說著，見薛至柔滿面愁容，心一橫，豁出去了似的剖白道：「玄玄，說到底，這婚事可大可小。妳不必擔心其中包含什麼陰謀，我對妳的心思，妳一向是知道的，我不敢說自己將來一定能有什麼出息，可我必定不會虧待妳。而我母親雖性情冷傲，但只要妳進了這門，她絕不會允許任何人欺負她的兒媳婦，圍繞薛將軍與樊夫人的那些是非，也能很快消散……」

薛至柔沒有應聲，眉尖始終鎖著，並未有分毫紓解。

薛崇簡見狀，薄唇一抿，將口邊的話壓了下去，轉而問道：「玄玄，妳怎的不言聲？可是有什麼顧慮？若是為著『同姓不婚』，則實在不必。我專程問了人，那《戶婚律》上說了，『外姻無服同輩可婚』。妳我郡望不同，又無服屬，輩份也相同，即便姓是一樣，也沒有什麼……」

薛崇簡說著，抬眼又看了看薛至柔，她雖未動，眼眶卻紅了，薛崇簡再不敢說話了，忙慌四下摸找著手帕。

還不等他摸到，薛至柔便騰地站起身，躬身行了個禮。

薛崇簡極是困惑，趕著起來扶她：「玄、玄玄，妳這是做什麼？」

薛至柔嘆了一口氣，依舊沒有起身：「公主是先皇與則天皇后唯一的女兒，聖人唯一的妹妹。我阿爺、阿娘即便不戴罪，我們亦不敢高攀太平公主府的門第，這是其一；關於『同姓不婚』，確是我誆騙了你，對此我向你道歉。但你我自幼相識，若是有與你成婚的念頭，我為何還要屢屢以此為藉口推搪，甚至於入了崇玄署當女道士？我的心裡究竟是如何想，你還參悟不出來嗎？這是其二；我父母如今雙雙遭人陷害，我亦被歹人盯上，看起來是形勢危殆不假，可我更不能因此就尋求公主庇護。有人造懸案對我薛家不利，我作為薛家的女兒，最應該做的便是破除懸案，捉拿主使。否則，即便同你成婚能令我父母重獲自由，加諸在他們身上的懷疑與猜忌又如何能洗清？這是其三。最重要的是……」

薛至柔默了默，抬眼望著薛崇簡，清澈明亮的眸子裡透著幾絲淺淺的迷濛，目光卻極是堅定：「我有了心悅之人。若是從前稀裡糊塗便罷了，眼下我既然已經知曉了自己的心意，便絕不會嫁與你的。縱使與你成婚有千般利好，我亦無法說服自己……」

這話一脫口，不單薛崇簡怔住了，連薛至柔自己都嚇了一跳。

這兩日她或是玩命去思考，或竭力放空，將諸事拋諸腦後，都覺得頭腦如一盆漿糊，未曾想被薛崇簡的赤誠表白一激，倒是說出了自己心中最真實的念想。

兩人皆被這一席話震懾，死一般的沉默後，薛崇簡眼眶一熱，差點滾出淚來，他忙閃身望向別處，裝咳掩飾自己的尷尬。

薛至柔見他這般，心裡不是滋味，可此時若是心軟了，恐怕還會讓他心懷不該有的念想，屆時再反悔只會令他更痛苦，還不若快刀斬亂麻來得痛快。

離窗外的梧桐花落了，北雁徘徊，亦將南飛。薛崇簡知曉，與薛至柔相識這些年，她或是明示或是暗示，也表達過怕母親，不可能嫁與他，可聽聞她有心悅之人確確實實是頭一遭，她雖古靈精怪，卻不會在這等事上誆人。

薛崇簡只覺自己好似就要碎了，心裡更怕她內疚，故作輕鬆道：「這……倒是第一次聽妳說。也不知……不知是誰家的混小子，竟有這等福氣？不過……話說回來，眼下妳爺娘都在三品院，一時也顧不得妳。妳的心思……我知曉了，我自不會強逼妳，也會同我母親傳達妳的想法。皇后盛情難卻，眼下……不妨先按下不提，好給妳爭取破案時間……」

薛至柔未曾想，薛崇簡的反應倒是比她想像的要成熟許多。看來在自己未見之處，薛崇簡也在不斷成長，不再是那個只知吃酒遊樂的富貴閒人。

薛崇簡讀出她眼神中的複雜情緒，忍著心酸玩笑道：「怎的？難道我求娶不成，便要與妳反目嗎？妳我好歹有多年交情，我們……總歸還是朋友罷？」

「當然。」薛至柔見他面色蒼白，嘴角卻噙著一抹笑，心裡說不出的難受，合著他笑著，旋即嘴角一彎，竟有些想哭。他對自己癡心多年，她卻無法回應他，還如此直白地拒絕了他，而他卻仍然待她如初，她心底多少抱歉，但亦止於抱歉罷了。

不論如何，能得薛崇簡這樣的摯友，薛至柔還是感覺十足幸運，她稍稍緩了情緒，復道：「其實我今日來，還有一不情之請。你若是願意便幫，若是不願……」

聽薛至柔如是說，薛崇簡從無限傷懷裡回過神來，毫不推脫道：「妳的事，我從前沒有願不願這一說，日後亦不會有。有什麼我能幫得上忙的，只管說便是了。」

九天閶闔開宮殿，萬國衣冠拜冕旒。萬國朝會在即，馬球賽作為朝會裡最吸引眼球的一環，尚未開賽便風靡京洛，甚至做馬球的牛皮都一售而空，仿若數百年前「洛陽紙貴」之景。城中各個馬球場皆被占用，各國球手皆奮力訓練，只盼能在馬球場上一展雄姿，為國添光。

紫薇宮北邙山下有塊空地，是年初，聖人命人在此辟土撒種，如今已是芳草依依，加之地勢高，比城中更舒涼，正是打馬球的好去處。

是日午後，暑熱退了三分，便見車馬蕭蕭，數十騎掣風而來，皆是鎏金鞍、鑲玉轡，絕非一般顯赫，不消說，正是李隆基、薛崇簡、李邕、楊慎交、武延秀、大門藝一行。

薛至柔的馬施施然跟在最後，待眾人方翻身下馬，她才下馬來，看起來一副悶悶不樂的模樣。

李隆基裹了裹手中馬鞭，笑道：「薛將軍與樊夫人受牽連進了三品院，為了給至柔寬寬心，我們崇簡特意備了這場馬球賽。且不說別的，單看看樹蔭下那一大堆果子涼茶，便知這小子是用心了。」

楊慎交拊掌道：「不單如此，還巴巴將我們尋來就為了打場馬球，供至柔樂呵樂呵。果然是要做夫婿的人了，當真體貼非常啊！」

看著哈哈大笑的眾人，薛崇簡心裡越發尷尬，邊和著眾人傻笑，邊望向薛至柔，見她不知在盯著什麼，並無不悅之色，方放下了心來。

薛崇簡有所不知，薛至柔根本沒有留意他們的談話，而是望著不遠處林下一個一閃而過的身影發怔。

平日裡不曾留意，今日方知孫道玄的身影與旁人是那麼不同，縱便他換了易容，相隔百丈，她依舊能認出他來。想必他應是隨臨淄王來的，不知是否與自己一樣，乃是為了鎖定最後的凶嫌鋌而走險。

這真相便如淵中池魚，越是接近，越是毗鄰深淵，稍不留神便會粉身碎骨。他想要護她，故而離開靈龜閣；而她想要快刀斬亂麻，故而單設此局，不想兩人還是在此間邂逅。與他相識以來，她便沒有過過一天的安生日子，短短月餘，竟比旁人八輩子遭的罪還多。可如今她竟開始懷念那些時日，每日醒來與他或是拌嘴，或是問案，這些看起來最為尋常的日子，現下竟成了她無比懷念的時光。

見薛至柔怔怔發愣，薛崇簡湊上來道：「玄玄，大家都準備換衣裳去了，妳也別發呆啊。喏，女寮在那邊，衣裳都備好了，知道妳不喜歡人伺候，便讓她們都守在門外了。」

薛至柔方要應聲，又見那幾位親貴笑得前仰後合。

李邕拍著大腿道：「哎呦、我說崇簡，你可真是懼內啊。這賜婚的旨意還沒下來，你便這麼護著，後半輩子可是要被拿住了！」

見薛崇簡面紅耳赤，武延秀含笑為他解圍：「你們可別這麼說，崇簡待我們這些阿兄、姐夫也很好，哪裡只是對至柔？時辰不早了，且別耽擱，快去換衣裳罷，我的球癮都要犯了。」

眾人這才笑著一哄而散，薛至柔也走入女寮，換下道袍，穿上爽利的胡服，轉身回到了球場上。

夏末時節，山上的風已帶了幾絲涼意。薛至柔遠遠看著那幾匹坐騎，心裡不住盤算。大唐有管理馬匹的太僕寺，所有馬匹皆要登記造冊，她已細細查過，若說有能匹敵臨淄王坐騎的，恐怕便都在此處了。只是……幕後凶嫌一向狡詐，一場普普通通的馬球賽，真能看出端倪嗎？凶嫌又真的在這些人之中嗎？會不會只是自己想岔了？

薛至柔的雙眼有意無意地瞟過那幾人，似是想看看有沒有那夜遇襲時，所見的賊人雙眼。見薛至柔時不時瞥自己兩眼，李邕不由笑道：「怎麼？毛丫頭，開妳和崇簡的玩笑，妳便惱了？若是的話，本王給妳賠不是。」說罷，李邕朝薛至柔一叉手，惹得楊慎交等人更來了精神，一個勁地說薛至柔護夫心切云云。

薛至柔懶得同他們爭論，只想著自己的事，由他們編排毫無波瀾。

看著這些書生意氣、落闊瀟灑的王公子弟，薛至柔實在不敢相信，他們當中會有人做局誣陷自己父母，害葉天師險些葬身火海，手上還沾著神都苑宮女、天竺轉世靈童以及凌空觀上百位逝者的鮮血。

不過，只要想到這偌大的世界尚有一人懂她的際遇，知曉她的堅持，薛至柔便覺得自己並非形單影隻。按照薛崇簡所說，辦這場馬球賽，他與李隆基乃是一拍即合，甚至許多東西都是李隆基備好的，可李隆基並不知曉案情進展到了哪一步，這一切必然是孫道玄的籌謀。薛至柔看不透他對自己是何心思，身無彩鳳，卻心有靈犀，既欣慰，又心酸，難以品鑑其中究竟是何滋味。

正思量間，李隆基一行亦換好了衣衫，薛崇簡所約的馬球隊也到了，正是數年前交過手的新羅球隊，帶隊的還是那位新羅王的外甥朴太理。如今他的官話說得越發的好，與眾人見禮後，含笑誇下海口：「各位郡王、駙馬，萬國朝會將近，我等近來也勉勵訓練，今日必定獲勝！」

大門藝不甘示弱，立即回道：「少吹了，看招！」

隨著奮力一擊，馬球賽即刻開始，眾人皆馳馬如飛，揮杆灑汗。薛至柔邊打球邊留神觀察，半晌下來，卻是一無所獲。

不消說，馬球比賽變數繁多，並不能簡單看出誰比誰的馬更快。加之倘若幕後指使真在其中，以那人的狡詐，見自己在場必定會加倍小心。薛至柔當然也知曉對方的盤算，所謂欲騙過敵人，先要騙過自己，她便暫且將諸事拋之腦後，沉心將球打好。

約莫大半個時辰後，大唐險勝，朴太理等人向眾人道了賀，約定待萬國朝會時再賽個痛快。隨後，眾人便去樹下歇息，品嘗薛崇簡早已備好的甘漿酪飲，未幾又有小廝抬上才製好的牛乳酥山，眾人飽食一頓，十足降暑，很快掃了疲累，又嚷著不盡興，要再賽兩局方休。

只是那新羅球隊已經離開，一時沒有對手，正苦恨無趣之際，忽然聽到一陣打馬聲，竟也是一支馬球隊，看服飾應是回鶻人。

李隆基忙上前去，邀請他們比賽，那些人倒也十足爽利，立即應允，往寮子裡換了衣衫，眾人便又迫不及待地打起馬球來。

風聲颯颯，駿馬嘶鳴，回鶻球隊胯下大宛馬颯遝如流星。而薛至柔等人的坐騎已現疲色，眼見速度與體力不占上風，分籌逐漸被拉開。李隆基急中生智，遂開始打高球，依靠默契與細膩的球法給予對方壓力。

回鶻球隊哪裡見過這等陣勢，傻愣了一瞬，瘋了似的去追，又將馬球截斷下來，傳回自己人手中。

武延秀手疾眼快，俯身一攬，將球截斷又傳回了大門藝處，大門藝揮杆一擊，衝著球門而去，卻偏了兩分，正拍著大腿懊悔之際，只見李邕快速馳馬上前一勾，球堪堪落入筐中，又得一籌。

眾人振臂相慶，回鶻球隊自然不大痛快。很快，眾人再開一球，李隆基等人發覺回鶻球隊馳馬迅速，球技卻有些粗糙，便以精湛技藝相剋。你來我往間，雖非沙場，卻是極為激烈，分籌交替上升，甚是焦灼。

眼見分籌要被唐人反超，而計時的香晷也將焚到盡頭，回鶻人不禁有些心急，畢竟萬國朝會尚未開始，此時敗北，實在有些晦氣。他們互相高喊了幾聲回鶻話，重振旗鼓，殺氣騰騰再開一球，果然再奪一籌。

這廂唐人血性亦被激發，這場馬球賽倒是有了幾分除卻遊樂外的意味。李邕將球開出之後，輕巧掃給武延秀，武延秀見兩側皆有人包夾，竟反其道而行之，突然勒馬，拉開距離方將馬球擊給了前陣的薛至柔。薛至柔眼疾手快，大力揮杆，又下一籌，將分籌追平。

回鶻馬球手們隱隱起了幾分薄怒，低聲嘀咕著，又轉為高聲嗤笑，不友善的目光在一眾人群中來回逡巡。

香晷將盡，回鶻重新開球，憑藉坐騎之猛橫衝直撞，大門藝等人連忙上前阻攔，卻阻擋不及，眼見就要將馬球推至大唐這邊的球門前，兩隊竟突然在門前陷入混戰，亂做一團，馬球則在一眾馬蹄下來回穿梭，竟一時間不知落到誰人腳下。

不消說，若是此時讓回鶻人將球打入，那麼勝者定然將是回鶻，可眼下大唐一方已然殺紅了眼，誰都不願輕易認輸。

薛至柔不覺有些傻眼，生恐這些人當真衝突起來。畢竟萬國朝會在即，切不能闖下如此禍端，正不知所措之際，不知何人大力解圍，那馬球竟突然從人群中飛出，直上雲霄。

兩隊人馬皆一愣，抬首望去，那飛上雲霄的馬球竟不偏不倚地朝回鶻隊的球門前落去。

一瞬間，在場的雙方都意識到勝負就在此刻，登時如離弦的箭一般，策馬朝遠在場地另一端的回鶻球門飛馳。大唐、回鶻兩隊十數人，前前後後擠在一起，竟幾乎成了整齊的一排。所有人都知道，此刻誰的馬更快，誰就能搶到馬球，或打入球門，替大唐贏下這場比賽；或將球解圍，兩隊握手言和。

薛至柔則清楚，自己一直以來等待的，就是這樣一個時刻，她琥珀色的瞳仁翕張，想更清楚的看到所有人的馬奔跑時的狀態，時光在這一刻好似放滿了許多，眾人爭先恐後馳向正在球門前落起落下的馬球，忽然間，有一人一馬以明顯快於所有人的速度追到那球跟前，先於跑在第二位的回鶻隊首與第三位的李隆基，大力揮杆將球打入了門洞。

看著那人的身影，薛至柔瞬間花容失色。方才所有人馬堆在球門前混戰，彼此距離不出一丈，而兩球門相距則有百丈遠，故而可以看做所有人皆是從同一起跑線出發。

以薛至柔在遼東軍中混跡多年對馬匹的熟悉，若是其中有人刻意壓著速度，她絕對能夠看出。因此她得以確信，方才大唐這邊除自己外追球的那五個人，毫無疑問都在全速馳馬。顯然，與回鶻這場比賽的慘烈程度，已令他們所有人都無暇他顧，也因此意外促成了這洞悉迷局的良機。

隨著一聲鑼響，大唐眾人無不擊掌相慶，千倍開懷之際，林間一個人影默默閃離，不消說正是暗中觀察的孫道玄。顯然，縱便他不會打馬球，此情此景也足以看出端倪。

薛至柔假意和著眾人而笑，心情卻分毫不輕鬆，反而越來越沉重。她極力壓制住握韁的左手顫抖，抬眼看向天幕。

夕陽漸沉，不知何時起了西風，風吹草低，或是被風吹透，或是被無情的真相擊沉，她周身發冷，忽然覺得這偌大的天地間，真相便如縹緲孤鴻，縱看得到，亦難觸摸，徒令人形銷骨立，暗恨叢生罷了。

第三十七章　秣馬厲兵

傍晚時分，臨淄王府的柏樹上隱隱傳來蟬鳴，時斷時續，似是在恨惱將至的秋。

侍衛們如往常一般在府中來回巡視，暑熱暫退，眾人神情輕鬆，談笑議論著下午那場酣暢淋漓的馬球賽。而在觀景池外的書房禁地，氣氛卻截然不同，臨淄王心腹死士守在其外，幾乎放不進一隻蚊蠅。

書房內，李隆基、孫道玄與公孫雪皆在其列，一少女面對眾人，聲音不大，卻透著毅然決絕。

「整個事情便是這樣。這賊人不僅裡通外國，透過北冥魚設計陷害我父親；還放火燒死凌空觀內數百人，險些令葉天師與孫道玄葬身火海；發現計謀不成後，又喬裝打扮，跟蹤我母親一行，毒殺天竺靈童，意圖構陷我母親瀆職。不單手段歹毒，行事亦十分縝密，甚至喪心病狂地將自己造的孽與孫道玄的〈送子天王圖〉聯繫起來。孫道玄本就狂傲，在京洛人緣不佳，縱被冤作凶嫌，也沒有人會為他說話。而至於嫁禍孫道玄的動機，則事關殿下生母竇妃當年之冤……」

夕陽即將沉下西山，徒剩點點微光，三人聽罷，神色各有各的沉重。

良久，李隆基方開了口：「此事非同小可，牽一髮而動全身，可有十足把握嗎？」

「當然！」一旁的不說，對於自己斷案的本事，薛至柔從不謙虛，「若無十足把握，至柔絕不敢貿然向殿下進言，除了他，根本沒有人能做下這個案子！」

李隆基神色複雜，苦笑一聲，語氣裡帶了幾分惱意：「當真是『知人知面不知心』。我與他雖談不上情同手足，到底也是一道長大的。未想到他無數次與我勾肩搭背，開懷暢飲，竟是當年害我母妃蒙冤的幕後黑手！我與他之間的種種可以按下不提，但大唐何時虧欠過他？論權勢，論受寵，他更在我之上。可謂是錦衣玉食，高官厚祿。未料他竟毫不知恩，陷我大唐於如此不利之地！」

見李隆基堅毅的面龐上低落難掩，公孫雪忍不住跟著難受起來，表面仍不過是從屬寬解主君的口吻：「賊人有如毒蛇，血是冷的，自然怎麼也暖不熱，殿下實在不必因他感到不快……」

李隆基抬起眼，望向公孫雪，神色緩了兩分：「尚不知殺害妳老母之人可與他有無瓜葛，不過妳放心，這件事我一直記在心裡，必會為妳報仇的。」

公孫雪只覺自己的心跳漏了一拍，她忙低下頭，規規矩矩行了個禮，不再言聲。

這條路既是自己所選，便只能與他漸行漸遠，畢竟情愛並非人生的全部，於她而言，王府的富貴亦遠不如廣闊天地更令人心馳神往，如今的種種苦澀也只能獨自品鑑。

孫道玄對薛至柔的說辭毫不意外：「只怕他從未將這天下，當做大唐的天下；只怕他從一開始，就想要的更多，殿下實在不必因此傷懷，眼下最要緊的，莫過於搜集證據，將他繩之以法。」

公孫雪回憶起那日在官道上追擊那人的一幕，忖度道：「婢曾受專業訓練，自認馬術不凡，那日追不上那賊人，我還納罕，不想竟然是他。若論及過往身世，此人與道玄確實是仇家，與殿下更是……」

李隆基暗嘆一聲，接口道：「多年前的舊事了，如今早已物是人非。自神龍以後，宗室中一直有著某種默契，便是不再提，這亦是皇祖母則天皇后去世前所希望的。否則以當年的情勢，皇室中的互相傾軋不知幾時能休，亦不知有多少親眷會喪命。只是沒想到竟有人表面溫良，實際暗下毒手。事到如今，他仍執迷不悟，挑釁於本王，損害我大唐良將英才，就莫怪本王不客氣。」

「只是未想到，孫道玄竟並非你的真名。」公孫雪乜斜孫道玄一眼，語氣中帶了幾分戲謔意味，「我們相識多年，在糠城比鄰而居，滿以為同你已經是知根知底了呢。」

孫道玄尚未應聲，李隆基便出言解圍道：「若論我們之中誰最為不易，當屬承恩。以他的身分，能好好活到今天，不被歹人滅口追殺，已是萬般幸運了。過往祕辛，不願宣之於口，也是出於自保的本能罷了。」

不得不說，李隆基這話說得很是入情入理，但薛至柔好似還是從他對孫道玄的真心袒護裡聽出了兩絲若有若無的醋意。想來雖很是冷靜成熟地選擇成全公孫雪的志向，心裡多多少少還是放不下罷。

眾人中，唯有孫道玄不曾被拉偏了話題，表情極為嚴肅，躬身對李隆基長揖道：「鄙人的名字，牽著血海深仇。殿下若能襄助我們將此人繩之以法，我必窮盡畢生本領，為殿下赴湯蹈火。」

李隆基拍拍孫道玄肩背，示意他快快起身：「若有十足把握，我恨不能即刻逮了他。可此人身分太過不同尋常，本王思來想去，唯有抓住萬國朝會之機，在聖人與各國使節均在場時，創造契口，將種種證據拋出，方能奏效。」

薛至柔的馬屁雖遲必到：「殿下果然英明！至柔以為此事不算難，只是要委屈殿下，配合我等演一齣戲。關鍵在於，一方面要引起聖人對孫道玄的注意，另一方面，要創造一個機會，令幕後之人不得不先下手為強。」

「妳的意思是，要以承恩為誘餌？」李隆基問。

「不，不是他。我需要大家為我創造一個機會，讓凶嫌在我身上故技重施，重現十幾年前殺害孫道玄之母那一幕。最好的機會，莫過於利用萬國朝會首日舉行的大唐對陣回紇的馬球賽。」

三人面面相覷，不約而同地脫口而出道：「不可！」

「我可以替妳去，」公孫雪提議道，「我有武藝傍身，即便對方要對我不利，也並不容易得手。」

「公孫姐姐武藝非凡，賊人也是知道的，只怕不會上鉤。而我縱然出身將門，武力值卻與平常婦孺沒有分別又是查案解謎的關鍵之人，知曉我釋放出可能手握其把柄的風頭，以對方的自負，勢必覺得殺了我方是上上之策，彼時命懸一線之際，才是我真正能握住他命門之機。」

「還是我去罷。」孫道玄瞥了薛至柔一眼，在目光流露出更多情愫之前匆匆收斂，又恢復了以往目空一切：「若要說激得他出手，還是我去，最為合適。我是他尋找多年的仇家，他肯定不會放過這樣的機會。」

「你確實是他苦尋的仇家不假，但與此相比，你有更重要的任務傍身。這一串連環案圍繞你展開，自然也需得由你到聖人面前揭發此人罪行。你的母親十幾年前遇害，被人冤作畏罪自戕，還牽連著臨淄王母妃當年被冤之事。只要你在，物證還在，總有沉冤得雪的希望。可假如你死了，無論是我也好，其他人也罷，都沒有足夠的立場重翻舊案，你與我父母，以及當年舊人的冤屈，便會真正無處訴說了。所以你記住，務必拿住賊人的把柄，將這連環案與當年的案子一道破了，縱便我死了，也會含笑九泉。」

得知真凶姓甚名誰時，孫道玄尚且能保持冷靜，但聽聞薛至柔竟是以必死之心前去與凶嫌對壘之時，他再也控制不住情緒，面色煞白，薄唇顫抖不休，連眼眶亦紅了起來。

不得不說，她的話很有道理，以賊人的城府與自負，薛至柔的聰慧柔弱無疑最能迫使他重走極端。但這也就意味著，薛至柔將瀕臨真正的死地，而後無限接近那塵封的真相。

孫道玄雙拳緊握，閉了閉眼，身子卻不可遏制地微微顫抖。十餘年來，他苦心孤詣追求真相，早已將生死置之度外，卻從未想過要以犧牲一個無辜女子的性命為代價。

更何況……這是他心上之人吶，是他縱便九死，亦不忍傷害分毫的人，又怎能眼睜睜看她為揭露蒙塵的真相而喪命呢？

但他又知曉，自己根本不可能阻止她，想必打從這念頭在心底生根，她便早已謀劃好了一切，反對的結局更會逼得她撇開他們，獨自展開行動。

孫道玄曾捫心自問，究竟為何會喜歡上薛至柔，為何不曾顯山露水，一經察覺便如滔滔黃河無可遏制？是因為她的嬌俏美麗嗎？誠然，她容色不俗，但在畫師的世界裡，美景永遠不止一處。那是在無數個午夜夢迴，他感覺到自己的心跳與她共鳴，感受到她仿若世上另一個自己，固執、膽大，為了真相可以拋棄一切，正是她的這種勁頭深深吸引了他，他又如何能去反對呢？

孫道玄雖一語未發，但看到他的反應，薛至柔只覺心中的某些懵懂情愫彷彿被嬋娟溪流點化開來，竟忍不住有些想落淚。她忙忍住情緒，對李隆基深深揖道：「懇請殿下答應至柔，依至柔所述之計行事。」

李隆基神色凝重，抬手示意，薛至柔便向眾人解釋了接下來的所有計劃。

眾人沉默不語，末了，李隆基嘆息道：「『天下之至柔，馳騁天下之至堅』，也不知薛將軍當年為妳取名時，可曾想過妳會有需靠一己之力力挽狂瀾的一日。妳的智謀，本王毫不懷疑，只是敵人強悍，務必小心。若有不虞，隨時知會本王，絕不會令妳孤立無援。」

事已至此，別無他法，孫道玄亦不得不接受。

公孫雪思量著開口道：「婢先前奉殿下之命，前去保護瑤池奉。前日瑤池奉遇襲，婢因牽扯養母之死，衝動追出，如今想來很是後怕。」

「本王明白妳的意思，」李隆基接道，「真凶尚未伏法，諸事不明朗，至柔的安危尤為重要。本王這裡有處偏宅，與王府相連，尋常不過是給嗣直玩耍之所，但極為安全，你二人可以先住在彼處。」

「可……我就這般住進了殿下府中，不會引賊人懷疑嗎？」薛至柔顧慮道。

「萬國朝會馬上就要到了，依聖人的意思，此次多半仍由本王主持。如今葉天師在養病，看風水的活計自然只能仰賴妳。留妳在此多有便宜，沒什麼不妥當的。」李隆基回道，「更何況，妳既是崇簡的未婚妻，本王便更要護好妳了，否則我那個表弟不知如何要與我算帳。」說罷，李隆基大笑起來，本以為是活躍氣氛的話語，卻無一人接腔，甚至氣氛彷彿落得更尷尬了兩分。

李隆基困惑尤甚，望向公孫雪。公孫雪的目光在薛至柔與孫道玄間逡巡兩圈，向他做提示，哪知他神色越加惶惑，她便只能無奈地撇撇嘴，垂眼看地不再言聲。

孫道玄終於幽幽開了口，打破了詭異的寧靜：「瑤池奉不必擔心，我與那廝暗地周旋十餘年，知曉他的心性，對於他而言，沒有證據的懷疑會令他更為亢奮，或許會對妳的謀劃有益。」

既然眾人皆認為這樣更穩妥，薛至柔便不再說什麼，向李隆基告辭後，跟著王府內侍向那處偏院走去。

翌日一早，聖旨果然降臨，命臨淄王李隆基為萬國朝會主持，薛至柔作為崇玄署博士負責朝會中所有道場。

眼見事情都在如自己所願的發展，薛至柔鬆了口氣的同時，亦有些悵然若失，問正在廳堂裡用早飯的公孫雪道：「姐姐的萬國蹈舞是哪一日？旁的不說，與姐姐相識如是久，姐姐的劍舞我可還沒看過呢。」

公孫雪笑回道：「待我的舞舍開了，妳還怕沒得看嗎？我可是連鋪子都選好了，就在靈龜閣對面，到時候可還要勞煩妳來給我算一算日子呢。」

薛至柔滿口應承，心情也似輕鬆了幾分，又聽公孫雪說道：「這鋪子是左右通連的，另一間……是道玄讓我幫他看的。買鋪子時候問他有何要求，他倒是坦率，只說要離靈龜閣近一些……」

薛至柔聞之一怔，顫顫唇，本想問她是何時說的，又覺得全然沒有必要。經過重重的人和事，他的心意，她已然明瞭。只是前路坎坷，未來似乎可望不可及，明明已身處現實之中，眼前卻不由自主地出現重影，直比讖夢還要恍惚。

正發呆之際，忽有一寺人氣喘吁吁跑來，站在廊下一叉手道：「瑤池奉，可否移步鴻臚寺別館？殿下有急事相商！」

聽到「鴻臚寺別館」五個字，薛至柔神色立即肅然起來，向公孫雪道別後，匆匆向別館趕去。

鴻臚寺別館坐落於宮城以西，神都苑以南。十幾年前，孫道玄的母親便被人吊死在別館的某棟樓內，其後別館便因各種原因廢棄下來。

眼下正值聖人新帝登基以來的第一次萬國朝會，來人格外之多，鴻臚寺的使寮與各國驛館早已不夠住，這別館便被重新徵用。但由於館區面積頗大，許多建築年久失修，只得先辟了靠近南門較為完好的十幾間出來，供各國來使居住。北面的則還需等工匠、女婢們一邊修繕一邊拾掇好後，才能供人居住。

此一番李隆基不單喚了薛至柔，還請了孫道玄一道前來。因為換了新的易容，孫道玄與薛至柔不曾同車，待下車後，兩人裝模作樣地見了禮，方隨著寺人走入了別館，及至一間寶殿，便見李隆基果然正坐在胡凳上等他們。

李隆基打斷了兩人的行禮，徑直說明了請他們來的目的，惹得薛至柔驚道：「鏤空鎏金紋彩馬球被盜了？」

李隆基壓壓手，示意她小聲些：「正是。此球由波斯進貢，以波斯鐵木鏤空成花形，卻能保持球的形狀，不僅韌性十足，彈性亦是極佳。球面上則採用鎏金工藝，並以波斯三色紋彩塗於其上，不僅樣式美觀，亦可起到經久耐用、保護花紋的作用。聖人見後大喜，便將其指定為本次萬國馬球賽御用馬球。球一共有六顆，原本都裝在這木箱裡。」

李隆基說著，打開案上的一個西域風格漆皮木箱，但見箱內的黃色織錦內襯上，只剩下六個碗狀的坑，顯然原本放在其中的馬球不翼而飛。薛至柔抬眼看了看箱上的鎖具，但見鎖扣已被人破壞，向內彎曲著。一旁的孫道玄立刻環視店內四周，發現靠北的一扇窗櫺破損，好似有入侵過的痕跡。

「殿下，這麼重要的東西，本應放在鴻臚寺，派兵把守才是。怎麼放在了守備稀疏的別館？」孫道玄蹙眉道。

「此事也怨不得鴻臚寺的人，是波斯使團裡有人犯了糊塗，誤把裝馬球的箱子與一名波斯使臣的行李箱弄混了，這才錯送到了別館這邊。由於是使臣的個人之物，以為沒有什麼貴重物品，故而未找人一直守著。」

方才薛至柔不停在細細查案鎖鑰被破壞之處，此刻又看了看窗櫺破損處，忽見草叢中似是橫著什麼東西，便立即招呼孫道玄道：「幫我去看看，那草叢裡的是什麼東西。」

「不愧是至柔，可是就有了眉目？」

薛至柔賊賊一笑：「殿下不覺得這球丟的蹊蹺嗎？」

「何以見得？」李隆基問。

「箱子被送錯導致掉了包，被掉包了箱子的主人尚且沒有反應過來，賊人卻先知道，還提前一步把馬球盜走，豈非過於巧合了？」

李隆基略一思忖：「妳的意思，是盜走馬球的人，刻意將這兩個箱子掉了包，好方便將其盜走？」

薛至柔尚未回答，便見大理寺差役押著一個衛官模樣的人走了進來，身後還跟著劍斫峰。那衛官看到李隆基，立刻叉手跪地，愧悔不已道：「屬下無能，未能護得西域進貢的馬球周全，請殿下責罰！」

劍斫峰一邊向李隆基行禮一邊解釋道：「此人昨夜負責鴻臚寺別館周邊的巡邏戍守，今天一早球發現丟失時，尚未交班。我等按律要將他羈押至京兆尹待審，不知殿下可有什麼話要問他？」

薛至柔見李隆基偷偷衝自己擠眼，便心領神會地發問道：「敢問劍寺正，別館外牆可有翻越攀爬的痕跡？」

「瑤池奉是不是又在心裡罵我等無能？這樣區區的盜竊案竟一直沒有勘破？」劍斫鋒半開玩笑半認真道，「這別館區面積頗大又年久失修，像是北側，便有好幾處院牆塌角，故而追查院牆有無翻越痕跡，並無意義。眼下大理寺已派出人手，一方面在城中追蹤可疑之人，一方面留意黑市是否會有類似物件流通。希望……能盡快查出端倪。」

薛至柔聽出言外之意，忍不住嘆了口氣道：「這可是要大海撈針了。」

「我尋到了這個，」孫道玄闊步從外走了進來，只見他用絹帕捏著一個碎木頭片，舉到薛至柔跟前。薛至柔連帕帶物接過，仔細端詳，發現上面有一面帶漆的地方與那窗欞上塗的顏色一模一樣。

劍斫鋒見狀，示意手下先帶人退下。待寶殿中只剩他們幾人，薛至柔復說道：「偷馬球之人恐怕並非外賊，而是內鬼。請殿下先看方才孫道玄從外面草叢中撿到的木片，上面的漆與窗欞上的漆顏色一致，顯然是賊人破窗時從窗欞上掉落的。可若窗戶是賊人從外入侵時破壞的，碎片應當落在殿內才是。為何會落在殿外的草叢裡？這是其一。」

接著薛至柔打開那空箱子，指著那被破壞後朝內彎曲的鎖扣繼續道：「再看這鎖扣，猛一看，的確像是被人大力掰彎的，可把這鎖扣往原本的鎖袢上一合，就會發現問題。」說著，薛至柔將那鎖扣慢慢往鎖袢上合過去，只見那鎖扣竟直直的抵在箱體上，無法同鎖袢閉合。

薛至柔解釋道：「若真是被人暴力破開，鎖扣當往外翹，怎麼會往裡彎？那只有一種可能，就是打開了箱子後，用隨身的硬物大力按壓所致。再結合方才我說的那個疑問……殿下，真相已不言自明瞭。」

劍斫峰也反應了過來，對李隆基一叉手道：「殿下，我去把昨夜管鑰匙的人叫來。」李隆基略微頷首，劍斫峰正要退下，薛至柔連忙向他使了個眼色，示意自己一會有話要說。劍斫峰微微頷首，隨即退了下去。

不曾想萬國朝會尚未開幕，便又出了這樣的事，李隆基揉揉眉心：「若是被盜的還有可能追回，若真如妳所說，恐怕一時半刻找不回這馬球了。只要大賽當日這六枚鏤空鎏金馬球沒有被用上，勢必令聖人蒙羞，萬國猜疑，再多申辯也是無用。」

「殿下今日喚我來，可是有意讓我復刻那四枚鏤空馬球嗎？」孫道玄問道。

「你的技藝，本王從不懷疑。只是……這些年你受了如是多的委屈，父母枉死，嗚冤無門，自己又遭陷害，性命危在朝夕，你可還願意……」

孫道玄微微一笑，疏冷的眉眼間寫著落闊坦然，道：「無論境遇如何，我從不曾怨怪大唐，如今有人不顧大唐國威，為一己私欲胡作非為，我若拿喬不肯，與他有什麼分別？只不過……無米難為炊……」

「有何需要，你儘管說來。」李隆基應道。

「波斯鐵木不可替代，否則定會被人看出破綻。我亦未見過那物什，殿下需為我尋來波斯鐵木做原材料，找個得力的工匠打製球體，找來一位熟記馬球樣式紋路的可靠之人，我便可在三日之內完成。」

「鐵木不是問題，隨使團來的商賈甚多，只要多花些銀錢，必能求得精品。至於熟悉馬球紋路之人，便莫過於設計那枚馬球圖案的波斯宮廷畫師，此次來朝他剛好就一同隨使團前來了，只不過他年歲已高，已不能親手描繪，只能靠你了……」

孫道玄對畫技追求一向是精益求精，為了筆鋒些許變化，時常入魔般刻苦鑽研，不但博采先賢之長，對西域等地的畫技亦有研究。聽聞波斯宮廷畫師前來，他由不得顯得有些興奮。

李隆基看出他的心思，提點道：「你如今身分敏感，雖說因為劍寺正幫襯，大理寺暗地裡已不再四處搜羅你，但賊人隨時可能會對我等下手，你務必要當心。」

孫道玄領命後，立即準備了所需的工具，高力士則奉命將緊鄰臨淄王書房的一座亭臺空出，搬來案几與墨寶若干。一旁院子裡的空地上，竟躺著三大根整顆樹幹運來的波斯鐵木圓木，木匠們手持大鋸，現場將圓木鋸為合適的大小，場面熱火朝天。

待孫道玄抵達後，迅速開始按自己的習慣布置現場。不多時，一波斯老者跟著一精通波斯語的同文館生一道被引至亭下，孫道玄與之簡短寒暄之後，立刻開始了作業。

要說這製造鏤空馬球的最大難點，還在於要將整個圓球鏤空，卻絲毫無損其韌性，不至於因為太薄被馬蹄踩踏或被球杆猛擊破碎，亦不能因為太厚實而飛不起來。那波斯畫師雖熟諳馬球的造型顏色，卻並不知曉其鞣製工藝。為此，孫道玄一口氣雕出了四、五個不同厚度的馬球，請臨淄王心腹連人帶馬前來測試，結果卻大大出乎孫道玄的意料：馬球要麼太薄而易碎，要麼太厚而無法靈活滾動，難以達到比賽標準。

孫道玄腦中飛快地思考著問題所在：若論外表，他仿造出的馬球已達到令波斯畫師挑不出任何毛病的程度。可這些馬球不是玩物，而是要實實在在上場比賽的。孫道玄曾見識李隆基等人與回鶻隊賽馬球的激烈程度，深知自己雕出的馬球無法承受住那樣的衝擊。

問題究竟出在哪呢？難道還有什麼他不曾留意的細節？

正值此時，堪堪康復的李嗣直領著一群侍女、小廝，在不遠處的草坪上嬉戲。只見那小小的人兒拿著一個竹篾編成的球形蛐蛐籠，在草坪上滾來滾去，甚是歡欣。而一旁的道路上，兩名雜役推著滿載廢木料的兩輪車經過，輪轂上的木紋清晰可見。

「有了！」看到這一幕，孫道玄若有所悟，「勞煩告訴木匠師傅們，把木料仔細地順著木紋，切成一指厚的木板，木紋切需平滑，避開一切蠹壞之處。再尋府中冬天所用的火盆與木炭，多多益善，再去市面上買些做竹筏用的竹材。差役小廝亦多請幾人，多謝！」

與此同時，留在鴻臚寺別館的薛至柔向劍斫峰說明了自己的計畫。劍斫峰聽罷，陷入了思考。

「其實，妳說的這個人，我也早有懷疑。後來在唐府辦案時，唐尚書曾給我看了兩份前線信報，我便更加篤定。可此事實在非同小可，即便透過大理寺上報，恐怕也只會打草驚蛇，我斟酌許久，尚未有所定奪。眼下妳說要以自己為誘餌，利用三天後的馬球賽，令此人對妳故技重施，可妳怎麼能篤信，對方就一定會上鉤，用與當年殺死王氏一樣的手段來殺妳呢？」

「因為，我瞭解他。」薛至柔淺淺一笑，隨即更正道：「不如說，是透過解開這連環案更加瞭解了真實的他。此人敢於用如此複雜的方式，設下這一驚天連環案，想必對自己作案的手法十分自信。碰巧這一次馬球賽的地點，就定在緊鄰這鴻臚寺別館的神都苑裡。以此人的品性，若知道我可能很快要揭露他不為人知的過往，必定會按捺不住，用那個十餘年都不曾露出破綻的作案手法，再度將我殺害。而且，孫道玄的出現，想必已挑動了他的心神，縱便一般人會害怕露出馬腳，他卻絕不是一般人，而是個內裡極度囂張的狂徒，他勢必會如法炮製，好證明自己是真正的天才。」

劍斫峰聽了這話，沉默良久，方下定了決心：「如此，我便無需再說。馬球賽當天，我會私下與同僚一道前來，在鴻臚寺別館北部的廢館區內埋伏好，加強監視。若看到妳與凶嫌，就暗中跟過去，伺機保護妳的安全。」

「嗯，還請劍寺正謹記，務必等此人布置好殺人手段，並離開現場後再來救我。我命不足為惜，一定要為大唐除此孽障！」

第三十八章 神工鬼斧

萬國朝會開幕前兩日，洛陽城中的氣氛既熱烈又緊張。

適逢盛會，許多人從各州道府縣趕來，神都洛陽所有的客棧、旅舍全部客滿，百坊三市行人滿眼，張袂成陰，揮汗成雨，比肩繼踵而在，極是熱鬧。

而盛陽背後，總有陰暗，葉蘭筆殺人案仍在繼續，甚至這幾日暫停宵禁後越演越烈，城中武侯幾乎傾巢而出，晝夜巡視不敢懈怠，又恐驚惹人群，見面不敢交談，只敢使三、五眼色，直顯得氣氛更加詭譎。

臨淄王府偏宅裡，晨光熹微，公孫雪身著一身軟紗齊胸襦裙，半跪在雕花木箱前，緩緩捧出一套裙裳。

她容色穠麗，神情則十分虔誠，初陽微光在她身上鍍了一層淺淺的金色，使得她整個人透出一種莫名的神聖感。她修長的指節緩緩撚過華麗如煙霞、輕盈如流雲的衣料，眼眶漸漸紅了，眼淚卻始終沒有落下來。

這是老母為她縫製的衣裳，她本就眼盲，這一針一線於她而言萬分不易，可這華服不單分毫不落下風，甚至稱得上巧奪天工。

公孫雪還記得，彼時老母雖瞎了眼，但精神頭尚好，做好衣裳那一日，她粗糙的雙手撫著公孫雪的雙肩，笑得無限開懷。

彼時是早是晚，究竟是嚴冬還是盛夏，公孫雪已然記不得，但老母手心的溫度，笑容與話語，她卻記得十分清楚：「我們阿雪最好看了……舞劍姬又如何？人貴自重……只消自重，旁人便永遠輕賤妳不得……」

公孫雪忍了又忍，眼淚還是不可遏制地滾落，她連忙抬手拭去，又噙淚笑了起來。是啊，老母所說的不錯，縱便身分低微又如何？只要長劍在手，碧落蒼穹，又有何處不可達？

想到這裡，公孫雪將裙裳輕抖開來，起身胡旋兩步，那輕如嬋娟的華麗裙裳便萬分妥帖地穿在了身上，襯托著她嬌美的面龐，有如巫山神女，只可遠觀而不可褻瀆。下一瞬，只見她眼底寒光一凜，動作極其迅速地拔出雙劍，凌空後下腰，姿態完滿若新月，長襟飄若驚鴻，劍氣凜然若清暉，柔中帶剛，動靜得宜，下一瞬，她又倏然躍起，浩浩若飛，雙手極其靈巧地一轉，雙劍便又萬分穩妥地收入了囊中。

兩日之後，她將代表大唐獻舞，倘若老母泉下有知，定會含笑九泉，而他們約定好的決戰，亦在彼時了。

與此同時，臨淄王府上，孫道玄復刻馬球的工序正進行到關鍵時刻。十幾名差役在王府後院的池塘邊一字排開，將手中鏤空成網狀的木板按在水中，保持著全部被水浸沒的狀態。

而另一邊，易容妥當的孫道玄帶著幾名木匠，用力將因浸泡而變軟幾分的鏤空木材鞣製成球殼狀。

眼看距離彎曲過後的兩端榫卯閉合還剩數寸，孫道玄一面命人繼續將水醋不斷滴在木材上，以加速木料的軟化，一面使出全力，加速榫卯閉合。

隨著三聲「咵嗒」，榫卯終於閉合上，孫道玄興高采烈地舉起一個閉合完整的鏤空馬球對眾人道：「好了一個！快！用繩子吊到火上烤，小心不要太遠，也不要太近！」

一旁的閣樓上，薛崇簡正與薛至柔邊走邊閒話，見這邊孫道玄折騰了一日一夜仍只做出一個馬球，還連色都沒上，薛崇簡不免有些擔心，憑欄眉頭微蹙，嘟嘟囔囔道：「表哥也不知何處找來這麼個匠人，可靠與否，要知道，後日一早便是萬國朝會了，眼見他鼓搗來回，竟只做出了這一個！猴年馬月才能做出六個來？若是那鬼手孫道玄在就好了，只是他性子傲，也不知肯不肯幫忙……」薛崇簡說著，似是極為苦惱，抬手搔搔頭髮，清澈英俊卻不大聰慧的面龐上滿是愁楚，長吁短嘆個不休。

薛至柔本也有些心焦，此時卻被他逗得忍俊不禁。在這樣向死而生、緊張非凡的氣氛之下，有這樣一位單純的友人著實算是件好事。但也是因為他藏不住事，孫道玄的身分，與他們的計畫，她都未曾告訴他。

孫道玄這兩日的不易，她看在眼中，急在心上，卻全然幫不上忙。今日一早，她便悄悄問了那波斯畫師，得知那六個馬球光是鞣製，就花了近一個月時間。孫道玄能在兩天內做出一個像樣的，已算是鬼斧神工了。想必萬事開頭難，後面應當會越發得心應手。

正胡思亂想著，又聽那薛崇簡磕巴道：「玄、玄玄……呃……昨日，皇后又請我母親入宮，說起萬國朝會將至，想在彼時為我們賜婚，一來是更添喜氣，二來也是為了薛家的聲望，雖說妳阿爺、阿娘在三品院，遼東的軍威仍在，待查明一切總會放出來，眼下定這門親事，可以穩定軍心……」

薛崇簡說著，見薛至柔不應聲，忙保證道：「妳……妳放心，話雖是這麼說的，但不管母親出於何等考慮，我一定……抵死不從。」

薛至柔回過神來，見他如此惶恐，忍不住「噗嗤」笑出了聲來：「你不必如此緊張，萬事尚無定數，走一步、看一步就是了，何苦眼下就憂心忡忡呢？」

話雖如此，薛至柔心裡想的卻是兩日後不知能否活命，畢竟……歹人陰狠之極，倘若她這條小命保不住，糾結這親事又有何意義呢？

臨淄王府前廳，李隆基正陪著前來收那六枚馬球的內官喝茶敘話。

「辛苦李公公明日再來一遭，明日來時，本王定將六個馬球成品交給公公。」李隆基行了個微禮，神情十分懇切。

那內官忙避席，口口聲聲說不敢，嘆息道：「殿下呀殿下，世上可沒有不透風的牆，縱便那波斯畫師不言語，配合殿下仿製馬球，但這馬球總交不上來，總會引起別有用心之人的猜測。眼下若認罪，不過是監守不利，但倘若拖到馬球賽上拿不出，那可就……」

「請公公放心，必然拿得出。」李隆基雖不懂其中機巧，卻時常與孫道玄溝通，胸有成竹，「本王可以向你保證，絕不會耽誤萬國朝會。退一萬步說，縱使當真拿不出，本王亦會一力承擔，絕不牽連公公。」

見李隆基拍著胸脯作保，這內官也不好再說什麼，又道：「還有一事，聖人命洒家代為傳達：明日的開幕馬球賽後，依禮便要在宮中大宴諸國使節。歌舞酒宴之事，宮中皆已備好，只是光是飲酒看舞，未免落入窠臼，約莫半年前，聖人便想要尋一畫技精湛之人，於席間歌舞聲中當場作一幅巨畫，好令各國使節為之一震。彼時安樂公主向聖人舉薦了那什麼孫道玄，那廝性子雖怪，畫技著實不凡，聖人便應允了。哪知道他竟接連做下大案，眼下人也不知死到何處去了。殿下一向受聖人信賴，又擅鑑賞書畫歌舞，不知是否有合適人選舉薦？」

這兩日李隆基本還在籌謀如何能將孫道玄帶到御前，不想竟有這送上門的好事，他著實愣了一瞬，方回道：「啊……這……人選並非沒有，方才公公也看到了，為本王仿製這馬球的畫師，便算是個人才。只是比那孫道玄……恐怕也還是要差些……」

「哎呦，我的殿下啊。」那內官聽李隆基如是說，急得夠嗆，雙手握緊小拳，「眼下是什麼關口了？哪還顧得了比不比得上那瘋子？只是一條，洒家需得提醒殿下：畫技縱便不是出神入化也無妨，但務必是可信之人，帝后安危，決不容有半分閃失……」

「公公請放心，別的不說，此人原是本王請來教嗣直作畫的，本王對他知根知底，他斷不會做危害聖人之事。」

「既有臨淄王殿下作保，洒家便放心了。」說罷，內官復向李隆基一禮，「先容洒家告退，明日午時，再來叨擾。」

「公公慢走。」李隆基送內官離開，轉身一瞬，顏面上的笑容戛然而止，眉頭微蹙，連目光也變得深邃起來。萬國朝會，無論於他、於薛至柔還是孫道玄，都已成為一場搭上性命的豪賭，但他們幾人的安危與大唐的國祚相比，又能算得了什麼？

今早，東前線向兵部發來線報，突厥同百濟復國勢力，已決定在萬國朝會開幕當日，對安東都護府發起內外夾擊。眼下安東都護薛訥與樊夫人尚被困在三品院，遼東前線十萬大軍僅由薛至柔的三個哥哥分別率領，能否抵擋住老奸巨猾的突厥軍團劫掠進攻，尚是未知數。一旦安東都護府失守，唐軍就將失去關外的最大戰略支點，不得不全面退守關內。而這也將意味著，薛家三代人自太宗時起為大唐浴血奮戰得來的遼東之土，將因此而盡數葬送。這對大唐未來的國運意味著什麼，誰都無法預料。

萬國朝會當日。

已是五更天，朝陽初升，蔚藍色的天幕上萬里無雲，已是夏末初秋，足下之地退了幾絲燥熱，頗為秋高氣爽。

定鼎門前朝天闕，萬國使節隊伍自此入城，穿街過巷，波斯、回鶻、天竺、大食、東瀛、新羅……花車一隊接一隊駛過，使臣們皆身著本民族禮儀服飾，盡顯異域風情。

唐人好馬球，今日亦以馬球會友，故而緊跟使團的，正是各國馬球隊隊員。他們身著本國戰服，騎著高頭大馬，身姿挺拔，四肢健美，一看便知必是身經百戰。

此等盛景數十年難得一見，儘管沿途每三步便有一飛騎營士兵戍衛左右，洛陽城的百姓們還是將道旁為數不多的圍觀位置擠得水泄不通。看到走馬燈似不斷走來的各國使團佇列，百姓們熱情地揮手歡呼，盡情享受著歡喜氣氛，全然不知千里開外的安東都護府正面臨著一場鏖戰。

神都苑內的馬球場，大唐與波斯馬球隊員已提前開始熟悉場地。幾名侍衛抬來一口裝飾華麗的大箱子，打開箱蓋，但見六個錯彩鎏金的鏤空馬球靜靜躺在其中，非一句巧奪天工無以形容其精美，不消說，正是出自孫道玄之手。

早早來到現場的大門藝等人，看到如此精美的馬球，早已按捺不住，立刻掏出一個球後紛紛跨上戰馬，到場地上試起了球感。

到此刻，李隆基終於暫且鬆了口氣，但想起遼東的局勢，又禁不住有些不安，正踟躕之際，忽聽人喚道：「三郎！這球好生順手！看招！」

李隆基這方回過神來，見正是一臉興奮的武延秀揮杆將馬球擊打過來，他微微一笑，抬杆輕鬆接下這一球。

「快，三郎，快傳過來！」虢王李邕早已按捺不住，連連揮球杆致意。李隆基遂將球大力傳至球門前，李邕和楊慎交兩人都打馬至前，並肩爭搶這個球，最終由楊慎交打入球門中心的網袋中。

「此球又輕又韌，彈性又好，打起來真是痛快！今日我大唐必定要大勝而還，贏得萬國馬球賽的頭彩。」武延秀說著，策馬近前來，對李隆基道。

「若真如此便好了。可若是不能如願，你我可得做好下半場替換上陣的準備。」說罷，李隆基拍了拍武延秀的肩膀，以示勉勵。

「那是自然。我等不就是為了做最後的保險，這月餘以來才一直操練不斷的嘛。」武延秀笑道，「只是這殺手鐧，還是要留到不得不用的時候。」

此時，恰逢李邕與楊慎交勾肩搭背地抱著球走了回來，同樣是對這球一通讚不絕口。

李隆基笑道：「好了，咱們快把場子讓出來。可別自己熱了身，卻耽誤了馬球隊演訓，那可就是捨本逐末，得不償失了。」

待到晌午吉時，萬國使臣集結畢，聖人李顯、韋皇后與安樂公主在萬人矚目之下落座，神都苑馬球場上登時歌舞昇平，筵席開宴。

只是眾人並未發覺，在聖人看似平靜寬宏的表像下，似乎藏匿著兩分焦灼，應是與安東都護的兵患有關。

「哇！那便是安樂公主嗎？長得真好看呀！」席間，兩位略懂大唐官話的異國小王子和公主看到高臺上坐在聖人一側衣著高貴，容色豔麗的女子，不住地驚嘆。

安樂公主年歲與李隆基相當，天生麗質的她，自出生以來便頗受父母偏寵，如今地位顯赫，遠勝於其他皇親國戚，竟能與聖人、皇后同排而坐，她本人亦十分享受萬眾矚目的感覺，見高臺之下各國使臣不住伸長脖子望向自己，她嘴角泛起一絲淺笑，神色越發驕矜起來。

在這皇家正朔的三人兩側分坐的乃是李隆基之父——安國相王李旦，以及聖人與相王之妹——鎮國太平公主。李旦時年四十餘歲，身形偏瘦，面容則是與李隆基如出一轍的冷然。而一旁的太平公主則是華貴豐腴，端坐高臺上，猶如一尊大佛般沉靜。

往下則是諸王公主之席，皇族宗室依照五服之序由近及遠。首先是李顯之子、溫王李重茂，被安排在右側最為居中的位置。武延秀作為安樂公主的駙馬，則僅次於溫王。一旁則是長樂公主駙馬楊慎交，虢王李邕作為唐高祖李淵玄孫則坐得更遠些，而李隆基及其四個兄弟則位於對側，靠著李旦依長幼之序落座。

再往兩邊則是文武百官，德高望重的兵部尚書唐休璟坐在頭前一席，神色有些凝重，旁人不知曉兵部機密，只以為他大病初越身體尚不康泰，皆是多多勸他珍重身體，唐休璟應著，轉頭看看身神色歡愉的眾武將，心裡說不出是何等滋味。

場地正中的席位至此而止，再往兩側就是諸王百官家眷的散席了。由於萬國朝會盛況空前，渴望前來參會的家眷自是不少，但神都苑的場地畢竟不是無限大的，儘管席案排布得密密麻麻，也只能容下數百人，何況還有諸國來使。

大唐的席位坐北朝南，獨占了馬球場的整整一個長邊，另外三邊便留給了使團，使節在首，其他隨員依官位大小前後排序，依次落座。神都苑的馬球場本一點都不小，如今卻被酒席四面包圍，更有萬名宮女、童子低頭穿行於席間苑中，給客人斟酒、傳菜、上菜。七千禁軍三步一崗，五步一哨，持戟而立，盡顯大唐兵士威武莊嚴之勢。此等盛況空前，耗費的人、財、物，恐怕當世只有大唐方能負擔。

馬球場上，數百舞姬正隨著鼓樂整齊劃一地翩翩起舞。公孫雪作為熱場表演中壓軸出場的舞姬，正坐在伶人區休息等待。這裡稍稍遠離場邊，且沒有筵席，取而代之則是兩個大大的帳篷，由男女樂工、舞女共用，不僅可以更衣，還可存放服裝、樂器道具等物。儘管如此，尚食局的人依然在入口處派人分發胡餅、蒸糕等易於攜帶的食物，以及從水井舀上來的清涼井水。然而，公孫雪卻無心吃喝，既為即將到來的表演，亦為薛至柔等人捏一把汗。

這樣的歌舞昇平，這樣的物阜民豐，確實需要有人去守護。公孫雪未曾想過，自己曾為刺客，有朝一日竟也能為大唐出一份力，而起初她曾欲刺殺的小丫頭，竟然願意犧牲自己以求取一個沉重的真相。

帳外是極致的熱鬧，公孫雪一如往常地獨坐著，與這氣氛似乎格格不入。但她心裡知曉，她再也不是煢煢孑立的獨一人，在她身後，有親人、有知己，甚至今時今日，她這一柄長劍映出的不單有萬國注目，更有整個大唐。

這國宴的筵席共分九盞，前三盞需賓主同飲。酒過三巡後，聖人李顯、韋皇后與安樂公主先行退至後面的廡殿裡乘涼。

親眷所坐的散席間，薛至柔喝了三盞酒，只覺胃痛難忍，額角也開始滲出層層薄汗。

並非是酒水有什麼問題，而是她自小就有個毛病，只要一緊張，便會胃痛難當，彼時只要母親要考驗她的武學就會發作，直至她靠本事當上了母親的「師叔」方好轉，算起來，也有七、八年未犯，今日一緊張，又不可遏止地發作起來。

薛崇簡看出薛至柔不適，忙帶她離了席，未幾，唐之婉也跟了上來，三人來到公主府管事早早占好的涼亭，薛崇簡從小廝手裡拿來兩個寒玉枕，分別遞給薛至柔與唐之婉：「玄玄，妳身子不適，就跟唐二在這裡歇著罷，我先去接劍寺正和表哥的人進苑了。」

薛至柔不言聲，只含笑點了點頭。倒是唐之婉嘁笑一聲，對薛至柔打趣道：「我還以為聖人與皇后要為你們賜婚了，這才巴巴跟過來，不想竟是來躲涼快的，罷了罷了，我也跟著歇一會兒，這一早上四處叩頭還要挨曬，簡直要累死了我！」

薛至柔如何不知道，唐之婉必是看她不適，這才專程跟了出來，但她並不能告訴這位摯友，她即將奔赴自己人生中最大的危機，生死之變不過眨眼之間。

看著眼前言笑晏晏的唐之婉，薛至柔一時有些恍惚，抬眼掃了掃正中看臺的方向。不消說，此一身重任在肩，需得時刻盯緊目標，伺機行動。

不過打從方才開始，薛至柔便感覺自己亦被人監視著，無數次她回過頭去想要探究那道目光，這種異樣之感又會倏爾消失。如此循環往復，令薛至柔頗感困惑。

她本以為自己已望穿深淵，不想自己亦被深淵凝視，自甘陷落，又要如何逃出升天。

第三十九章　虎尾春冰

約莫大半個時辰後，筵席將散，眾人酒足飯飽，興致昂揚。

聖人與皇后重回席間，南面而立，尚未發一語，神都苑這泱泱數千人逐漸安靜下來，眾人無不翹首而立，期待著接下來的環節。

未幾，隨著一聲鑼響，簫管並奏，由遠及近，樂工號令齊整，引得萬鐘齊鳴。無數身著彩綢的舞女紛至遝來，如瑤池仙女，一肌一容，盡態極妍，長袖善舞，遷延顧步，既有清麗婉約，亦有大氣端然，盡顯大唐萬里河山之美。

然而盛陽之下，亦有陰影。伶人區候場處，有一頭戴紗巾、露著纖腰的波斯舞姬跪倒在地上，口中嘔個不休，她本應在公孫雪之前上場，可今日也不知怎的了，甫一到場便嘔個不休。

眼看開場舞即將結束，她卻仍然沒有恢復，任憑急得團團轉的奉御給她圍了各種壓穢氣的藥丸，皆無好轉。

為了諸事應對得宜，作為司儀的李隆基早早在伶人區旁設下桌案，好應對諸多意外。眼看這波斯舞姬不中用，李隆基不得不命人告知樂師，待開場舞結束後，跳過波斯舞曲，直接進入公孫雪的劍舞。

公孫雪獨自等在帳中，本平靜如水，被突如其來的事情一攪擾，竟如明湖落巨石，心底掀起了層層波紋。過去的十幾年人生裡，無論是面對山中的虎豹熊羆，還是那暴雨之夜的殺手，她始終沉定，此時心裡卻是說不出的空落落，雙手交握，指尖微涼，甚至微微顫抖起來。

是啊，人在精密計畫某些事情的時候，總是害怕橫生枝節，此一番薛至柔的計畫裡公孫雪亦在其中，雖無關破案，卻也是重要的一環。不想忽然橫生枝節，真不知是意外還是人為，公孫雪只覺一派茫然，正不知所措之際，帳簾忽然被掀開，她抬起眼，只見逆著光影走來的不是旁人，正是李隆基。

「就要上場了，都準備妥當了罷。」李隆基含笑問道，「本王可是許久未見妳的劍舞了，今日定要一飽眼福。」

公孫雪故露驚訝之色，嗔道：「殿下先前不是說了，我的舞不夠大氣雄渾，上不得大檯面，今日怎的……」

李隆基的眼底閃過一絲惑色，繼而像是想起了什麼，哈哈大笑起來：「妳倒是記仇得很，當時妳初入王府，滿身殺氣，本王若不如此說，妳又如何能沉下心練舞呢？」

「可難道殿下要我入府，當真是想讓我做舞姬嗎？」公孫雪琥珀色的瞳仁裡帶著三分戲謔，戲謔之後則是無法掩藏的在意。

李隆基也不由正了神色，認真道：「自然不是。要妳進王府，本是因為本王缺一個影衛而非舞姬。其後……本王便不想讓妳再做影衛，亦不想妳再做舞姬，這心思妳知道。但本王以為，妳離開王府，正是為了成為這天下最好的舞姬……」

公孫雪一怔，品出了李隆基的言下之意，忍不住眼眶一紅：「殿下……」

「這些年妳為練舞，吃了多少苦，本王皆看在眼裡。這世上並無太多完美，但妳舉手投足間練就的風骨，絕非常人可以達到。本王雖舉薦了妳，但倘若妳並無出眾之才能，是斷然不可能脫穎而出，最終站在這裡代表大唐的。至於至柔那邊，她既如此信妳，必是看出舞池這方丈地便是妳的乾坤，妳只需一如往常，無需有任何負擔。本王……期待看到妳的蹈舞。」

公孫雪未想到，自己不發一語，李隆基竟懂得她的心思，拾起一雙寶劍，含淚對李隆基一禮。

她身量纖嫋，姿態輕盈。然而這一禮，卻似有千斤之重，彷彿凝著公孫雪對李隆基的複雜情思，既有在生死關頭拉她出無常會的恩義，亦有琴逢知音的幸甚，更有對於他難以說出口的諸般情誼。她素來冷若冰霜的眼眸裡湧動著從未有過的情緒，又透著幾分決絕，好似她並非要提裙翩躚，而是要奔赴沙場。此情此景下，李隆基也不由有些恍惚，彷彿此時面對的是永別。

還不待他張口說話，便見公孫雪抬眸一笑，回轉過身，掀簾走出了帳子，明豔的面龐上諸般情緒盡掃，手持雙劍，趨步走上了高臺。

玳管聲起，隨著〈蘭陵王破陣樂〉的曲調，公孫雪身披霓裳羽衣，動如驚鴻，後下腰凌空一躍，雙劍指天。再起身時，眾人竟發現她姣美的面龐上不知何時配上蘭陵王佩戴的面具。只見她時而左突右刺，仿若與敵周旋；時而俯身前衝，好似千里奔襲；時而後仰如料，筋斗連翻，躲避敵人來襲。

隨著樂聲轉疾，金鳴鏗鏘，公孫雪一招一式越發凌厲，不過一纖纖女子，方丈之地，竟有萬里赴戎機，關山度若飛之勢。這天氣本就炎熱，烈日當頭，整個場地卻是鴉雀無聲，唯剩鼓樂鏗然，數千來賓無一人尿遁，無數雙眼一眨不眨，牢牢緊盯著那場中的一抹身影。

忽然間，樂聲驟停，公孫雪摘下臉上的面具拋出，隨即如同突然失重一般，雙劍「噹啷」墜落。而她亦如斷了線的風箏，在洪波中掙扎。

從方才開始，薛至柔一直在聚精會神地看著場中蹈舞的公孫雪，此時不禁為她捏了一把汗。她知道，公孫雪乃是為了表達戰無不勝的蘭陵王在沙場上露出真容後，眾人對他的質疑。而公孫雪此時的表現，直比數次排練時更加豐富，她的雙劍已被棄在一旁，將身體舒展到了極致，每一寸肌膚，每一個表情皆在訴說故事。令眾人皆看癡了，甚至連樂師皆忘了踏點時間。不消說，她正是為了搶回那波斯舞姬棄演的時間，好令薛至柔的計畫能按照初始設定嚴絲合縫地進行下去。

觀眾席上，薛至柔眼眶通紅，心情直比那磅礴壯麗的〈蘭陵王破陣曲〉更加激昂。能走到如今這一步，他們每一個人都已踏過太多死地，除了一往無前外，再無其他選擇。

隨著終曲最後的音符奏響，全場歡騰。上至聖人、皇后，外至各國使節，都對這一舞讚賞不已。公孫雪喘個不休，終得長長舒了口氣，方才她確實用盡了全力，中間曾有好幾處關鍵銜接處，她都選用了最高難度的那一種，既為了薛至柔與他們的計畫，為了老母，更是為了她自己。

此時，她不由自主地將目光投向了看臺上的薛至柔。縱隔百丈之遠，紅塵滾滾，彼此間的默契依舊毋庸置疑，片刻後，薛至柔斂回目光，仍是一副胃痛難當的模樣，眸色卻比方才更加篤定。

她瞇起眼，看看太陽的方向，心道決戰的時候，就快要到了。

與此同時，神都苑大門處，孫道玄正面臨著迄今為止最大的考驗。

大理寺從未解除對他的通緝，故而他如今的身分，仍是朝廷欽犯。而萬國朝會的戒備守衛乃是最高品級，尤其是對於並不持有魚符的隨員一類，不僅從頭到腳都要搜一遍，還要看是否有變裝易容之人，即使有薛崇簡這樣的人作保，也不例外。

搜完了劍斫峰，侍衛將目光轉向孫道玄道：「你，過來。」

看著一旁不明所以的薛崇簡，劍斫峰不禁為孫道玄捏一把汗。他曾想過讓孫道玄待在苑外，待劍斫峰鎖定了凶手，再設法與孫道玄匯合。可凶嫌此後將往何處乃是未知數，這想法自然並不可行。

況且，從此前孫道玄遇襲來看，他的身分早已暴露給那凶嫌，若是讓他一人落單也會有危險。最重要的是孫道玄自己的態度，無論如何勸，他都始終堅持要與大家一起行動。劍斫鋒早看出他與薛至柔間怪怪的，明知勸阻無用，索性遂了他的心意。

「你這臉是怎麼回事？」搜完孫道玄全身，侍衛看著孫道玄的臉質問道。

雖然換了易容，但這張臉細看還是能看出與常人不大相合之處，劍斫峰的手默默攥了攥拳。他已準備好，若是孫道玄的偽裝被衛兵識破，他便動用大理寺正的職權，將他說成聖人委託給他負責的祕密證人，要帶到聖人身邊去。至於能否蒙混過關，他並無十足把握，也只能聽天由命了。

一輪烈陽高懸於頂，置身馬球場，有如身處安西大漠，直曬得腦頂升煙，眼前昏黃。場上，大唐與波斯兩隊球員激烈鏖戰，汗水四濺，折射出耀眼的日光。而場下，不知是因為酷暑難當，還是因為下這令人意外的比分，上至聖人李顯，下至百官屬從，都顯得十足焦躁。

本以為應當是一場可以輕鬆贏得開門紅的比賽，可誰料如今卻是波斯一方三球領先。眼看著前半場的刻香已快燃至盡頭，李顯再也坐不住，鐵青著臉對身旁的內官道：「喚三郎來。」

內官躬身叉手領命，不一會便將李隆基帶至御前。此時刻香燃盡了最後一節，而大唐一方再無建樹，場邊雲板一響，宣告前半比賽的終結。

耳邊傳來的是波斯馬球隊員與使節的慶祝歡呼聲，甚至有球員提前擺出慶祝的動作，前後空翻，惹得觀眾哄笑不止。

李顯面上無光，看著近前叉手的李隆基，劈頭蓋臉斥道：「這是練的什麼球隊！一群窩囊廢！」

足蒸暑土氣，豆大的汗滴順著李隆基英武的面龐上緩緩流下。方才他便一直站在場邊高聲指點助威，期望情勢能扭轉幾分。可這波斯上貢的馬球比尋常大唐訓練所用的馬球輕彈許多，孫道玄仿製得極像，令以防守見長的大唐馬球隊吃了不少苦頭。波斯一方則仗著人高馬大的優勢，利用大唐不適應新球所帶來的紕漏，孤狼入陣，三度衝破大唐的防線。

但凡事只看結果，無論有什麼藉口皆是無用，面對怒髮衝冠的李顯，李隆基懇切答道：「此事確屬臣下失職。願戴罪立功，與虢王、桓國公、觀國公、左驍將軍一道，披掛上陣，必為聖人贏下此局。」

李隆基所說的，正是李邕、武延秀、楊慎交、大門藝等經常同他打馬球的四個人。

李顯猶疑問道：「就你們五個？對方可是十人之眾。且我大唐馬球隊選拔的都是各軍之中最為拔尖的馬球高手，難道竟然還比不過你們五個？」

「馬球常勝之訣在齊心，不在技高。我們五人自小便在一起打球，彼此間配合無間，無需言語便可知曉對方想法。而軍中選拔之人，雖有高超技藝，可彼此之間不熟稔，容易導致傳接失誤。臣下觀波斯馬球隊，技藝倒在其次，唯有那傳接配合之默契，一看便知是多年一起打球練出來的。故而要破波斯馬球隊，非我們五人莫屬。」

見李隆基說的有理，李顯沉吟片刻道：「如此，便依你所言吧。」

李隆基躬身退下，才走出天子帳，就見武延秀迎面走來，遠遠向他笑著招呼道：「三郎，可是下半場要咱們上場了？」

李隆基愣怔一瞬，下意識地看向場邊上薛至柔的坐席，並不見人。他不覺一怔，面上匆忙掩飾過去，心底的恐慌卻陡然升起。

時間倒回開賽之後不久，薛至柔一直緊盯著中央看臺的方向，見自己關注之人終於離了席，她便悄悄跟了上去。

「薩拉木，俄伊，古吶。」薛至柔用突厥語對那人笑著打起了招呼。

那人見是薛至柔，嘴角露出意味深長的笑，隨即也用突厥語回道：「沒想到妳的突厥語也說的這麼好。」

兩人邊走邊用突厥語聊了起來，先是聊了聊薛至柔學突厥語的經過，又聊起今天馬球賽的見聞。像是太過投緣，兩人走著走著，竟走到苑中林蔭遮蔽的無人小道上。

眼下幾乎所有人都聚集在馬球場周圍，苑內它處都變成了幽僻之所，四下唯有雀鳥聲啼鳴。那人話鋒一轉，問薛至柔道：「聽說瑤池奉領了御賜的牌子，正暗中調查此前發生在這神都苑中的北冥魚案，不知眼下可有進展？」

薛至柔微微一笑，毫不避忌道：「那是自然。我已查出，此案並非孫道玄所做，而是當晚在場的另一個身懷絕技之人所為。連同凌空觀的縱火案，以及後面的轉世靈童案，都是他的手筆呢。」

「哦？是何種絕技。我聽大理寺的人說，無論是神都苑的現場，還是凌空觀的火場，除了孫道玄之外，都沒有其他可疑之人出現。難道此人會飛天遁地不成？」

看著眼前之人依然在裝模作樣，薛至柔露出一抹哂笑：「案發現場確實沒有出現可疑之人，但卻出現了可疑的非人之物，凌空觀的火場裡也是一樣。我說的不錯罷？曾經流落突厥領地多年，學會了胡旋舞和馴獸術的你，便可做到。」

一陣死寂般的沉默後，眼前人突然放聲大笑起來，惹得雀鳥驚飛，明明是酷暑之天，薛至柔卻感覺到一陣惡寒。

「瑤池奉果然冰雪聰明。可如今，妳即便知道是我，也是無用了，就帶著這個祕密，躺進妳靈龜閣的棺材裡吧！」

下一瞬，薛至柔突然感到眼前一黑，一方絹帕不給她任何反應的機會，將她的臉死死蒙住，手腳亦被人從後面鉗住，她掙扎不過三兩下，便癱軟了下來。

幾名差役模樣之人不知何時神不知、鬼不覺來到了薛至柔的身後，帶頭的對那人叉手秉道：「高足放心，此為蒙汗藥，她只是昏過去了。」

那人面色陰沉，冷冷吩咐道：「從南面這堵牆翻過去，便是鴻臚寺別館。把她帶到當年王氏遇害的那棟樓，動作要快。如何布置，不必我費口舌了罷？布置好了就撤回到神都苑來，各自找相熟之人，遊園也好，觀賽也罷，總歸不要落單。速去速回。」

差役們躬身領命，立刻拿出一個裝糧的布袋，將失去知覺的薛至柔套入其中，麻利地翻牆而出。

神都苑大門處，劍斫峰與孫道玄終於通過了守衛盤查，來到馬球賽的場邊，卻發現馬球賽的下半場已然開始，李隆基、武延秀都已在場上馳馬飛奔。

被蒙在鼓裡的薛崇簡已經回太平公主帳裡去了，眼看李隆基等人已在賽場上，而薛至柔的席間卻沒有人，孫道玄登時有些慌神。正當此時，一隻手忽然大力從後揪住了孫道玄的脖頸，拉著他就朝外走。孫道玄扭頭一看，原來是唐之婉。

「可把你盼來了，」唐之婉無比焦急地將孫道玄與劍斫峰拉到一旁無人注意的角落，壓低聲音急道：「瑤池奉被人綁架了！快隨我來，我能聞到她的氣味。」

不消說，儘管薛至柔未對自己透露半個字，但見她獨自離開，唐之婉擔心她胃痛難當便去尋人，憑藉著出眾的嗅覺一路循著薛至柔身上符紙燭火的獨特氣味，尋到了一處避人耳目的牆角下，恰好聽到聽到了薛至柔與真凶對峙的一幕。對方人多勢眾，好在未曾發現她偷聽，於是她竭力克制住顫抖，快速折返回來，尋找援軍。

薛至柔會被綁架之事，早在孫道玄和劍斫峰的意料之中，畢竟這便是薛至柔自己擬定的計畫：被幕後凶嫌綁架，引他再現當年殺害王氏的手法。問題在於，薛至柔究竟被綁去了哪裡。當年王氏被害，是在神都苑南邊的鴻臚寺別館區不假，可那片北面的廢館區，光是廢棄的舊館，就有數十座。若是一個一個查訪，不知要轉到幾時去。

雖然劍斫峰囑咐了同僚，要留心神都苑南側外牆周邊的安全，可他深知大理寺內同樣可能有奸細，故而他無法明言，否則一旦打草驚蛇，薛至柔的計謀就將前功盡棄。眼下看來唯有一條路可走，那就是趕緊跟著唐之婉一道，去尋薛至柔。

不知過了多時，渾身酸痛的薛至柔終於醒過來，頭腦仍舊十足昏沉，四肢亦是麻木，她感覺自己像是被什麼東西勒住了脖頸，不住地咳喘起來。

不知過了多久，咳喘終於平息了兩分，她抬起朦朧淚眼，只見自己正位於一個廢館的二層飛閣上，在她的脖頸上套著一個繫著死結的繩套，繩套之上繫著兩根長長的繩索，一根繩索的盡頭繫著欄杆之上的橫梁，另一根則更加詭異，乃是向上直指屋頂，從一方瓦片的缺口延伸到了屋外。

薛至柔心下了然，這便是孫道玄之母王氏冤死的祕密所在。人雖不能進出，繩索卻可以透過屋頂的瓦片缺口，牽動館內被縛住脖頸之人，將其吊死。而作為鴻臚寺別館裡廢棄的舊樓，就算缺了幾塊瓦，也不會引起大理寺的警覺，更不能被當做呈堂證供。

繩子約一指粗細，與脖頸之間繫的距離，剛好能讓自己呼吸，卻無法將頭從中掙脫。若是使用小刀之類的工具切割，恐怕也需一炷香時間才能割斷。

薛至柔仔細摸了摸自己身上，發現此前自己心存僥倖隨身帶來的小刀竟然不翼而飛。顯然，心思深沉的幕後主使，斷然不會給她留下任何能夠自救的工具。薛至柔嘆息一聲，心道眼下恐怕只有等孫道玄和劍斫峰他們來解救自己。

這通往屋外的繩索，另一端究竟伸向何方？

薛至柔心中有個模糊的猜想，但並無實據。若是她所料不錯，留給孫道玄來營救自己的時間，恐怕已經不多了。

第四十章　救焚拯溺

所謂「時令出伏伏不走，朝夕躲暑暑無藏」，是日驕陽似火，烈日照射下，連神都苑豢養的熊羆都找處樹蔭睡懶覺去了，有三人卻頂著烈日狼奔豕突，一刻也不敢停歇。

不消說，這三人正是孫道玄、唐之婉與劍斫鋒。不知尋了多久，他們終於來到鴻臚寺別館北牆，唐之婉在另外兩人的幫助下，一道翻過了神都苑西角的南牆，發現草坪對面那鴻臚寺別館的北牆上有一處較為低矮的缺口，便又不顧滿頭大汗，爭先恐後地翻了過去，終得進入別館北部的廢館區。

此處已塵封數十年，院內雜草叢生，石板路上長滿青苔，傾圮牆垣隨處可見。孫道玄焦急翹首而望，一座座廢館擋住視線，薛至柔究竟在何處？

明明酷暑難當，他卻指尖生寒，不得不兩手交握，努力讓自己定下神來。

劍斫鋒看出他的焦灼，拍拍他的肩以示寬慰，又問唐之婉道：「還能辨出瑤池奉的氣味嗎？」

唐之婉又急又熱，鼻尖上滿是細汗，搖頭道：「不行，這裡野草、野花遍地，旁的氣味太多，你們兩個人身上的汗臭也越發分明，實在無法分辨。」說罷，唐之婉再顧不得許多，雙手擴成喇叭狀，使出吃奶的氣力喊道：「薛至柔！妳在哪？」

四下裡唯有蟬鳴聒噪，並無人聲回應，孫道玄越發難安，再顧不得四下裡是否會有賊眾埋伏，對劍斫峰道：「分頭去找！我往這邊，你們二人一道往那邊！」說罷，尚不等他兩人做出反應，他便如離弦箭一般衝了出去。

唐之婉與劍斫鋒相視一眼，也不再耽擱，往另一方向尋人去了。

不多時，三人在一處十字路口意外匯合。此處已快到廢館區的盡頭，三人連跑帶喊，卻毫無斬獲，想來薛至柔大機率已然昏厥，無法做出任何回應。

一種無力感席捲全身，孫道玄咬緊牙關，強迫自己去思考，思緒卻又無可遏制地被感性牽絆。想起昨夜他久久無法入眠，索性起身夜遊，竟與同樣睡不著的薛至柔不期而遇，縱使口是心非，依舊被薛至柔聽出了他滿心的擔憂。

那丫頭素來膽大包天，彼時也不過輕巧一笑：「三個人的貓捉老鼠，他在局裡，我們亦在局裡，二對一，還能輸了不成？」

孫道玄無奈扶額，先前公孫雪總說他是個不管不顧的混帳，如今看來這薛至柔比他混帳猶甚，惹得他心底的諸多不安分毫沒有消解，反而大有越演越烈之勢。

孫道玄冷著眉，才想再叮囑她幾句，忽見眼前少女轉過頭來，嫣然一笑，眼波比月色更澄明：「而且……無論我被凶徒帶到何處去，你會找到我的，對嗎？」

孫道玄一怔，一時竟忘了言語。

少女得不到他的回應，不覺有些尷尬，微微一吐舌，自說自話道：「我只是覺得，按照李天師的說法，你我一起輪迴過那麼多次，總歸是有默契的，你……」

「對……我定會找到妳的。」孫道玄終於做出回應，他尚做著易容，表情有些模糊，眼底的赤誠卻比太陽更耀眼，「無論凶徒將妳帶往何處，所以……妳一定要等我來。」

從回憶中抽離出的孫道玄眼眶通紅，薛至柔所說的不錯，他們一起輪迴過無數次，擁有無法比擬的默契，但他此一次賭的，更是在無數次輪迴裡積累出的與凶嫌的默契。那樣的自負，那樣的凶狠，他既要摘清自己，又要將薛至柔吊死在某棟樓內，總需要憑依，這個憑依會是什麼？

孫道玄還記得，得知母親遇難是個夏日的午後，明明應該是烈陽高照，天色卻因突如其來的雷暴而一片幽暗，漫天的雷暴與閃電未曾令他害怕，那個小小的人四處奔走，滿身泥水，似是不肯相信，抑或是想要知道的更多，卻是徒勞。

這十餘年來，他總會夢到那個午後，而此時此刻，小小的靈魂似乎正穿過狂風驟雨，終於抵達了他的身體中。他下意識微微抬起頭，往高處看去，忽見遠處的樹蔭後有座不矮的建築，微微冒出了頂尖。

孫道玄極目遠眺，從他所在的方向看過去，約莫有數百步之距。他霎時想到什麼，不管不顧地朝那座建築奔去。

「哎，你幹嘛去？什麼時候了還瞎跑……」還未明白狀況的唐之婉追著孫道玄後面一頓數落，可還沒數落兩句，她便住了口，輕輕嗅了嗅。

「可是又聞到瑤池奉的味道了？」劍斫峰問道。

「很淡，確實是這邊沒錯。」

三人先後朝那高高的建築方向跑去，轉過假山，終於看到那建築的真容，原來竟是一座景教風格的鐘樓。在鐘樓旁不遠處，竟還有一座西域風的廢館。孫道玄作為畫師，目力極佳，一眼便看出來，那鐘樓上的鐘旁，似是有繩索垂下來。而那大鐘之上則有兩個白色的圓盤狀物，一看便知是某種機巧。

「是冰做的滑車。」劍斫峰此言一出，三人立刻意識到事態的嚴重性。廢館區裡到處是林蔭雜樹，唯獨此處陽光照射良好。若是用冰製成支撐物，將那樓上的大鐘懸起，一旦冰融化後果會如何，可想而知。

劍斫鋒立即摸出隨身的工具：「快，我去屋頂上割繩子，你們進去救瑤池奉！」

塔樓之上，薛至柔已被不斷向上勒緊的繩索箍得失去意識，聽到唐之婉的大呼小叫，她手指微動，艱難地想要睜開眼，卻只覺眼前一片模糊，喉頭像是要斷了似的，擠不出一字來。

與此同時，劍斫峰順著鐘樓內的螺旋臺階飛步向上，距離越近，眼前的景象越是令他震驚：鐘樓內的大鐘竟被拉至一個天井上方，由四顆馬球卡住四邊橫梁，馬球乃是鏤空，正是此前失竊的其中四枚，被填入了冰塊，在烈日暴曬下，已所剩無幾。

劍斫峰曾想起，自己曾在集市上見過有西域雜耍藝人頗擅此道，可用各種看似匪夷所思的手段，將巨物撐起而不倒，但不倒的前提自然是堅冰將鏤空的馬球撐起來，此刻已危若累卵。

不消說，此時此刻的劍斫鋒陷入了前所未有的兩難，倘若他立即揮刀去割那粗繩，極可能尚未割斷便引得四顆馬球滑動，從而導致大鐘下墜，繩索拉緊，薛至柔必會立即喪命；而倘若他不去動這繩索，從堅冰融化的速度來看，慘案也很快會發生。劍斫鋒手握刀柄，望著那一口大鐘，陷入了前所未有過的糾結。

那廂唐之婉已可以確定，薛至柔就在這座塔樓中，孫道玄急忙上前欲破門，門卻紋絲不動，顯然是鎖上了，他即刻捨身用肩頭向門撞去，三五輪下來，人都快散架了，門板卻紋絲不動。

「我來！」忽然，一抹身影從不遠處的外牆飛旋而下，竟是公孫雪。

急得直跺腳的唐之婉登時喜出望外：「阿姊！妳怎找到此處來的？」

公孫雪一句廢話也無，舉劍便朝木板門劈去，竟直接將門板一斬為二，廢館之門立即洞開，她方收劍回道：「劍寺正的飛奴引我來的。」

三人立即衝入塔樓內，只見薛至柔被吊在飛閣之上，雙腳跟已全然離地，唯獨腳尖勉強點在地上，由於距離頗遠，並不能確定她的狀態。孫道玄立即去尋上樓的臺階，卻見最下面十餘木階竟悉數被人用斧鑿斷，整塔樓成了懸空之地，非插翅不得而上。

一籌莫展之際，公孫雪見劍斫鋒也步入此地，大聲對他與孫道玄道：「你們兩個，快將雙手搭在一起，我踩著你們的手臂飛上去！」

孫道玄與劍斫峰反應奇快，立即將手搭在一起，公孫雪後撤數步後，全力朝兩人衝過去，一腳踩上孫道玄與劍斫峰交握在一起的手臂一飛而上，如驚鴻般踏上了飛閣的欄杆。

可她還未來得及站穩，便聽得一聲悶響，旋即薛至柔小小的身子以極快的速度被吊上房梁。說時遲，那時快，一道劍光閃過，但見公孫雪凌空躍起，一劍斬斷了吊住薛至柔的繩索。

與此同時，樓外傳來一聲巨大的鐘響，想必是那口大鐘墜落之聲。只不過與尋常的鐘聲不同，此聲雖然百倍響於打鐘，卻帶著如鬼叫般的怪音，直擊耳鼓，又很快歸於平靜。

孫道玄聞聽此聲，立即想起了此前在讖夢輪迴中聽到的伴隨著那「乾坤反轉，鴛命五道」的鐘聲。然而眼下這些並不重要，眼見公孫雪將薛至柔帶了下來，孫道玄趕忙迎上去查看她的狀況。

見人已救下，劍斫峰轉頭出館，欲查看那大鐘的情況，恰好看到驚人的一幕——迎著西斜陽光，從鐘樓上甩下的繩索竟兀自燃燒起來，從末端開始，漸漸化為齏粉，被東風一揚塵，四散無蹤。而鐘樓之上，那口大鐘靜靜地扣著石製的地板，那四個鏤空文彩馬球已被大鐘的重量壓成碎片，散落一地，撐起鏤空馬球的冰塊早已融化，連水痕都將蒸發殆盡。冰滑車也已經消融了不少，想必半個時辰以內也將化為烏有。

劍斫峰神情越發肅然，爬上廢館屋頂上，尋找導致繩索燃燒的原因，在那塊屋瓦的缺口處，一臂左右的位置尋到了缺失的瓦片。劍斫峰撿起瓦片細細查看，只見其一端沾著一層黏土，屋瓦缺口處也沾著一層黏土。

看到這裡，即使辦了十年案的劍斫峰，也不得不嘆服這作案手法的精妙之處。方才那繩上，多半長時間浸泡過燈油和芒硝，雖然韌度其佳，但遇火立燃。而火種則來自這大鐘墜落的一瞬間，繩索與這被黏土固定的瓦片之間的摩擦，同那上古燧人氏的鑽木取火乃是同理。

方才公孫雪將繩索斬斷才救了薛至柔一命，而十幾年前沒有這般好命的孫道玄之母，就是這樣被大鐘墜地的拉力瞬間勒殺，其後繩索燃斷，復從屋頂蕩回她脖頸後另一條繩子繫著的橫梁下，從而被偽裝成了自殺。而鐘樓之上，除了一口扣在地上的大鐘，一些不知從何而來的碎木片，一截斷掉的繩索之外，別無他物。即使大理寺有人懷疑鐘的墜落是否與此案有關，卻也缺乏足夠的關聯證據。畢竟這裡可是到處因年久而失修的廢館區，就算看到繩子一頭帶有些許焦糊處，也沒准是被雷打折的。至於那地上馬球被壓碎後散落的碎木片，說是來自此前來修葺雕欄的工匠，也不會有任何人起疑。

廢館之中，眾人七手八腳將提前備下的丹丸熏香盡數用上，熏得薛至柔嗆咳兩聲，終於算是活了過來，只是尚十分虛弱。

唐之婉這方哭出了聲來，見孫道玄將薛至柔橫抱起來，便跑著前去張羅找宮中御奉。

孫道玄看著懷中面色如灰的小人兒，心裡充滿了後怕與不真實感。方才若非公孫雪及時將那驟然繃緊的繩索斬斷，恐怕薛至柔就將被那口大鐘墜落的力道瞬間勒死。望著如今她脖頸處前那道深深的繩痕，孫道玄心痛難以自持，緊了又緊環抱她的雙手，生怕她像輪迴夢境中的飛螢似的，消失不見。

與此同時，神都苑的馬球場上，眾人皆被替換上陣的李隆基那神勇表現震驚，起初手舞足蹈，再便是歡呼雀躍，眼下則已然鴉雀無聲，面面相覷，直不敢相信眼前所見之景。

波斯一方更是懵然，面對人數減半的大唐馬球隊，他們根本未放在眼裡，只當是陪大唐這邊的貴客玩玩罷了。誰知這五個人竟相當勇猛，甫一上場便接連突破了波斯七名防守隊員，由大門藝打入一球。

不過波斯隊並未感受到危機，只道是太過輕敵，稍稍打起些精神便是了。其球員為了炫技，故意高高將球拋起傳接，想借此戲弄唐人。誰料李隆基熟諳此道，利用自己胯下駿馬的壯碩體格，緊貼波斯隊接球的球員，搶先將球攔下，隨即大力揮杆，將球打向波斯的球門。

此情此景，恰如那天與回鶻隊比賽的最後一球，武延秀立刻一馬當先，以極快的速度衝至波斯球門前，揮杆將球補射入網。

此時，距離開場才過了不到一炷香的時間。面對瞬間將分差追至一分的李隆基等人，波斯馬球隊如夢方醒，開始盡全力利用人數優勢，兩人盯一人圍剿李隆基等人。

此等戰法的確讓人頭疼，大唐一方許久未能再下一籌。然而，這幾人的默契確實無可比擬，只見李隆基向虢王李邕使了個眼色，隨即兩人便立刻策馬迎頭撞來，又擦肩而過。這下輪到在兩人身後窮追不捨的四名波斯馬球隊員慌神了，由於躲閃不及，四人竟連人帶馬撞到了一處，那叫一個落花流水、人仰馬翻。趁此機會，李隆基與李邕將球你傳我、我傳你，竟連過四名波斯防守隊員，再度將球打入。

眼看己方由十名隊員減員為六名，波斯球員士氣大減，不久又被李隆基抓住了後防線上的漏洞，打入了致勝一籌。

隨著雲板一響，大唐對波斯這場驚心動魄的開幕賽定格在了四比三，大唐一方獲勝，觀者無論來自何方，皆山呼過癮。

看臺之上，李顯、韋后、李旦與太平公主也不由面露喜色。

「三郎之英武，真為我大唐添光不少啊！」李顯嘆道。

李旦聞此，他連忙起身避席，叉手對李顯道：「他們五個打小一起遊戲，默契自然無法比擬，三郎又怎能獨自居功。」

李顯擺擺手，示意李旦不必緊張，壓低嗓音笑道：「我們李家依然有這等好兒郎，為兄我看著高興，你又何必緊張呢。」

「真好啊，哥哥們都有李家的兒郎，獨我沒有。」太平公主故意甩了甩絹帕，好似慪氣一般。

此言一出，立刻引來李顯等人哈哈大笑。眾人言笑罷，李顯站起身，端起酒盞：「晚宴之時，宣三郎、駙馬等人至御前，還有那復刻馬球的工匠，朕有厚賞！」

第四十一章　圖窮匕見

入夜時分，紫微宮掌起了燈，自應天門至翠雲峰，皆被精巧非常的火珠點綴，與漫天星輝相映成趣，晚風漸起，吹得人衣袂生風，置身其間，如升太虛之境，羽化而登仙。

今夜聖人設宴的通天宮乃武周時期落成，如今皇室西遷，此處不再是天子臨軒，議政論事之地，但這錯彩鏤金，雕梁畫棟之所用來延請萬國來使，確是再合適不過。

與大明宮含元殿的四四方方截然不同，通天宮為正圓形制，內有彩繪穹頂，環以鑲金雕龍廊柱，地面則以漢白玉和大理石鋪就，在正中的鎏金大懸燈與周遭的數千盞銀燈照耀之下，顯得猶為金碧輝煌。

聖人李顯坐於九龍交紐的純金龍椅上，韋后與安樂公主分坐兩側，宗室百官的座位分三排依次向兩邊延伸，形成一個大圓，只留正南為缺口，寓意「聖人南面而聽天下」。

殿中央留下舞池空間，方便各國舞者獻舞。樂工席位則設置在圓形廊柱外側、光線熹微之所，以燭臺照明，既不喧賓奪主，也令賓客們得以享受樂聲環繞的別致聽感。

身為皇室宗親，李隆基自是坐在內圈第一排，與武延秀相鄰。唐休璟坐於中圈第二排，與李隆基隔池相望。唐之婉作為唐尚書的隨屬，則坐於外圈第三排末，與劍斫鋒相距不遠。此外還有李邕、楊慎交、大門藝與大唐諸鄰國使節在場。

薛至柔的座位亦在其中，已至開宴時分，座位上卻一直空空蕩蕩的，也不惹人在意。是啊，即便她父親官拜安東都護，母親獲封二品誥命，眼下也雙雙入了大牢，與太平公主府的婚事亦是真假不辨，又有誰會在意他們小女的缺席？

身居顯赫坐席的凶徒見此，臉上的嗤笑幾乎要藏不住。鴻臚寺別館的機關，他自信無人能勘破，待那毛丫頭被發現時，只怕已開始發臭腐爛，再也不會有生前那般漂亮了。這也難怪，誰讓她不識好歹，非要一頭扎進自己布下的天羅地網之中，落得個瘞玉埋香，也是理所應當。

至於那畫師孫道玄，就更不在話下了，縱便他當真有能耐到御前來揭發自己，也不過自投羅網。在這座他已混跡二十餘年的明堂裡，任何人都不可能贏過他。

宴會開場，歌舞昇平。酒過三巡，聖人李顯對身側的內官使了個眼色，內官立即叉手一禮退了下去。

不一會，一個背負一支丈長毛筆之人與一身著霓裳羽衣的舞劍姬，隨著那名內官指引並排走到大殿中央，不是別人，正是孫道玄和公孫雪。

孫道玄自是維持著臨淄王府畫師的易容，兩人上前對帝后行大禮。公孫雪的劍舞眾人已見識過，極是不俗，不知這身負如椽巨筆之人又有何能耐，眾人皆是興致勃勃望著他，滿臉期待。

李顯道罷免禮後，先對公孫雪道：「今日妳那一舞劍器，展我大唐氣象，技驚四方來賓，朕心甚慰，皇后亦是讚不絕口，一直說讓朕賞妳些什麼。」

公孫雪再是一禮：「多謝帝后抬愛。婢不過勾欄舞女，何其卑賤之身，得以在萬國朝會上一舞，已是三生之幸。帝后之誇獎，已是最好的賞賜，婢不敢再求其他。」

聽了這些話，帝后相視而笑，韋后接口，對公孫雪道：「如此這般，本宮便再好好想一想，他日定命尚宮局選個合宜之物，賞賜於妳。」

李顯頷首，未再多言，轉向孫道玄道：「賽後朕方聽三郎說起，那波斯進貢的紋彩馬球竟被盜了。乃是你在三天之內，成功將其復刻，不僅彈韌如初，精美更勝原物。又聞你擅長作畫，技藝不遜於畫出〈送子天王圖〉的孫道玄，可有此事？」

孫道玄刻意啞了嗓音，躬身回道：「聖人謬讚，不勝惶恐。草民不過區區一畫師，受臨淄王垂青，入府得口飯吃。知曉有人刻意盜取馬球，意圖破壞我大唐與波斯邦交，我身為大唐子民，必當盡心竭力，實在不敢居功。」

原以為孫道玄應當會借此機會直接提出查舊案之事，現下卻隻字未提，公孫雪頗有些意外，但看孫道玄的樣子，應是成竹在胸，她便也不再多說什麼。

李顯哈哈一笑，拊掌道：「好，好。今夜請你們前來，不單是為了恩賞，也是想為這夜宴，再助一分興。你們二人，一人能舞，一人擅畫，才藝高超，不少遠道而來的外賓都跟朕說還沒看夠，還想再看看。不過，若是同此前一樣，難免失了懸念。朕想即興出題，看看你們臨機應變的本事。」

「但憑聖人吩咐。」孫道玄與公孫雪一齊低頭躬身，叉手道。

李顯看看左右，似是在尋求韋后與安樂公主的建議，隨後，他含笑捋了捋鬚：「我大唐尊崇道教神仙，此處又名通天宮，自是契合求仙問道。相傳道教神祇一共有八十八位。朕會命宮中樂工演奏〈紫清上聖道曲〉，限你於曲罷之前，完成一幅〈八十八神仙卷〉，讓公孫小娘子在旁為你伴舞，展現天宮洞府裡的仙姿神態，可否？」

此言一出，坐在一旁的李隆基也不由得捏了把汗。雖然他已知曉，孫道玄必得在御前作畫，為此還特意囑咐孫道玄畫畫時勿忘藏住自己的筆法，以免留下證據被人當場識破。可如今聖人竟要他在如此短的時間內畫八十八個神仙，情急之下，這孫道玄還能藏得住？

孫道玄也不由得捏了把汗，可還未等他回答，便有幾名宮人抬上一個巨幅畫軸，在大廳中央慢慢展開成卷，長度幾乎達到整個舞池的寬度，隨即又搬來滿滿八大銅盆的墨汁，作為硯臺。

萬國來賓見狀，交頭接耳不休，有的期待，有的質疑，場面萬分熱鬧。此情此景下，孫道玄知道自己當然沒有拒絕的權力。轉念一想，本就是來自報家門的，又何懼之有？索性微微一笑，躬身叉手道：「一如聖人所願。」

公孫雪不由自主地緊張起來，連持劍的手心都滲出了幾絲虛汗。她忙將其擦拭乾爽，免得舞起劍手滑脫落，釀出大禍。雖說這〈紫清上聖道曲〉是道曲中篇幅較長之作，可奏完一遍，也不過一炷香的功夫。想要在如此短的時間內畫完一副載有八十八個神仙的巨幅畫作，可謂難如登天。

「能畫完嗎？」公孫雪小聲問。

「手到擒來。」孫道玄輕聲答。

「那，那件事……」

「放心，我自有辦法。」

萬眾矚目下，大殿內仙樂重啟，公孫雪時而持劍罡立，時而長袖流轉，動作流暢瀟灑又不失端正賢淑。在公孫雪不斷起舞繞轉的正中，孫道玄亦操起背上那柄巨大的毛筆，揮筆尖如槍尖，迅捷來回於巨幅畫紙之上。

『一、二、三……』

孫道玄邊畫邊在心中數著自己畫成的神仙的數目，他的動作快得幾乎讓人看不清，筆落如疾風驟雨，紙上便如變戲法似的浮現一個威武的天官，又在左、右兩邊勾勒出兩個神將來。此等技藝自是令在座皆驚，不由得紛紛議論起來，氛圍也由最初的懷疑轉為贊許。

『十七、十八、十九……』

孫道玄用完了墨，立即一個凌空迴旋將畫筆浸入場邊的墨盆之中，又箭步返回畫旁。

此情此景，令李隆基大為震撼。這些年他苦心孤詣地尋孫道玄，知曉他靠著一筆畫工名噪京洛，亦知曉他沒有一刻忘記當年的仇恨。旁人或許無法理解他目光中的孤勇，李隆基卻是心有戚戚，胸懷震盪，自己並未上場，卻好似與他同在前線殺敵一般，無限慷慨。

『七十一、七十二、七十三……』

樂工手下琴，口中簫仙樂婉轉，隨著時間流逝，只見那數丈長的畫紙上，三清四御、五靈八仙皆成，天帝星神、護法冥王皆在，令人嘆為觀止，可是孫道玄的表情未有絲毫的放鬆。距離畫完八十八個神仙還差最後幾個，曲終在即，能否成功畫完，便在此一舉。

想要在如此短的時間內畫完八十八神仙，考驗的不只是畫技，還有記憶力。饒是畫佛道神祇如信手拈來的孫道玄，此刻也不得不停下來，邊喘息邊迅速掃了一眼長長的畫卷，腦中飛速旋轉，思量著還有哪些神官尚未登場。

正排查之際，忽見那畫卷盡頭，燈火闌珊處光波流轉，惹得孫道玄心底莫名一動，心靈福至，終於想起了什麼。眼看樂工已奏出樂章的最後一節旋律，他立刻舞起巨筆，重新在那畫布上揮毫潑墨。

終於，曲終音散，公孫雪劍氣呼嘯止息，孫道玄懸筆回身，背對卷軸，雙目微合，而在他身後的畫布上，墨跡緩緩洇開，形成了最後兩個天官的模樣。

整座大殿鴉雀無聲，李顯與在場賓客無不探頭望向那畫，只見數丈長的畫卷上，以東華帝君、南極帝君、扶桑大帝為主的神仙們衣袂飄飄，似立於祥雲之上，迎風列隊飛行。男仙們頭頂金光閃耀，姿態英武不凡；女仙們個個秀髻雲鬟，彩羽流霞；除了仙人的形象之外，還點綴著祥雲、荷花、樹木等物，可謂燦爛華美至極。而畫上的筆墨線條，雖是一次白描而成，卻遒勁灑脫，錯落有致，宛若蘭葉，綿密而又靈動。見孫道玄果真在一曲之內完成了這樣一幅神仙巨作，在場之人無不驚嘆。

李顯頗為滿意，正準備出言賞賜之時，四下裡忽有一聲音道：「聖人命你畫〈八十八神仙像〉，你為何只畫八十七個？」

眾人紛紛扭頭尋找聲音來源未果，李顯被這一聲音提醒，對一旁的內官吩咐道：「數數看，他到底畫了幾個。」

在紛繁的議論聲中，幾名內官走到畫的近前，用手指著挨個數過來。連數三遍後，為首的一個對李顯道：「啟稟聖人，確實是八十七個。」

「少了哪一路神仙？」

「稟聖人，少了王靈官。」內官回道。

這話一出，一位花白鬍子的大臣不知從何處鑽了出來，叉手對李顯道：「聖人明鑑！這王靈官乃是司掌刑獄公正之神。臣以為，此子是在御前刻意挑釁，以少畫一個王靈官諷我大唐刑獄不平，缺公少正！」

一石激起千層浪，現場眾人如炸了鍋一般，方才的拊掌與讚嘆，皆瞬間化作了此時的千夫所指。

眼看情勢逆轉，薛崇簡趕忙出來，打圓場道：「這位畫師興許是時間不夠了，或是忘了畫，總歸不一定是故意的，對吧？」說罷，他不顧太平公主反對的目光，連連向孫道玄擠眼，似是勸他趕快謝罪，好蒙混過關。

誰料孫道玄一眼也不看他，只低頭叉手，既不說話，也不動，著實令人猜不透他想做什麼。

李顯面色鐵青，問孫道玄道：「是否如薛大夫所言，你倒是說話。今日萬國來朝本是喜事，若真是時間不夠，朕可額外開恩，容你補上。」

眾目睽睽之下，孫道玄長嘆一聲，對李顯道：「聖人，草民的確有冤在身。十幾年前家母被勒殺於鴻臚寺別館之中，大理寺卻認定她為自殺。彼時草民只有三歲，卻已下定決心，只要母親之冤一日不曾昭雪，草民便一日不畫王靈官……」

萬國朝會夜宴上，竟曝出這樣一樁冤案來，萬國來使無不議論紛紛。

李顯面色不好看，卻也不好發作，只得壓著性子道：「朕知曉了，你且退下，稍後大理寺會差人找你詳談。」

「聖人！」到了這個份上，孫道玄知道自己再不能讓機會溜走，遂大聲疾呼道：「請恕草民無禮，當年陷害我母親之人官高爵顯，眼下就在這大殿之中！十幾年的蟄伏，只為此刻！草民絕不能再等了，再等下去，安知草民明日會否化為一具再不能發聲的殘屍？」說罷，孫道玄將手伸向臉頰，當眾揭下了自己的面皮，露出了他那張久未現世，令人見之不忘的面容。

人群中立刻有人認出他來，高聲喊道：「孫道玄！他就是被大理寺通緝的孫道玄！」

一時間，四下裡一片混亂。有人尖叫失聲，有人連滾帶爬地後撤，有人慌忙高喊護駕。衛兵們聞聲立刻如潮水般湧入，矛頭直指孫道玄。李隆基、劍斫峰見勢不妙，立刻上前以身相護，這才保住孫道玄一命。

眼見李隆基竟然當眾袒護「嫌犯」，李顯勃然大怒道：「臨淄王！這是怎麼回事？此人不是你府上的畫師嗎？孫道玄不是操縱北冥魚襲擊過你的凶嫌嗎？你為何將此人帶至朕面前，為何出來袒護他？」

李隆基立即躬身叉手對李顯道：「啟稟聖人，孫道玄並非北冥魚案的真凶，且這不是他的本名。此人原名安成恩，乃侍奉過我父王的太常工人安金藏之子。其母王氏則曾侍奉臣下之生母，先相王妃竇氏。十幾年前，母親被誣行壓勝之術詛咒聖神皇后，進宮後至今下落不明。王氏本為揭發誣告之事進宮，一天後卻被發現吊死在鴻臚寺別館的廢樓之中，被有司當做畏罪自殺。當年之事，疑點重重，還望聖人裁斷。」

眼見此案竟還牽連到李隆基之母失蹤之事，在場人無不倒吸了一口涼氣。李顯見此，雙手不停揩摸著龍椅把手，似是在權衡利弊。

安國相王李旦乃是李隆基生父，經歷過武代李興等皇室變遷，如今早已將榮辱置之度外。今日聽李隆基再提起當年事，他震撼驚惶之餘，心底的絲縷哀痛又被勾起，縈繞胸腔間難以排揎。但比起當年的痛楚，身為人父的他，此時此刻擔心的，唯有李隆基的安危，只見他故作惶惑之色，裝糊塗道：「三郎，你何故如此？過來，到為父這裡來。」

李隆基並沒有動，也沒有言聲，只死死地用身體擋住衛兵們的鋒利矛尖。他知道，此時他若退了，衛兵們定會不再顧忌，立刻將他身後的孫道玄與劍斫峰剁成碎肉塊。

眼見雙方僵持不下，大殿之下忽有一女子的聲音響起：「我大唐是何等之國，見信於寰宇，竟為著十餘年前三兩件命案，見笑於四海九州？陛下，夜宴不可耽擱，受驚的使臣亦需要安撫。此處不是大理寺，陛下亦不是什麼判官，眼下還是應先將這廝押下去，查明他究竟是否有冤在身，或是受何人指示，破壞我萬國朝會……」

說話之人竟是太平公主，從方才起她便留心看李顯的面容，見他似在猶豫，立即出言勸李顯下定決心。

眼看情勢不好，李隆基顧不得給太平公主留分毫面子，立刻當堂反詰道：「正因為凶徒位高權重，正義難以伸張，我等才只能如此，惟願所有人證、物證於此公開，好令聖人不被蒙蔽。只要證據確鑿，言之有理，令君側有辜之人認罪伏法，此事非但不會使我大唐成為笑柄，反而堪為萬國表率。若是連一樁小小的案件都不能開誠布公，才會落人話柄，遭人恥笑！」

太平公主瞥了李隆基一眼，不直接回答他，轉而向李旦道：「兄長，你家三郎恐怕被人蒙蔽了，平素裡你一向驕縱他，今日他又拿自己母親的事來說項！退一萬步說，縱便這孫道玄之母有冤屈，當年之事早已過去，何故舊事重提？故而本宮以為，此人必定是懷有不臣之心！」

李隆基努力壓住心底的怒火，張口欲駁，忽聽有人已先開了口，竟是一向對政事不管不問的薛崇簡：「母親，如今萬國來使皆在，我大唐不可避重就輕啊。何況，北冥魚案還事關薛將軍夫婦。此前皇后提出要為我與瑤池奉賜婚之時，母親妳不也曾說過，他們二人皆為忠良？既如此，陷害忠良者難道不應該得到應有的懲罰？就這樣稀裡糊塗過去嗎？」

「你！」太平公主怒不可遏，但薛崇簡是她的兒子，她打也不是，罵也不是，一時哽在了原地。

四下裡復歸於詭異的寂靜，針落可聞，在場的所有人，無論是李隆基、太平公主還是薛崇簡、孫道玄，乃至在場持矛的侍衛，都將目光投向了聖人李顯。方才薛崇簡的一席話確實起到了一定的作用，畢竟薛訥與樊寧在大唐軍中的名聲，即便是守護皇宮的禁軍將士也無有異議。

李顯權衡片刻後，終於開了口，神色喜怒不辨：「劍斫峰，孫道玄當真並非北冥魚案的真凶嗎？」

劍斫峰躬身叉手，鎮定回道：「回稟聖人，北冥魚案，乃至之後這一系列的連環案，的確並非孫道玄所作。」

「劍寺正，你身為大理寺正，說話可得講證據啊。」一名身著大理寺官服之人從人群中走了上來，不消說，正是真凶在大理寺中的內應。今日他亦參與了圍堵薛至柔之事，得到幕後主使授意，帶著十二萬分的警醒來到這通天宮，準備收拾可能發生的意外。故而見李隆基與孫道玄發難，他第一時間便湊上前來，對李顯與韋后恭敬一禮，繼續說道，「此案雖悠久，但下官還清楚記得，當年案卷上清清楚楚地寫著，孫道玄之母王氏上吊之處，乃是上了鎖的，鑰匙也在館內被發現。怎麼如今卻說，她是被他人所害？還有那北冥魚案的案卷裡，明明白白寫著，負責看管北冥魚的侍女前一晚溺亡於池中，北冥魚被從籠中放入凝碧池，而第二天臨淄王的祈福儀式上，安排了放生環節，這才導致臨淄王被池中的北冥魚襲擊。當晚獨自一人在苑中的，唯有孫道玄，他又是當晚最後一個走的。除了他，怎還會有旁的凶嫌？聖人明鑑，這孫道玄乃是我大理寺通緝之要犯，嫌疑並未洗清。劍寺正身為大理寺正，包庇、縱容嫌犯深入皇家禁地，其心可誅。臣提請即刻將他二人捉拿，以正宮闈！」

「就算孫道玄是當晚唯一個落單之人又如何？真凶操縱非人之物，這等可能性，你們是一點也不考慮嗎？」

忽然間，一個清脆的女聲從身後傳來，李顯等人循聲望去，只見來人竟是薛至柔。她身著樂工服飾，手持竹笛，同其他樂工一樣，以白紗遮住下半張臉，只露出一雙顧盼生輝的眼睛。不消說，方才繪畫中一時卡頓的孫道玄正是因為望到了她，方霍而貫通，畫完了這幅傾世之作。

薛至柔的到來，令座上幕後主使萬分震悚，已不知眼前的這一切是夢是真。

或許說來，是他更願意相信這只是個噩夢罷了。

薛至柔透過一眾人群，一眼望向了那人，她目光鋒利，嘴角卻牽出一絲淺笑，似是在告誡對方，他的噩夢才剛剛開始。

第四十二章 水落石出

眾目睽睽之下，薛至柔施施然走上前來。夜宴之前，李隆基、孫道玄等人曾反復叮囑她不必急於出現，她便在李隆基的安排下混在了一群樂師之中。熹微燈火，藏不住數十年飄零塵埃，卻能暫且助她掩匿身形，細看這極致繁華下，觥籌交錯間眾人心機幾何。

眼見終於到了時機，她這便顯出身形，縱使身體十分虛弱，她整個人依舊神采奕奕：「聖人，臣女已查明，無論是北冥魚襲擊臨淄王父子，還是凌空觀起火導致百人身亡，乃至於轉世靈童暴斃於進京途中，均非孫道玄所為。凶手假冒孫道玄的筆跡，於三樁命案現場留下『畫畢其一』、『畫畢其二』、『畫畢其三』三張字條，正是為了將這連環案比擬成〈送子天王圖〉的三幅畫面，從而誤導眾人，以為這驚天連環案乃是孫道玄所為。而其真實目的有三：一是圖謀害死臨淄王與葉天師；二是借有司之手除掉孫道玄；三是陷我爺娘於三品院中，無法返回遼東前線，如若能趁機廢了他們，奪掌兵權，便更好不過。」

那位大理寺正如何肯任憑薛至柔說下去，即刻打斷道：「瑤池奉，妳不過只是個民間法探，三教九流入不得檯面的查案手段，竟也敢越俎代庖，舞到聖人面前？」

薛至柔早就料到會被質疑，以迅雷不及掩耳之勢從懷中摸出一塊金牌，對眾人示意：

「此牌相傳為狄公所有，北冥魚案案發後，葉天師曾入宮面聖，求聖人與我出入神都苑調查的職權並帶了這塊金牌。我彼時便有疑惑，這樣的物什，葉天師自然不可能隨意取得，但我阿爺既有嫌疑，為何聖人還會希望我能去查一查呢？或許是覺得此事涉及玄祕，或許是深信我薛家的忠心。總之，臣女絕不辜負聖人信任，今日所說一切皆講事實與物證，絕不靠臆斷。今天，聖人在此，我本不需要靠這金牌自證，不想你身為大理寺正，眼見有人伸冤，不想著案情如何，反而只惦記著質疑我的資格？」

「早就聽說當年狄公有塊金牌，卻從未得見，原來是聖人賜給了瑤池奉，可謂英雄配寶劍。」劍斫鋒接過了話頭，隨即對李顯叉手道，「聖人，這些年瑤池奉在洛陽城中所辦之案，臣都曾留意查看。無論是取證之細緻，還是推理之嚴密，均不遜於臣下。若非她是個女冠，我大理寺就又多了一個得力的神探了。」

眼看劍斫峰也站出來為薛至柔的查案水準說話，那楊寺正瞬間傻眼，他轉向劍斫峰，語帶譏誚道：「劍寺正不是一向看這女冠不順眼，怎麼如今卻說起她的好話了？該不會，你也被她收買了罷？」

劍斫峰不疾不徐回道：「楊寺正玩笑了，劍某從前對瑤池奉有成見，是因為不瞭解瑤池奉，怕民間法探過譽，會導致百姓有冤不報官，反而求救於江湖術士。但此案之特殊，涉及臨淄王母妃被告壓勝之事，已超出我大理寺能夠處理的範疇，唯仰賴聖人裁決。瑤池奉既稱自己破了案，那麼陳述案情，擺明證據，以待聖裁，有何不可？」

劍斫峰一席話，令這楊寺正如鯁在喉，不知該如何反駁。

李顯睨了楊寺正一眼，開口回應了薛至柔：「瑤池奉所說的不錯，起初，北冥魚案發生時，朕與皇后都擔心傷了陰騭，素聞她有些查案拿賊的能耐在身上，故而輾轉透過葉天師將金牌與了她。瑤池奉，妳如今既有發現，便好好說說罷。」

薛至柔忙插手稱是，復說道：「真凶籌謀之深，用心之毒，令人震悚，不僅企圖謀害臨淄王與葉天師，栽贓給孫道玄，又陷我父母於不義。我也一樣，因為逐漸靠近那塵封多年又殘忍不堪的真相，今日午後被真凶綁架，險些被害於鴻臚寺別館內，這便是明證！」

說著，薛至柔摘下遮面的薄紗，令她的俏麗姿容重現於世，隨著面紗逐漸落下，她脖頸處那仍未消褪的繩索勒痕亦顯露出來，觸目驚心，惹得人群中不知哪位女眷尖叫出聲。薛崇簡更是心疼得恨不能衝上前去查看安撫，礙於帝后在場，強忍著才作罷。

韋后回過神，語帶關切道：「竟有這樣的事……可找御奉瞧了沒有？」

「多謝皇后關懷，幸好我等早有覺察，劍寺正與孫道玄留意異動，及時解救了臣女，眼下已無大礙了。」薛至柔回著，復將面紗繫在脖頸處，將勒痕擋上，「這一起連環案構思奇絕，堪稱絕無僅有，請聖人與皇后容臣女細細稟告。首先是那字條，真凶刻意透過練習模仿了孫道玄的筆跡，偽造了三張所謂的證據。然而模仿始終是模仿，若是落在書法大家的眼中，便可看出破綻。聖人明鑑，在座之人當中，就有一位精於書法的大家，可現場鑑別劍寺正所帶來的證物，請聖人恩准。」

「准。」李顯說道。

不過眨眼的功夫，一旁人群裡，走上一身著淺紅色五品官袍之人，畢恭畢敬地衝李顯一禮，正是薛至柔在神都苑見過的，宮苑總監鍾紹京。

「鐘總監的家世，想必大家都知道，乃是三國時期大書法家鐘繇第十七世孫，他本人的書法造詣，亦冠絕當世。請他與大理寺書官一道鑑別筆跡，再合適不過。」

鍾紹京遂與大理寺的書官一道，先是仔細看了那三張於案發現場發現的字條，又看了看方才孫道玄的畫作，低聲交流幾句，似是得出了結論，便一道上前覆命：「臣等可以肯定，此兩者並非同一人書寫。」

「哦？有何憑據？」李顯問。

「方才孫畫師畫畫的過程，在場所有人都看到了，他是左利手，故而運筆之中會帶有左利手之人的特點。而這三個物件上的字，無論是看筆鋒朝向還是用勁習慣，都可以肯定是右利手之人書寫。」

「光憑一個左、右利手，就可斷定不是同一個人寫的了？若是孫道玄刻意用了右手去寫又如何？若是鐘總監被迫附和妳的謬論，又如何？」那位楊寺正繼續反駁道。

「第二個證據，能夠證明孫道玄沒有作案可能的，乃是孫道玄留在神都苑當晚所做的畫。」薛至柔不欲陷入無謂的爭辯中，繼續說道，「北冥魚入京洛當天，孫道玄曾受邀入苑為安樂公主作畫。可他是個實打實的榆木腦袋，不知怎的見罪於公主，被罰給神都苑中所有鳥獸畫像，不畫完不得擅離，便是導致孫道玄不得不留在神都苑直到半夜的原因。」

「裹兒，此事當真？」李顯轉向安樂公主問道。

一直有些心不在焉的安樂公主見話題竟突然來到自己這裡，怔了一瞬方回道：「回父皇，是……有此事。」

那楊寺正本已詞窮，接到某處傳來命令的目光，又不得不硬著頭皮道：「笑話，腿長在他自己身上，即便公主罰他留下作畫，難道有人一直盯著他嗎？又安知是不是他故意激怒安樂公主，好留在苑中至深夜，伺機作案？」

「懲罰一個人的方式千千萬，孫道玄又怎能決定公主懲處他的方式呢？事實上，是有人向氣頭上的安樂公主做了提議，還命令守衛神都苑大門口的侍衛，在孫道玄出門時檢查他的畫作。若是孫道玄敷衍了事，只隨便畫幾幅，只怕他是走不出神都苑的。」

一旁的劍斫峰叉手道：「瑤池奉此言屬實，這是大理寺錄得的神都苑守衛供詞。」說罷，劍斫峰將供詞接過，雙手付於頭頂，由內官上前接過，呈到了李顯面前。

事已至此，眾人無不知曉凶嫌鎖定的範圍便在那幾人間，面面相覷不敢言語。

大殿內唯剩下薛至柔的陳述聲：「只不過，成也蕭何，敗蕭何。真凶確實用這種方式將孫道玄軟禁在神都苑至深夜，卻未料到孫道玄是個十足的實心眼，不僅絲毫未有偷懶，反而真的在夜半前畫完了神都苑裡所有的飛禽走獸，也因而留下了能夠證明自己清白的最大證據。」

話音未落，大理寺差役及時抱著一大摞畫上來，一幅接一幅的展示給眾人看。

薛至柔走到旁邊，解釋道：「如此多的畫作，每一張都唯妙唯肖，用筆細緻考究。在場之人方才都看到了，孫道玄在一炷香的時間內畫完八十七個神仙，已是不能再快了。而這裡收繳孫道玄的花鳥蟲魚白描共五百張，案發後大理寺的仵作第一時間鑑定過，其筆墨尚新，可以斷定是案發當天所畫。那麼孫道玄即便以方才在殿中作畫那般快的速度，也需要兩個時辰，何況這樣的速度人不可能幾個時辰一直保持。

據苑中侍衛的供詞，孫道玄開始作畫時，是酉正時分；離開神都苑時，是子時初刻，中間差了兩個半時辰。而若孫道玄中途還偷偷跑去作案，那麼接近並殺死女官、放出北冥魚、清理和偽造現場之種種，即便再快也需要一個時辰。剩下的一個半時辰，無論如何也是不可能畫完這麼多張畫的。而當時苑中，也沒有第二個畫師能夠替他去完成這些畫。因而臣女認為，這些被罰的畫作，反而成了他不可能作案的明證。」

楊寺正一哽，兩眼滴流亂轉，搜腸刮肚也不知道該如何反駁。

薛至柔又道：「除此之外，想要作下此案，還需對神都苑瞭若指掌，不僅要知道北冥魚關在哪裡，鑰匙存在何處，還要知道第二天一早便有臨淄王為嗣直準備的祈福儀式。凡此種種，一介受邀而來的畫師絕無可能獲知，但崇玄署作為鴻臚寺的下屬機構，臣女做法事的記錄，鴻臚寺均會掌握。真凶若掌管鴻臚寺，又能隨意出入神都苑，便可得知這些計畫，進而作案了。」

事已至此，薛至柔言辭所指向誰再也不是啞謎，眾人的目光皆移向安樂公主身側的駙馬都尉武延秀。

面對質疑，他顯得頗為驚訝，旋即竟笑了起來，英俊非凡的面龐上滿是無奈：「真是奇了，聽至柔的意思，竟是歪賴到我頭上了？北冥魚入神都苑那日，我喝多了酒，早早便與公主一道回府了。即便孫道玄沒有機會作案，我又怎麼會有機會呢？」

「駙馬不提，我可要忘了說這精彩的一環，」薛至柔看著武延秀臉上的假笑，自信滿滿地一挑長眉，「只怕武駙馬尚不知曉，大理寺已查明，看管北冥魚的女官，此前曾多次與一人在神都苑中密會。此人頗擅馴獸之術，皮相又好，故而將那女官迷得五迷三倒。此次北冥魚案正是此人唆使那女官，將北冥魚放入池中的。這女官只怕到死也想不到，所謂『螳螂捕蟬、黃雀在後』，她的意中人早早規訓過山海苑中的白象，她前腳才作案，後腳便被大象鼻捲住雙腳，倒提至水中淹死了！」

如此離奇的案情自是引得在座之人皆驚，議論紛紛。安樂公主審度的目光在薛至柔、孫道玄與武延秀之間徘徊，目光沉定疏冷，彷彿被指控的不是她的丈夫，而是一個無足輕重的外人。

武延秀仍那般輕笑著，甚至帶著幾分忍俊不禁：「至柔，我知曉妳為救父母心切，抑或是也被孫道玄的皮相迷了心竅，急於為他脫罪。只是……這女官被大象殺死又是何其可笑的說辭，妳就此指控我，是否有些太莫名其妙了？」

薛至柔也學著武延秀的語氣，不鹹不淡、不陰不陽說著，「武駙馬乃則天皇后侄孫，又是尊貴美麗的安樂公主夫婿，至柔自然沒有活夠，既敢指控你，自然是有證據的。第一便是女官屍身上的勒痕。下官在劍寺正與其他大理寺同僚的見證下驗過她的屍體，屍身的頭髮上頗多泥沙，腳趾甲中，卻頗為乾淨。其二，屍身全身素白，唯有頸部以上，在紅紙燈籠透出的光下，呈現通紅之色，說明她死的時候，全身的血都集中到了頭部。其三，屍身兩個外腳踝處有一寬大勒痕，與象鼻寬度相當，上面的褶皺也與象鼻上的頗為類似。」

「稟聖人，瑤池奉所述，皆為事實。此乃仵作記檔，請聖人過目。」劍斫峰適時出聲，將大理寺最新的記檔呈上。

即便證據確鑿，武延秀也沒有任何要認罪的意思，仍舊是一副事不關己、高高掛起的模樣：「退一萬步說，即便真是大象殺人，又與我有何干係？是否有些強詞奪理了些？」

「其四，」薛至柔只管羅列證據，並不理會他的強辯，「前些時日，至柔在凝碧池岸邊的蘆葦叢裡撿到了一只繡鞋，經查正是那女官當天所著之物，其兩側的樹幹上，發現了高處的樹皮有被蹭破的痕跡，從高低來看，唯有大象經過時兩耳擦碰到才可如此，可見那蘆葦叢正是那女官被大象倒提於水淹死之處。而那繡鞋旁邊還落了一支金簪，也是那女官的物件。聖人請看，這金簪可是大有來頭。」說著，薛至柔將金釵交給從方才起便待命旁側的尚宮局司珍房的女管事。那女管事接過一看大驚，立即對李顯叉手福身。

「妳看出了什麼，快快說來！」在薛至柔不斷舉出證據之後，李顯態度已十分明晰，憤怒之餘一心只求真相。

「回聖人，此金簪乃尚宮局司珍房去年仲秋時收錄，依照聖人吩咐，特送與安樂公主之物。冊錄上清楚記著，其本為夷州島上金匠所獻，金質色白而硬，有白色亮點。雕花樣式絕無僅有，聖人倘若怕不詳盡，婢可即刻取冊錄來。」

事已至此，武延秀的臉色終於變了兩分。

薛至柔微微一笑，繼續說道：「自三國時起，島夷便已納入華夏版圖。隋時武賁將陳稜亦曾登島宣示對夷州之管轄，此後大唐沿海之民不斷遷入，才令島上漸有了人煙。此簪之所以價值連城，不在其金質好壞，而在其產地。可尊貴如安樂公主，什麼金銀首飾不曾見過，自是不會佩戴此等色澤不夠華美的金器，故而隨手將其扔在一旁，被真凶撿到。真凶亦不知其來歷，見安樂公主不甚愛惜，以為普通，又送給了這倒楣的女官。其中款曲勾當，各位細想便知。」

武延秀面色鐵青，仍舊不肯承認：「僅憑一個簪子，就能證明我與那女官有私？真是胡言亂……」

話未說完，便聽「啪」的一聲，武延秀結結實實挨了一巴掌，自是出自安樂公主，只見她精緻的面龐因憤怒而扭曲：「男女之間送簪，自古以來皆是定情之意，你竟將本公主的簪子撿了贈與旁的女子？還想如何膽大妄為！」

武延秀看似堅不可摧的偽裝終於崩塌，今夜第一次流露出畏懼之色：「裹兒，妳聽我說，即便我的確與那女官私會，我、我也是有苦衷的，也不能證明我謀害她，妳可不要中了瑤池奉的奸計！」

眼看武延秀竟然承認了與那女官私會，皇家醜事被曝光於諸國使節面前，李顯憤怒與酒氣同時上頭，竟撇了過去。皇后、御奉與內官即刻亂作一團，安樂公主氣急之下，再度狠狠掌摑了武延秀，打得他連連求饒，癱跪在地。

薛至柔看著不復囂張氣焰的武延秀，繼續說道：「若不是你訓練大象來殺害那女官，為何本應存放北冥魚口糧的獸欄內，放的卻是甜蕉，這些甜蕉又為何在北冥魚入京的前一天被送至了安樂公主府上？此事乃臣女查訪鐘總監獲知，只是礙於安樂公主府身分特殊，鐘總監才並未第一時間向大理寺稟告。

據劍寺正查訪西市獲知，公主府上在北冥魚案發前，曾買進了十幾隻恒河猴，而北冥魚案發後，大理寺派員查訪時卻未在府上見到這些猴子，那些甜蕉也消失了。臣女查訪火燒後的凌空觀時，曾在一樁尚未倒塌的危樓之上，發現了沾著石漆的小孩腳印，還以為是小鬼出沒。直到從劍寺正那裡得知公主府買猴子的線索後，臣女才明白那不是小孩腳印，而是猴子的。

石漆產自西域，如黑脂浮於水上，肥可燃，乃軍中火攻必備之物，你身為左衛將軍，自然唾手可得。至柔還聽聞武駙馬出使突厥六年間，曾被突厥可汗軟禁，不得已只好裝瘋賣傻，淪為馴獸伎。若是如此，訓練十幾隻尾巴上蘸滿石漆的猴子，往凌空觀裡的各個樓上爬又有何難？待那些猴子神不知、鬼不覺地爬滿凌空觀各處，你再將火種點燃一處，火便會順著猴子尾巴在建築屋頂留下的石漆線條，將整個凌空觀點燃。類似的石漆腳印，劍寺正的同僚也已從廢墟中找到不少，遇害人遺骨中，亦雜有猴子的屍骨，至於那些甜蕉，想必是訓練猴子時用光了罷。」

此時此刻，武延秀知曉大勢已去，頹然跪坐在地。

薛至柔面帶嫌惡地走到他面前，繼續說道：「再說那轉世靈童案，乃是你隻身策馬出京洛，埋伏在我阿娘護送轉世靈童的路上，扮作藥鋪掌櫃，利用天竺人喜好將八角研磨成粉塗在身上的習慣，將莽草充當八角，賣給了轉世靈童的母親。莽草與八角形狀相似，靈童的母親自然無法分辨，將其磨成粉後塗在靈童身上，還用沾了它的手給靈童餵飯，最終毒死了那可憐的孩子。

藥鋪掌櫃簽了死契，一家性命盡握你手，自然不敢報官。你本以為神不知、鬼不覺，怎料百密一疏。返程路上，你被公孫阿姊跟了一路，她騎的是臨淄王府最快的馬，愣是被你用速度甩開。試問整個大唐，除了你今日比賽時所騎的那匹外，還有哪一匹能與臨淄王的寶馬相較？」

「確實啊，」一旁坐著的虢王李邕若有所悟，「若說誰人的馬比三郎的更好，應當只有武駙馬那匹汗血寶馬了。」

面對如是多證據，圍觀人群議論紛紛，皆道倘若有人證便能徹底結案。

正當此時，人群後傳來一女聲：「臣女願作人證！」

眾人循聲望去，只見一直坐在眾人身後的唐之婉大步上前，對暫代李顯居於高臺上的韋后禮道：「啟稟皇后，臣女可以作證，今日馬球賽時，瑤池奉曾被武駙馬拐至僻靜處，綁架出了神都苑。彼時臣女順著氣味跟蹤到她二人對質的位置，曾於附近僻靜處聽到，武駙馬親口承認他是真兇。」

「至於王氏一案，今日，武駙馬曾妄圖故技重施，在瑤池奉身上復現當年殺害王氏之法。下官率眾人解救瑤池奉之時，已將其中玄機查明。武駙馬巧妙利用了廢棄景教禮拜堂鐘樓上的大鐘，與此前被他盜走的波斯紋彩鏤空馬球。先將馬球塞入豬尿泡中，灌水密封後置於凌陰內，便可得到內部填滿凍硬冰塊的馬球。

用這六個馬球卡住大鐘，令其懸空於閣樓的橫梁之上，待暑熱將鏤空馬球內的冰融化後，馬球不堪重壓碎裂，鐘便會落下，其上牽動的繩索通過屋頂瓦片垂入廢館內，繫在瑤池奉脖頸上，便可將瑤池奉於門窗反鎖的廢館內勒殺。而又因為繩索浸泡過溶有芒硝的燈油，大鐘落下時繩索與屋頂瓦片間的劇烈摩擦，又會反過來引燃繩索，使室外的大鐘與室內牽連的那根繩索燃盡，僅剩下為了偽裝上吊自殺所繫的另一根繩索。凡此種種，均與當年武駙馬謀害王氏所用的伎倆一致。具體細節，臣已盡數書寫記檔，還請皇后過目。」劍斫峰叉手道。

正當此時，兵部尚書唐休璟闊步上殿來，躬身叉手道：「皇后娘娘有禮，臣有要事欲奏，應與今日之事相干。據遼東前線潛伏於百濟復國勢力內的暗樁來報，百濟人中有一話事者，乃是個四十多歲的婦人，經查正是武駙馬的生母。此人曾數度潛入兩京，與京中位高權重之人暗通書信，只是一直未能查明這人是誰，今日此婦終於被捕，經查證書信，與其通風報信的正是武駙馬。信中所述之事涉及借北冥魚入京，襲擊臨淄王，軟禁薛將軍，栽贓孫道玄之事，與瑤池奉所說無差。」

韋后掂量幾番，最終乜斜武延秀一眼，鳳袍一甩，冷聲道：「既然如此，本宮今日便代陛下宣召：『左衛大將軍薛慎言、鴻臚寺卿葉法善、貞靜將軍樊寧無罪，即日釋放，不得耽擱。駙馬都尉武延秀暫時押解，聽候發落！』至於當年之事……你們幾個，且隨本宮來罷。」

第四十三章　不堪前塵

長壽二年正月初一，大雪。

神都洛陽籠罩在一片蒼茫中，琉璃烏瓦盡被積雪覆被，唯剩屋脊一牙，如雲山霧海間的眉黛。自應天門至翠雲峰，新歲氣息濃郁，彩燈高掛，四處可見鯉魚彩幡，煞是好看。

時年不過十歲的武延秀在一眾太監宮女的簇擁下，趾高氣揚地在宮苑裡遊山玩水，身為則天皇后的侄孫，魏王武承嗣之子，武延秀自小便可以說集萬千寵愛於一身，甚至連李姓親王的嫡子、嫡女，遠遠看到他都不得不悻悻地繞道走開。看到那些為了避開自己鋒芒而遁走的李姓宗室，武延秀「嘁」的一聲，滿臉不屑。

這也難怪，彼時武后登基為帝已是十年有餘，當世之人皆道，武氏一脈要代李唐為皇室正朔，武延秀之父武承嗣更是數度被議儲，可謂風光無倆，又有誰會自找沒趣去撞他的忌諱。

已經遊了大半晌，饒是武延秀正值上躥下跳，雞嫌狗厭的頑劣年紀，也已有些疲了。跟在他身後的那一大群太監、宮女，更是累得東倒西歪，一位滿頭白髮的老太監適時湊上前對武延秀道：「郡王，前面有座亭子，不妨我們小憩一下，正好奴家今早又收了幾份上好的點心，都是朝臣們拿來孝敬郡王的，郡王不妨嘗嘗。」

「哦？都是誰送的？」武延秀問，聲音雖稚氣未脫，卻帶著滿滿的城府與警覺。

老太監沒有立即回話，只是佝僂著身子，示意內官們速速進涼亭布置，宮婢、寺人們立刻搬出軟墊，取來小火爐，烹茶煮水，各自忙活。

武延秀這便在軟席上坐定下來，幾名宮女各自捧著樣式不同的點心匣子，在一丈外一字排開，向武延秀展示著匣中珍饈。

那老太監夾著沙啞的嗓音，向武延秀介紹道：「打頭這個是上官昭儀送的，裡面放的乃是嶺南來的新鮮荔枝。昭儀她平素裡不是負責起草宮中敕命嘛，便命那嶺南馳驛來的傳信官在隨身行囊中捎帶來的，新鮮著吶。昭儀說，恭祝郡王殿下新歲安康，步步登高，轉龍登朔，心想事成！昭儀還說，她一心想要重回神宮，侍奉聖神皇帝，還望郡王能幫她在聖神皇帝面前美言幾句。」

「她怎還在想這些有的沒的，」武延秀嗤笑一聲，上前撿起一顆紅豔欲滴的荔枝，撥開殼放入口中，「嗯，還算新鮮。還有誰送的來著？一併拿上來看看。」

「這是太平公主送的……這個是文昌右相送的……」老太監笑盈盈地挨個介紹這些禮物的來歷，以及各自的祝福及所求之事，彷彿自己只是在跟孩童玩笑一般。可講的事情，或涉軍國大事，或涉宰府任命，聽起來無不令人膽戰心驚。而武延秀亦絲毫沒有孩童的怯懦退縮，或頷首笑納，或嫌棄搖頭，一派囂張架勢，好不恣意。

末了，老太監忽然想起某事似的，一拍腦門道：「對了，此處還有一份贈禮，乃是皇嗣妃宮裡派一名姓王的女官送來的。對方還說，若郡王午後願意賞光到鴻臚寺別館一敘，另有重謝。」

說著，一名宮女捧著一枚精緻無比的小盒子上前，打開一看，裡面卻不是食物，而是一塊晶瑩剔透、美麗絕倫的珠母貝，內含一枚鵪鶉蛋般大小的珍珠，圓潤奪目，直叫人移不開眼。在那貝殼兩邊，還點綴著泛著五彩光芒的珊瑚鬚，一看便是稀世珍品。

「皇嗣妃……」武延秀只詫異了一瞬，旋即了然一般。他擺了擺手，摒退左右宮女，露出一抹壞笑：「平日裡他們對本王可沒這般客氣，如今怕是為那韋團兒之事吧。聽說，那韋團兒勾引皇嗣不成，便到聖神皇帝那裡告狀，說皇嗣的兩個妃子紮了什麼桐人，要詛咒聖神皇帝？」

「正是。女官王氏說，希望得到郡王襄助，到聖神皇帝面前，揭露韋團兒誣告皇嗣妃的陰謀。」

武延秀沉吟了一瞬，露出了一個意味深長的壞笑：「本不想搭理皇嗣府的人，可他們這麼著急，倒是讓我起了幾分好奇，他們打算如何酬謝我了。禮物替我收好，待本王用過午膳，就去會會那女官。」

雪後初霽，約莫申時初刻，武延秀氣憤地快步走出鴻臚寺別館，坐上了自己那華麗得如同太子步輦的馬車。待紗簾落下，他開始整理自己的衣袍冠帶，邊整理邊氣道：「哼，竟有如此不識好歹的女官，本王今天真是開了眼了。」

「哎，郡王息怒、息怒。」老太監在簾外低聲勸誡，見四下無人，又道，「皇嗣妃宮裡的女官，不比郡王自己府上的，自然沒那麼知情識趣。郡王若想要個女子還不容易？待回府去，奴家給郡王物色個更好的。」

「本王可咽不下這窩囊氣！她既不識抬舉，本王就令她死得不明不白，死無對證！」說罷，武延秀招呼那老太監上前，對他耳語道，「你，去照我說的這樣做……如此這般，便可。」

饒是在宮中侍奉了大半輩子的奸猾老太監，聽了武延秀的計謀，竟也不由得出了半頭虛汗，他強擠出一絲笑，讚嘆道：「郡王實在高明，奴家這就去辦！」

女官王氏的悲鳴與一聲震耳欲聾的鐘響，打斷了武延秀的回憶。

此時的他，已經十五、六歲的模樣，耳畔滿是朔北呼嘯的風聲，他被五花大綁，壓在地上，身子抖個不住，眼前昏黃，目之所及唯有一雙羊皮皂靴，顯得極為巨大。

「你，抬起頭來。」一個無比粗獷的男聲傳來，正是默啜可汗。

此時的武延秀，早已沒有了身在唐宮中的囂張跋扈。王氏死後不久，他的父親武承嗣便被貶官，憂憤而死，他與其他兄弟也理所當然失了靠山，眼見武則天年老，心裡重新開始親近親生兒女，武氏在朝堂失勢，每日只能看著武則天的臉色過日子。近來默啜可汗欲與大唐聯姻，他因皮囊生得好，遂被武則天派來迎娶默啜可汗之女。

武延秀本是不願的，他雖荒唐，自小卻忍不住鍾情於比他更荒唐的安樂公主李裹兒。原本是他武家風光，他還對李裹兒多有接濟，不想有朝一日竟又倒反天罡，直接被攆出了洛陽城。他本還安慰自己，若能成為突厥可汗的駙馬也不算賴，畢竟突厥之勢正盛，武延秀盤算著或許可以借機成為突厥的權主，豈不也不算窩囊？

可真到了突厥的地界之後，他卻發現事情並不像自己想的那樣簡單。一路上他不單被突厥士兵如同囚犯般看管，絲毫沒有什麼王公貴族的優待，還在一處中原人開的茶攤聽人提起，那突厥可汗的女兒可是有虐打駙馬的愛好，此前已打死了三任駙馬，毫無伸冤之處。武延秀立即打起了退堂鼓，數度想要開溜，也數度被捉了回來。

此刻，默啜可汗的大帳內，武延秀神色恍惚，欲哭無淚，一時分神間，便被一名帶刀的突厥侍衛押綁住，又以能捏碎他下頷般的氣力，將他腦袋抬了起來。

「看看牙口。」默啜可汗漫不經心撣撣身上的灰埃。

突厥士兵立即如同相馬一般伸手掰開了武延秀的嘴，露出他的兩排白淨的牙齒。武延秀感到突厥士兵的糙手指都要戳進他的嗓子眼裡了，立即乾嘔不休。

「嗯，皮相倒是不錯，就是怎麼這麼瘦，圈裡的狗都不如，脫下褲子看看。」

坐在左右兩側的突厥文臣武將跟著哂笑起來，連連附和著默啜可汗。武延秀何曾遭受過這等凌辱，不由得起了七分怒氣，但礙於旁側全副武裝的突厥士兵，不好發作。

「叫什麼名字？」默啜可汗又問道。

「我們可汗問你的名字！」突厥士兵好似怕武延秀耳聾一般，又用最大的聲音對他吼道。

「不勞你復述，我聽得懂。」武延秀努力平復情緒，正色對默啜可汗道，「我乃淮陽郡王武延秀，聖神皇帝侄孫，先魏王武承嗣之子，奉詔特來迎娶可汗之女，你們如此待我可知道……」

話未說完，周遭的突厥大臣們便陷入了一陣嘈雜的議論中。武延秀聽不完全，但其間「武」、「李」等字眼還是被他捕捉到了。

果然，默啜可汗的臉色變得鐵青，待所有人都安靜下來，他方咬牙問道：「你姓武，不姓李，對嗎？」

「如今已是大周天下，武姓，便是國姓。李姓，並非國姓。」武延秀斬釘截鐵道。

一旁一位突厥大臣起身對武延秀厲聲喝道：「大膽！竟敢巧言蒙蔽我們可汗！武姓若是國姓，為何你們皇嗣又把姓氏由武改回了李？可汗，此事千真萬確，就是半個月前的事！據說是那狄仁傑向大唐皇帝進言後改的。」

聞聽此言，武延秀如蒙當頭棒喝。來突厥王庭，他走了有兩個多月，期間幾乎與世隔絕，當真不知道此事。此刻，他才感覺自己好似完全上當受騙，成了棄子，周遭的突厥大臣看向自己，如同仇讎，彷彿自己出現在這裡就是為了羞辱他們一般。

默啜可汗沉默良久，終於開口：「我的女兒要麼不嫁，要嫁就要嫁天可汗的血脈。此人既然不姓李，就不配成為我女兒的夫君，隨意處置了罷！」

「殺了他！殺了他！」底下群情激憤的突厥大臣們不斷慫恿著，場面眼看就要控制不住。

默啜可汗一揮手：「先帶下去，聽憑發落。」

一聲鐵柵門響，武延秀發現自己身處獸欄之中，與一群豬關在一處。從小到大，他何嘗受過這等委屈？面容漸漸變得僵硬扭曲，雙手抱頭，滿腔的憤恨和悲鬱驅動著全身的氣血，好似就要從腦頂噴出。

難道這一切都是姑祖母有意為之嗎？不可能，他絕不相信會是如此。恍惚間，他的腦海之中又浮現出方才大帳內談話時那幾個字眼：「皇嗣……皇嗣……李……」

是啊，若非是困於李武之爭，父親不會死，自己亦不會落入這般田地。此時的武延秀如同一個賭上自己的性命卻賭得滿盤皆輸的賭徒。復仇之火的點燃，反而令他空前地冷靜下來，畢竟他清楚，若是自己就這樣在突厥地界悲憤而死，無人會在意。於是，他走向了另一個極端：面對著來獸欄給自己和豬餵食的突厥士兵，他趴在地上同豬搶食，逗得突厥士兵捧腹大笑。白天，當突厥士兵運送鎧甲時，他像撒歡的狗一樣幫著拉車出力；晚上，當突厥士兵們圍著火堆喝酒、吃肉時，他從豬圈裡跑出來，一邊吐出舌頭做鬥雞眼，一邊跳起胡旋舞。

在這樣的裝瘋賣傻之下，不到一個月，所有的突厥士兵都已對他毫不戒備，只當他是受刺激瘋魔了。而他也在這一個月中，逐漸能夠聽懂突厥語。只有在所有人都熟睡之後的深夜，武延秀獨自一人站在豬圈中，他臉上扭曲猙獰的表情會出賣他內心的怨憤與不甘。

整整六年過去。

此時的武延秀已經二十出頭，能夠熟練地使用突厥語、波斯語、天竺語等西域語言。雖然每天突厥將領仍派人盯著他，以防他逃跑，但他已可以在這個不算小的突厥部落中自由活動。靠著自己出眾的長相，以及五年前結識的一名往來西域的販獸商人，武延秀成了遠近聞名的馴獸高手。

每天都有許多人前來圍觀他結合了胡旋舞與馴獸戲的表演。而他的表演也是不斷花樣翻新，有鴿子、蟒蛇、恆河猴、大食虎，甚至來自更遠地方的獅子和大象。他還研究各種鎖具、滑車和機關，以使自己的表演看起來更引人入勝。

越做越紅火的馴獸戲，也給武延秀帶來他渴盼已久的地位轉變，開始有一些傾慕他，也想借同他合作打響名聲的突厥舞姬對他投懷送抱。久未體驗過人上人之感的武延秀，對此自然來者不拒。

就這樣，來突厥之後第六年，一封用百濟語寫的書信，出現在他居住的獸欄裡。武延秀看罷，幾乎難以相信自己的眼睛，立即按照書信上的指示於入夜後偷偷摸摸跑出營地，來到部落附近的一個山崗之上。

此處是個能夠俯瞰整個部落的制高點，但從部落的方向，則因崖石阻擋而無法看見此處。選在這裡相見，既可以隨時觀察部落有無異動，又可以不令自己點燃的篝火被值夜巡邏的突厥士兵察覺。武延秀來到那崖石背後，只見一叢小小的篝火旁，一個三十餘歲，身著洋紅色胡裙的蒙面舞姬正坐在那，朝他露出謎一樣的微笑。

「秀兒，好久不見了。聽聞你被擄至此地，為娘特來找你。」

武延秀愣了片刻，還未說一字一句，淚水便如決堤的洪水般，衝破了他的眼眶。他立刻衝上前，如同一個還未長大的孩童一般，抱著那女子哭了起來。

對於自己的生母，武延秀是有印象的，知道她是百濟人，也曾於他小時候教過他說百濟語。他亦知道，她生下他時年紀不大，兩年後便被趕出了魏王府，從此下落不明。

在這幾乎被所有人拋棄，萬念俱灰的境況下，第一個來看自己的居然是他多年未見的生母，這如何不讓武延秀涕流滿面，他哽咽邊問道：「阿娘是如何知曉我在此處的……」

「你娘以舞為生，自從出了魏王府，也是輾轉各地。後來聽說你被送去突厥和親後音信全無，為娘便很擔心你的處境，托人四處打探。如今你表演馴獸舞的事，已經在突厥王庭傳開了，甚至連遠在新羅的為娘也有所耳聞。後來，與你交往過的那個天竺販獸商人也去了新羅，為娘透過他的描述，確定他見到的那個人就是你，這才知道了你在突厥王庭的具體位置。」

百濟舞姬撫著武延秀的頭，如哄小孩睡覺一般喃喃低語了這些話，隨即話鋒一轉道：「秀兒，你是為娘的親骨肉，卻被拋棄在此，實屬不該。唐人重血統，你是我這個百濟人所生，他們不會真的相信你，他們不值得你效忠。如今你父親早已去世多年，他們姓武的一家怕是早就忘了你這麼個人了。不若往後你跟著娘，跟著我們的百濟同族。如今我們落腳新羅，正在謀劃復辟國土，只要你能為我們效力，娘會動用所有的關係讓你回到中原。待百濟復辟成功後，娘會讓你坐上王位，成為新的百濟王。到那時，你想要什麼，無論是財寶、女人還是地位，都應有盡有，還不用看任何人的臉色。豈不快哉？」

若說剛來突厥時的他尚不會理會母親這般說辭，如今已經流落突厥六年的他，已經無法抗拒地相信，自己可能真要在此地蹉跎一生了。當然，他亦知曉答應生母意味著什麼：從此他必須將他所掌握的一切中原機要密事，傳遞給她的同族。

此時此刻，面對親生母親拋出的善意，武延秀實在無法拒絕。不如說，在經歷了從權力的頂峰跌落之後的一系列眾叛親離，以及為了活下去而不擇手段地取悅他人之後，他早已失去了家國的信念，甚至還有為人的尊嚴。

不過，武延秀並非天真的人，縱便面對自己的生身母親，他依舊保持著十二萬分的警惕：「阿娘也不過是個舞姬，當年棄我而去，我知曉妳有許多苦衷，眼下又有何能力送我回洛陽去呢？再者說，縱便聖神皇帝還在世，武氏一族也已不復往昔。即便默啜可汗能夠同意放我歸還，恐怕我也回不到過去在魏王府的時候了。我確實痛恨李氏，也想要為你們效力，可如今我就算回去，也無法發揮什麼作用。」

「你啊，只知其一，不知其二。武氏一族確實眼看要不行了，可中原的朝堂之上並非沒有你的位置，不如說，留給你發揮的地方，還多得很呢。」說罷，她用雙手捧起武延秀的臉，「瞧瞧我的兒，不愧是承繼了我的美貌，生得如此俊俏。這般俊俏的兒郎，能唱會跳，精通多國語言，還能言善辯、聰明機敏。只消好生打扮打扮，中原哪個王公貴女能不動心？」

母親的話，令一個少女的身影驀地閃現在武延秀的腦海中，不消說，正是李裹兒，如今神聖皇帝重新器重李氏，只怕她的日子比從前好過得多了。先前她門楣不濟時，總是他暗中照顧，這些年過去了，也不知她欠他的這幾分何時能還？

武延秀抬眼看著大漠蒼茫的天，他多少次祈盼王師將至，卻只見北雁南飛，不曾見南雁回還，或許他能夠自救的機會，確實只有這一次了。

數月之後，武延秀感到事情好似真的像他生母所說的那般出現了轉機。先是默啜可汗召見了自己，命下人給他更衣剃鬚後，安排了個有專人伺候的乾淨帳篷供他居住。幾日之後，他便又聽說，唐軍大軍壓境，並不斷派出使節會見默啜可汗。

很快，年關過後，武延秀便聽聞中原朝局震盪，張柬之等人聯合禁軍將領，斬殺「二張」，武則天被逼退位，還政於廬陵王李顯，國號也由「大周」改回了「大唐」。

此事對武延秀內心衝擊極大，他與姑祖母談不上親近，甚至與父親一樣頗為畏懼她。但她於武家而言，仿若定海神針，這世上絕無她畏懼之事，亦無她做不到之事。他實在想像不到，有朝一日，姑祖母竟也會被逼黯然退位。倘若連武則天都倒臺了，那麼武家就徹底沒有了庇蔭，即便他真能回到大唐去，又能依靠誰呢？

武延秀沒有想到，此後他的經歷似乎證明了這份擔心純屬多餘。期盼已久的大唐使節給他帶來了消息：朝廷已決定授他左衛中郎將，並讓他稍作準備，回洛陽之後要即刻面見聖人。

面對這突如其來的潑天富貴，武延秀仰天大笑，隨即又鼻頭一酸。他衝出營帳，一路奔跑，直跑身後的氈帳變作了地平線上一個小小的黑點方休。大漠孤煙，長河落日，武延秀不知何時已淚流滿面，他高聲喊道：「天不絕我！天！不！絕！我！」似要將這六年來的所有壓抑與悲憤都宣洩出來。

坐上回中原的馬車，武延秀歸心似箭，一路上，州道府縣無不聞風而動，設宴歡迎。武延秀發現，原來權勢竟能如此大地左右別人對他的態度。明明他在突厥過著的是豬狗不如的生活，靠著賣藝混飯，如今不知怎的，竟變成了面對突厥可汗的軟禁依然堅貞不屈的剛烈英雄。只有武延秀自己知曉，自己實際的經歷與這些詞彙毫不相干。可他亦明白，此時此刻需要這層偽裝的不單單是他。

及至洛陽城，武延秀可謂受到了前所未有的隆重歡迎，他尚未從眾人的歡呼聲中回過神來，就在神都苑裡被安樂公主的美貌酥倒半邊。武延秀發現，縱便他從前在魏王府，後來在突厥見過那麼多姿容出眾的女子，在他心中也比不上李裹兒分毫。

若說安樂公主是皎月，她們充其量只能算是繁星而已。一種前所未有過的悸動感，縈繞在武延秀心頭，糾纏啃噬，抓心撓肝，讓他無法不用盡一切手段，只為贏得她的芳心。

彼時，安樂公主的丈夫武崇訓正臥病，他便不斷以看望堂哥為名，去安樂公主府上尋她。她說她愛聽胡琴謠，愛看胡旋舞，他便陪著她一起，手舞足蹈，歡飲達旦；她說她心情不好，他便為她表演各種自己在突厥學來的馴獸、雜耍、滑稽戲，逗得她捧腹大笑；她要出門，他便為她馳馬駕車，把府中的駿馬收拾得神采煥發；她想要各種西域珍奇，他便變著法透過此前認識的西域商人們弄到手後獻給她。

在武延秀如此熱烈的攻勢下，安樂公主終於動了芳心，在一個和煦溫暖的春日裡，兩人背著臥病在榻的武崇訓，在鋪滿鮮花的園中合二為一。武延秀無比神勇，竟令安樂公主差點耽誤了進宮與聖人和韋后一道用晚膳。

武延秀成功了，不僅成功熬死了堂兄，達成自己所願，成了安樂公主的駙馬，也如自己生母計畫的那般，一步登天。武延秀與安樂公主的婚約定下後，朝廷便在金城坊另建公主府，其形制軒俊壯麗，堪比皇宮，幾乎令國庫為之一空；而他與安樂公主大婚當日，聖人特授其太常卿，兼右衛將軍、駙馬都尉，封桓國公，享食邑五百戶；十個月後，在安樂公主與武延秀之子的滿月宴上，聖人、韋后親臨府邸，不僅當場宣布大赦天下，還讓宰相李嶠以下數百文臣詩匠賦詩讚美。如此待遇甚至可以說已超越其父，讓武延秀沉醉不已。

武延秀知道，自己是真的鍾情於安樂公主，而他亦十分相信，安樂公主也鍾情於他。他們在綿延數里的定昆池邊遊玩嬉戲，如同神仙眷侶，武延秀想當然地認為，自己的幸福將永遠持續下去。

直到某一天，他再度收到來自他生母的密信，要他配合提供自己所接觸的所有軍機國事密函，最後還附上一句話：「**蕭郎有意，聖女無情，果不遵命，莫怪爲娘未提醒。**」

第四十四章　請君入甕

這一刻，武延秀猶豫了。

他當然記得自己曾答應過生母，可如今自己享受的一切優待，難道都是經過她斡旋得到的？聖人與韋后自不必說，安樂公主亦不可能受百濟復國勢力操縱，他的官爵也是貨真價實，難道這一切還會因為不配合她的計畫而失去不成？若是自己因背叛大唐而被抓，豈不才令一切化為泡影？

因此，武延秀並沒有理會這封信，直到他發現，自己的駙馬生活果真如他生母警告過的那般，出現了他始料未及的變化：身為聖人與韋后的愛女，安樂公主並不滿足於帝后的恩賜與公主之位的榮華。她愛武延秀或許不假，但她愛的僅僅是他的皮囊、他的才藝以及他逗趣兒的本身，而這些事情，普天之下並不只有他一個男子能做到。

很快，武延秀就發現自己日漸被冷落下來——不斷有想要巴結安樂公主的朝臣帶著各色俊男來她府上求見，投其所好。對此，安樂公主從不推辭，每每在許多俊男的投懷送抱下歡飲達旦。

越來越多個夜晚，武延秀只能看著身邊空空如也的鳳鸞錦被與繡花枕頭發呆。即使是白天同她在一起用膳，武延秀也越來越明顯地感覺到，安樂公主在他面前時，眼神變得空洞，脾氣變得暴躁，平日裡能夠輕易逗笑她的那些笑話，如今只能換來她的一句：「今夜我有要事在身，不必等我。」

拋出這樣一句話，用完晚膳的安樂公主起身便要離開。武延秀再也按捺不住，一把拉住了她的手，一雙眼含著淚問道：「裹兒，我們都許久未曾同床共枕了，妳能不能……」

武延秀話音未落，只聽「啪」地一聲，臉上傳來一陣火辣辣的痛感，他立刻明白自己做錯了事，叩拜在地，火速認錯。

「我的事，幾時輪到你這個駙馬做主了？還有，我的乳名，也是你渾叫的？」

武延秀大氣不敢出一聲，但他派人探查過，她與各色俊男們在一起時，他們便是喚她的乳名。彼時她毫不介懷，甚至甘之如飴。

但武延秀知道，辯白無用，身為駙馬，他絕無可能向安樂公主提條件。他自以為是雙向相愛的愛情，從一開始就是鏡花水月。

安樂公主沒再與武延秀費一字唇舌，乜斜他一眼後，頭也不回地離開了。下人們亦隨之離去，偌大的廳堂間獨剩下武延秀一人。這一切，不知為何，都讓他仿若奔襲千里，倒退數年，回到了突厥，回到了那些寄人籬下的日子。明明是錦衣玉袍在身，棲身的是金碧輝煌的樓宇，他卻彷彿回到了沆瀣獸欄，被千人唾萬人棄。

武延秀忍不住渾身打顫，跪地的姿勢不知何時變作了雙手抱膝，他的頭深深埋在兩臂之間，想要驅逐這無法言說的恐慌。忽然間，他想起生母當初許給他的願：只要他能助百濟復國，便會讓他過上不必看任何人臉色，財寶、美人應有盡有的生活。

武延秀終於停止了顫抖，重新抬起臉，眼底閃過一道利光，有如沙漠孤狼——他需要新的改變。

當夜，武延秀便回了信，隨後的第二天，便有一新羅使節入府拜訪，進貢了一隻其貌不揚的新羅雀。武延秀明白，這一定不是一隻普通的新羅雀，於是拿出一張小小的絹帕，只用十四個字，回應了自己的生母：「**聖女無夢，蕭郎不歸。歸處，只在安東。**」

如此，縱便這鳥飛不明白，大概只會被當成不遠處的上陽宮裡幽閉宮女的癡怨之語。武延秀抱著一線希望，將絹帕塞進提前準備好的小竹筒，綁在新羅雀的腿上，拋上了天。

新羅雀振翅而飛，似乎沒有片刻猶豫，便在暗夜裡飛遠了。武延秀聽著不遠處高臺傳來的琴瑟聲與安樂公主的笑聲，神情越發陰晴不定。

翌日天方擦亮，那新羅雀便飛回了他的臥房。看來生母亦知曉安樂公主不在，房中獨有武延秀一人，他立刻上前捧起那新羅雀，打開腿上的小竹筒一看，果然是一封回信。

與武延秀飄逸的大字不同，信紙上用蠅頭小楷密密麻麻地寫著一大串詞與詞之間的對應表，有數百個之多。武延秀明白，這便是自己與百濟人之間聯絡的暗號，把許多與國政軍機相關的事，替換成了商人往來所用之詞。憑藉著自己的博聞強記，武延秀僅用了一晚便將它們全數記在腦海裡，隨即將原始的信箋付之一炬。

接下來的日子裡，武延秀便利用安樂公主晚上不在的時間，將軍中與遼東局勢密切相關的密函，用百濟人給的暗號抄錄在信箋上，每晚來回傳遞數回，其間自然有許多涉及薛訥軍中動向。武延秀談不上多仇恨他們，但為了改變寄人籬下的命運，他連自己的一切都可以捨棄，又怎會惋惜出賣他人？

於是一月之間，武延秀傳遞軍中要件，竟有數百份之多。而他亦清晰地看到，隨著他不斷地洩露機密，唐軍在遼東戰場上也不斷陷入僵局，甚至經常被從新羅越境襲擾的百濟遊騎成功偷襲，措手不及。

被安樂公主棄如敝屣的武延秀發現，將他人玩弄於股掌之中竟是如此愉悅。面對著夜夜不歸的安樂公主，他像是報復一般，大肆洩露軍中機密。而遼東前線的唐軍，也越發陷入苦戰。

對此，武延秀早已麻木了。說實話，他從未認為百濟是他的歸宿，但既然前線將領並非自己，遼東的勝敗又與他何干？再說薛訥在軍中威望日盛，於他這個從未打過仗的右衛將軍而言，又有何好處？他不止一次聽自己的心腹提到過，軍中對於他靠駙馬之位當上右衛將軍早有微詞，甚至認為他應當讓賢。而薛家似與臨淄王李隆基交情頗深，李隆基虧便虧在不是聖人之子，只是聖人之侄，否則又哪裡輪得上未讀過幾本兵書的自己凌駕於他之上呢？

武延秀心虛之餘，更加害怕薛訥夫婦遲早抓出他的破綻，正當他為此日思夜想、睡不著覺之際，百濟一方就聯手做掉薛訥夫婦一事主動聯繫了他。不過，信中提到最多的卻不是薛訥夫婦，而是李隆基與孫道玄。

「孫道玄……」面對著這個熟悉的名字，武延秀再度陷入了回憶之中。

猶記得那是某個安樂公主夜不歸宿的日子，武延秀孤枕難眠，偽裝自己不過是個想要巴結安樂公主的富商，買通了神都苑的守衛，偷偷扮做送來服侍安樂公主的面首之一，想要看看，究竟是何人比自己更有魅力，竟能迷得安樂公主入夜不歸。

他本已做了十足十的心理建設，強行勸慰自己，就算親眼看到十足香豔的場景，也不要衝上前去打人。卻未料到，待自己近前時，看到的卻是安樂公主正雙手托腮，對著一個在案上揮毫潑墨的冷峻少年發呆癡笑。

那畫畫的少年自是疏闊俊俏，可令武延秀更在意的，則是他看起來十分眼熟。他自詡記憶力絕佳，但看此人不過十八、九歲，不當與他有過什麼交集，武延秀百思不得其解，待悄然離開後，低聲問守衛道：「那畫畫之人名何？是什麼來頭？」

「你竟還不知道他？便是畫了那〈送子天王圖〉的孫道玄啊！此人運筆如有神助，畫什麼，像什麼不說，還寫得一手好字，乃是兩京聞名的大才子，人也這般俊俏，就是這出身嘛，稍微差了點。」

「哦？是何出身？」武延秀假裝不經意閒聊般問道。

「具體的咱也不清楚，只聽說此人的父母十幾年前便去世了，是個孤兒。」

「十幾年前……孤兒……」

武延秀腦海中浮現出孫道玄的面龐，突然間與當年被他殘害的皇嗣妃女官王氏重合。那樣疏冷卻點桃綴李的雙眸，俊美無儔的面龐，甚至蔑視一切的神情……斷然不會錯。

難道命運竟如此會捉弄人，在時隔十幾年後，又將女官王氏之子送回到自己身側，還迷得安樂公主為他拋夫棄子嗎？

不，武延秀不相信這一切都只是巧合，定然是當年的皇嗣李旦為了報復自己而安排了這一切！就像當初他剛到突厥，李旦就改回李姓，從而害自己在突厥被軟禁數年一樣。如今安樂公主被孫道玄迷住，定然同樣是李旦父子的安排！

因此，看到百濟人提出的計畫裡出現孫道玄與李隆基的名字後，武延秀立刻覺得，自己復仇的時機到了。他先是頻頻參觀山海苑，借機與園中那負責看守水獸的女官相識，並假意看上了她，趁入夜山海苑無人之後，與其在值夜的閣室中私通。那女官有幾分姿色，托人找到神都苑的活計，本就是為結識勾搭權貴，想要一步登天。如今見自己竟勾搭上了安樂公主駙馬武延秀，早就高興得要跳起來，怎會想到其中有詐？

武延秀開始頻繁來神都苑夜會這女官，還將其帶至一旁的象苑中，向她展示西域馴獸把戲，甚至讓她躺在象欄草垛裡，訓練大象圍在她左右。其中一隻以象鼻捲起她的腳腕，將她倒吊起來，其他的象則不斷用長鼻觸碰，或以水流噴射其身。

感受到前所未有歡愉的她，越發沉迷於武延秀，對他的吩咐言聽計從。只是她並不知道，武延秀此舉正是為了訓練這些象群的「殺招」：若在做完吩咐的動作之後，不能立刻吃到南詔國的甜蕉，便會暴走殺人。

為了讓象群掌握這一必殺技，武延秀不惜以身犯險，穿著易換洗的黑色胡服短褐，在無人巡視的夜裡，一次次被大象捲至水邊，將頭顱沒入水中。而他則屏住呼吸，直到實在堅持不住，才從內兜掏出甜蕉，餵給大象吃。如此一來，人一旦被這些象捲起沒入池中，只要不掏出甜蕉來，便無法逃脫。透過這種方式，武延秀把神都苑中的所有大象都訓練成潛在殺手，那耽溺於情愛中的女官全然不知，自己早已踏入萬劫不復之死地。

第四十五章　終章

紫微宮聖人書房裡，韋后將諸般事告知了已恢復了幾分神思的李顯，在李隆基的聲聲懇求下，李顯終於下令徹查當年王氏之死與竇德妃的冤情。

兜兜轉轉一大圈，終於查清了這一樁連環案，眾人皆喜極而泣。夜宴亦未止息，聖人大義滅親之舉被萬國使臣得知，在場之人無不稱讚，添酒回燈，筵席重開，歡飲達旦，好不熱鬧。

哪知這極度歡喜之餘，竟還旁生別枝，李隆基回府時竟又遭襲擊，早已埋伏妥當的公孫雪仗劍而出，一舉抓住了那賊人。原來此人便是此前洛陽城中出現的連環毛筆殺人案的真凶。

此前在唐之婉的幫助下，劍斫峰憑藉那證物上的特殊氣味，鎖定嫌犯為陳王武承業府上之人，後在大理寺法曹蹲守下，法曹們查到一個名為王元清的內官，他曾去西市採買一批弩機所用的矢鏃，甚是可疑。

僅憑這一點自是無法斷罪，但劍斫峰斷定，既然王元清又買了矢鏃，自是要使用的，於是便派人日夜跟蹤，準備伺機抓現行。一連幾日都沒有動靜，直到今晚宮宴前，法曹來報王元清出現在臨淄王府周邊，裝作行路的商旅，懷中揣著弩機，似是想要襲擊臨淄王的步輦。

得知消息後，劍斫峰立刻派人提前知會了尚在宮宴上的李隆基。公孫雪在旁聽說後，立即提出由身為影衛的自己坐在步輦中，以防不測。

果不其然，載著公孫雪的步輦即將抵達臨淄王府之時，在距大門還有百步之地，遭到了來自旁側屋頂上的流矢攻擊，公孫雪立刻持劍破輦而出，飛簷走壁，直取埋伏在屋頂上的王元清而去。那王元清哪裡料到步輦中竟飛出個武藝高強的女劍客，如天降神兵一般落在自己面前，劍刃瞬間便比上了他的脖子，登時嚇得雙腿發軟，跪倒在地。

大理寺獄中，面對劍斫峰等人的問話，王元清如實招供。原來，他本名來清，為酷吏來俊臣庶出之子，其父被武則天斬殺後，流放嶺南，他亦被牽連做罪。李顯即位後，大赦天下，他也輾轉回到洛陽在陳王府中為奴。由於薛訥做藍田縣令時曾多次與來俊臣衝突，後來又是李旦與太平公主屢屢向武后勸諫才令武后下定決心將來俊臣處死，長大後的來清便打算除掉他們的後代，為父報仇，為此他一直在尋找機會。

看到大理寺張貼孫道玄通緝令，他瞬間有了靈感，想出用孫道玄慣用的葉蘭筆殺人。為了使自己的復仇意圖不那般明顯，他還特意在城中進行濫殺，好掩蓋其目的。至於殺害公孫雪的老母，也是因為屢次試圖行刺李隆基不成後，打聽到李隆基似是頗看重公孫雪，於是將目標對準了她瞎盲臥病的老母。

此人還招供自己襲擊孫道玄與薛至柔，乃是那楊寺正派人找到他，威逼其充當武延秀的殺手。

眼看殺母仇人近在眼前，公孫雪幾乎情緒失控，差點就要當場手刃仇讎，幸而李隆基勸阻方才作罷。回到靈龜閣時，公孫雪仍有些忿忿不平。薛至柔知曉此人必會被除以極刑，遂與唐之婉一道安撫，待行刑之日定與公孫雪一道去親眼看他人頭落地。

第二日卯時左右，大理寺的大門前，薛至柔正踮腳翹首以盼。待點過卯後，大門終於開了，葉法善、薛訥與樊夫人前後腳信步走了出來。薛至柔大喜過望，立即拾級而上前去相迎，遠遠便聽得父親慷慨陳詞，說此番案情全如自己所料，全然不見平日裡不擅言辭的模樣。

眼看父母不僅安然無恙，一大早便如此精神，薛至柔不禁莞爾一笑，轉向走在最前面的葉法善，含笑打趣道：「眼看大理寺照顧得不錯，月餘不見，天師竟還胖了。」

葉法善連連擺手，含笑回應薛至柔道：「正是了，貧道亦覺得自己胖了，此處是再住不得，再住不得……對了，道玄呢？那孩子……」

說起孫道玄，薛至柔沒來由有些心虛，眉眼低垂不敢與葉法善相視：「孫道玄他……

他……」

薛至柔的反應惹得葉法善神色一凜，蒼白的鬍鬚不住打抖：「道玄他怎麼了？」

見自己引得葉法善誤會，薛至柔忙擺手解釋道：「不不，孫道玄一切都好，只是聖人昨晚下令重查臨淄王母親失蹤之事後，便有幾名在宮中多年的女官出來自首，稱武周時曾參與或目睹過迫害後宮嬪妃。大理寺的法曹跟隨她們的指引，去了神都苑、上陽宮、掖庭等地的廢棄水井、假山之後等處，發掘出許多積年的屍骨。劍斫鋒知曉孫道玄有辨骨識人的本事，今日一早便請他幫忙去了，故而未曾來此迎接天師。」

聽聞孫道玄無事，葉法善緊繃的神經終於鬆懈下來，神情有些激動，轉身對薛訥夫婦道：「慎言、寧兒，你們可真是得了個好閨女啊！此一番若非是她，我們三人尚不知要蒙冤到何時。只是……凌空觀那些無辜信眾，再也回不來了……」

樊夫人忙上前寬慰這位耄耋老者，薛至柔則與其父大眼瞪小眼。猶記得上一次見面，父親還在堅詞反對她做法探，可這一次總歸是她與孫道玄一道破了案，不單救了父母與葉法善，還挽救了遼東的危局。

薛至柔知曉，自己雖裝作滿不在意，其實內心一直渴望得到父親的認可，她不由得微微睜大雙眼望向薛訥，眉梢眼角滿是求誇獎的渴望。

薛訥沉了沉，終於開了口：「玄玄，此一番妳應知曉做法探不是件易事了，還是快些收拾收拾，等過兩日我與妳阿娘面聖罷，便跟我們回遼東去。」

薛至柔簡直不敢相信自己的耳朵，愣了半晌，終於炸了毛，還未發作間，忽聽一陣腳步聲傳來，竟是打拐彎處來了個傳旨太監，薛訥夫婦與葉法善見狀，忙上前站定，躬身等候宣旨。

哪知那老太監微微一禮，不過衝他們點點頭：「聖人體恤薛將軍、樊夫人與葉天師，尚未傳召。三位方沉冤得雪，合當回府邸好好歇息。今日洒家前來，乃是奉聖人之命請瑤池奉入宮的。」

「我？」薛至柔尚未從方才的愣怔裡回過神來，指著自己，一副迷迷糊糊的模樣，「聖人尋我去，可是有何要事嗎？」

樊夫人年輕時也是叛逆的，但見薛至柔這般反詰傳旨內官，她仍有些被嚇到，出聲提醒：「玄玄，不得無禮。」

老太監擺手而笑：「夫人不必介懷，咱們瑤池奉就是這樣的性子，聖人不會怪罪。還專程命洒家告訴瑤池奉，這兩日挖出的遺骨眾多，聖人與皇后商量著，還是做個法事，好好超度一番，這才特來請瑤池奉去一趟。」

這本就是薛至柔分內職責，她不再耽擱，立即隨內官入了宮城，一路來到西邊光正門附近。只見許多遺骸俱已收斂，正停在光正門外，不少失蹤宮人、侍婢的親人聞訊趕來，根據孫道玄的畫像尋找他們親人的遺骨，或伏棺嚎啕或抱骨隱泣，既有陰陽兩隔的悲傷，亦有終得相見的慶幸。

四下裡，唯有孫道玄穿著濡墨素袍，手持葉蘭筆毛筆，立在庭中，面前的桌案上放著一摞宣紙，以及筆墨紙硯。而在他旁側，劍斫峰與一眾法曹依照孫道玄的指示，將屍骨收攏在庭中上百張一人長的竹簟上。待所有屍骨均分揀完畢，法曹們一張張將竹簟上的屍骨運至孫道玄面前，由孫道玄根據屍骨的各種特徵，在宣紙上描摹出此人生前的樣貌來。

置身萬骨之間，孫道玄的俊秀裡本就帶著三分妖異，此時更是宛如一尊執掌地府名冊的冷面閻羅。唯有薛至柔，能夠從他的雙眼中，看到他宛如救世天官般的悲憫。他知道，此時此刻，這些在場之人唯有仰賴他的畫技，以及辨骨識人的本領，才能找到自己失散已久的親人，故而越發聚精會神，不敢有絲毫鬆懈。

儘管與這些逝者素昧平生，孫道玄依舊如同神助一般，交出一張張性別、長相與神態各異的畫像。大理寺的法曹隨即雙手舉著畫像繞場一周，看是否有未亡人涕淚滿面地前來認領。此情此景下，未亡人們內裡皆是五味雜陳，既希望法曹傳來的畫像裡有自己苦尋多年的親人，又往往在看到親人畫像的一刻徹底崩潰，隨即又為能夠迎回他們的遺骨，而在離開此院時回感出幾分欣慰來。

一眾人間最顯眼的莫過於臨淄王李隆基。今日一大早，他帶著兩位胞妹來到了此處，不消說，正是想看能否尋回其母竇夫人的遺骨。然而，隨著領走遺骨的親眷一個個離去，院中留下的人越來越少，李隆基慢慢有些坐不住了，面色凝重地在廊下踱步。

日薄西山，最後一具遺骨也被人領走後，院中只剩下了他們兄妹三人。兩位郡主癱坐在廊下，手挽手掩面而泣，李隆基則帶著期冀望向孫道玄。

負責給亡魂超度的薛至柔也陪了他們一整日，看到李隆基眉目間流露出的絕望，心中頗不是滋味，正搜腸刮肚地想著如何措辭較為合適，就見孫道玄毫不講究措辭地搖頭道：「我已盡力了，但今日大理寺收集來的遺骨之中，確實無有殿下母妃的下落。」

劍斫峰也立刻上前來，叉手道：「殿下，宮中埋骨之處尚未窮盡，今日這些僅為根據宮女證詞收集而來的第一批遺骨。大理寺仍將鍥而不捨查找線索，擴大搜尋範圍，還請殿下萬勿過於傷懷。」

李隆基嘴角泛起一絲苦笑，回身望著酡紅的夕陽，輕嘆道：「也好……也罷……尋不到母親，便總覺得她或許還在……只是……」

「殿下說的是，」薛至柔忙上前寬解道，「找不到屍骨，便還有希望，孫道玄，你說是不是？」

薛至柔望轉身望著孫道玄，卻見他並未接茬，反而自顧自地開始在宣紙上作起畫來，筆鋒勾勒，應是一張人像。孫道玄信筆畫就，須臾便成，將其雙手奉上，交給李隆基。李隆基接過畫的瞬間一愣，只見那是一張年輕女子的畫像，端麗淑惠，正是竇夫人。

「這是我依據殿下與兩位郡主的長相，再結合我幼時記憶中的印象，為她作的畫像。還望殿下收下此畫，以寄思母之情。」

毫無防備地，兩、三點淚水落在了手中的畫像上，李隆基忙偏身拭去，久久說不出一字來。兩位郡主亦快步走來，見到畫像皆掩面而泣。在孫道玄那栩栩如生的筆法下，畫中人神情極其美麗溫柔，含笑的雙眼猶如點著星，靜靜地望向畫外的李隆基與兩位郡主，彷彿從未經歷過任何不幸與痛楚。李隆基再忍不住，轉向背人處無聲泣淚，良久不再言語。

送走了臨淄王，薛至柔與孫道玄亦準備離開此處，劍斫峰忽而招呼二人道：「正巧我要去丹華軒看婉兒，你們便隨我的車一道回罷。」

聽了「婉兒」這稱呼，壓抑了許久的薛至柔不禁掩口葫蘆而笑：「哎呀，未想到鐵骨錚錚的劍寺正稱呼改得倒是極快啊，也不知幾時能喝上你們的喜酒？」

劍斫峰露出一絲難得的赧然，嘴角滿是藏不住的笑意：「聘書與聘禮我已送去唐尚書府上，眼下便是依照六禮，一步步來便是。唐尚書待我極好，無論問名、配字還是收禮，都分毫未曾為難於我。」

薛至柔嘿嘿一笑：「唐尚書本就喜歡你這樣夯直的性子，更何況你還幫他抓了府上的害人精，治好了他的咳疾，這些自然不在話下。他日若做了唐府的東床快婿，再受提攜，官升三級，你是不是就要當大理寺卿了？」

劍斫峰雙手擺如蒲扇，直道不可為官不正，目光又在薛至柔與孫道玄間逡巡一番，三分正經，兩分打趣道：「瑤池奉也別只顧著說我，眼下薛將軍與樊夫人恰好都在洛陽，你二人的事，謀劃得如何了？」

薛至柔與孫道玄相視一眼，皆愣了一瞬。

這些時日，他們一直在謀劃那最後一步，以她的性命為誘餌，誘使武延秀入局。雖然他們從未談起生死，兩人也都明白，此一番乃是九死一生，不敢憧憬未來，此時未來卻已在眼前了。

劍斫峰素來不諳男女之事，乃是後來聽唐之婉說到薛至柔與孫道玄之事，方覺察他們之間確實不大對勁。看此時他兩人的臉色，猜測他們尚未談好，自悔失言，連忙打了個哈哈，架著馬車朝南市方向趕去了。

待到馬車駛抵丹華軒門口時，天色已晚。薛至柔與孫道玄下了馬車，朝不遠處的靈龜閣走去。這是他們第一次以自身的面貌在洛陽城裡並肩而行，如此俊逸的男子，與如此清麗的少女，自然引來無數側目。

及至靈龜閣前，薛至柔雙眼低垂，正想說些什麼，忽見眼前出現一隻骨節分明的手，掌心裡攤放著三鍰銀錢。

薛至柔抬眼，只見孫道玄面頰微紅，不知是否是夕陽之功，對她說道：「一卦三鍰，懇請瑤池奉為鄙人的畫廊看看風水……餘下欠的，我去找薛將軍談……」

薛至柔一怔，旋即噗嗤笑出了聲來：「你的畫廊在何處？帶我去看看……」

洛陽南市繁華豪奢，市列珠璣，戶盈羅綺，遊人、商旅如織。

靈龜閣斜對的一方酒肆二樓，薛訥與樊夫人憑欄而坐，望著夕陽下的一對小兒女。只見薛訥眉間微蹙，點評道：「長得確實是不錯的，只是……」

樊夫人反問道：「只是長得不錯？」

薛訥對上夫人質疑的目光，補充道：「畫……也是不錯的……」

樊夫人忍笑，又問道：「再無旁的優點了？」

薛訥斂回目光，與樊夫人相視一眼，都「噗嗤」一聲笑了出來。他繼續補充道：「其他優點有是沒有，總要他來找過我再說罷？」

樊夫人站起身，望著夕陽下，那兩個策馬漸遠的身影，理理鬢髮，像是自言自語般低聲道：「我也不知你發的什麼瘋癲，為何今日一早非說要帶玄玄回遼東？明明聖人對她褒獎有加，你也默許了她做法探的……」

薛訥亦站起身，攬住樊夫人的肩：「這條路難走，若她志向不堅又如何走得下去呢？她若真敢忤逆我，方證明她有此志……」

「真是瘋魔了。」樊夫人無語之餘，笑得越發開懷，歲月不可避免地在她的容顏上留下了痕跡，讓她的美麗多了幾分沉澱風韻。

懸案歸結，萬事沉定，一如洛陽城金色豐饒的晚景。

一對小兒女在繁華鬧市裡策馬暢快而行；一對守邊伉儷則難得閒暇，凝望著他們與萬萬人一道守護的千里河山。
秋光正好。

——北冥謎案（下）完

高寶書版集團
gobooks.com.tw

DN 318
北冥謎案（下）

作　　者　滿碧喬
主　　編　林子鈺
責任編輯　高如玫
封面設計　張新御
內頁排版　賴姵均
企　　劃　何嘉雯
版　　權　張莎凌

發 行 人　朱凱蕾
出　　版　英屬維京群島商高寶國際有限公司台灣分公司
　　　　　GlobalGroupHoldings,Ltd.
地　　址　台北市內湖區洲子街88號3樓
網　　址　gobooks.com.tw
電　　話　(02)27992788
電　　郵　readers@gobooks.com.tw（讀者服務部）
傳　　真　出版部(02)27990909　行銷部(02)27993088
郵政劃撥　19394552
戶　　名　英屬維京群島商高寶國際有限公司台灣分公司
發　　行　英屬維京群島商高寶國際有限公司台灣分公司
法律顧問　永然聯合法律事務所
初版日期　2025年01月

國家圖書館出版品預行編目(CIP)資料

北冥謎案（下）/ 滿碧喬著. -- 初版. -- 臺北市：英屬維京群島商高寶國際有限公司台灣分公司, 2025.01
面；　公分.--

ISBN 978-626-402-165-4（上冊：平裝）. --
ISBN 978-626-402-166-1（下冊：平裝）. --
ISBN 978-626-402-167-8（全套：平裝）

857.7　　113020311